Dimitrij Wall

Gott will uns tot sehen

Dimitrij Wall

GOTT WILL UNS TOT SEHEN

Roman

eichborn

MIX
Papier aus verantwortungsvollen Quellen
FSC® C006701

Papier: holzfrei Schleipen – Werkdruck
der Cordier Spezialpapier GmbH

Dieser Titel ist auch als E-Book und als Audio-Download erhältlich.

Eichborn Verlag in der Bastei Lübbe AG

Originalausgabe

Umschlaggestaltung: Christiane Hahn, Frankfurt a. M.
Einband-/Umschlagmotiv: © shutterstock/anderm/Claudio Divizia
Satz: Dörlemann Satz, Lemförde
Gesetzt aus der Weiss Antiqua
Druck und Einband: CPI books GmbH, Leck – Germany

Printed in Germany
ISBN 978-3-8479-0586-8

2 4 5 3 1

Sie finden uns im Internet unter www.eichborn.de
Bitte beachten Sie auch www.luebbe.de

Früher war da ein Mensch, der redete, lachte und weinte, und jetzt waren da nur noch ein Stein und etwas Erde, auf der bunte Blumen wuchsen. Wir glauben unser Leben lang, dass wir etwas Besonderes sind, und am Ende werden wir von Maden gefressen. Ein Tropfen fiel mir auf die Hand. Ich schaute nach oben, der Himmel verdunkelte sich, Gewitterwolken zogen heran. Ich ging zurück zum Auto und fuhr zur Arbeit.

Meine Mutter war seit fünf Jahren tot, und ich arbeitete in diesem Laden, verkaufte Telekommunikation und meine Seele. Auch an jenem verregneten Montagmorgen, als dieser Mann in den Laden stürmte und mich anbrüllte: »Zweitausend Euro! Ich werd' das nicht bezahlen! Sicher nicht, ihr Bonzenärsche! Keinen Cent werdet ihr Juden von mir bekommen!«

Er musste wahnsinnig sein. Ich verdiente, wenn es hoch kam, tausend Euro im Monat und war Agnostiker.

»Das ist mir völlig egal«, erwiderte ich und wandte mich dem Pokerspiel auf meinem Computer zu. Für einen Augenblick schien er sich im depressivblauen Verkaufsraum zu verlieren. Dann brüllte er wieder los:

»Jetzt hör mal zu! Ich hab diesen Vertrag bei euch gemacht, und die kleine Blonde hinterm Tresen hat mir versprochen, dass ich nie mehr als 25 Euro pro Monat dafür zahlen muss!«

Er hatte Glück, dass ich nur eine durchschnittliche Hand bekam. Ich passte und pausierte das Spiel.

»Kleine Blonde haben mir auch schon so einiges versprochen«, sagte ich.

Er verstummte für einige Sekunden und stammelte schließlich: »Ich dachte ja nur ...«

»Ja, das ist euer Problem. Ihr denkt alle nur. Zeig mal her den Mist.«

Behutsam breitete er die Rechnung auf dem Tresen aus. Seine tätowierten, leicht verdreckten Hände zitterten und offenbarten eine wilde Jugend. Die Rechnung war nicht nur fast doppelt so hoch wie zwei meiner Monatsgehälter, sie war auch mit lauter Blut- und Fettflecken bespritzt. Dieser Mann musste die Kontrolle über sein Leben längst verloren haben, vielleicht hatte er sie auch noch nie gehabt, aber jetzt hatte er auf jeden Fall ein paar zweifelhafte Abos.

»Du hast lauter Abos heruntergeladen«, erklärte ich ihm.

»Was für Abos? Was ist das? Ich benutze dieses Scheißhandy nicht. Meine Freundin telefoniert damit.«

Noch ein Schwachsinniger, der in der Gosse landen würde, weil er Verträge für andere Schwachsinnige abgeschlossen hatte. Aber mit der Gosse schien sich dieser Nikolaj Schneider ohnehin bereits auszukennen – das verrieten sein hochprozentiger Atem und die schmutzige Kleidung. Das Kruzifix aus rotem Gold war vermutlich ein Erbstück und sicher sein letztes Vermögen.

»Alles was ich für dich tun kann, ist, die Abos zu kündigen. Das Geld wirst du bezahlen müssen.«

Seine Pupillen weiteten sich. »Einen Dreck werde ich tun! Keinen Cent wirst du von mir bekommen, du Pisser in deinem billigen Anzug!«

Ich wandte meinen Blick wieder dem Pokerspiel zu. Ich hatte eine gute Hand. Zwei Damen. Damit kann man arbeiten, dachte ich. Nikolaj fluchte, fuchtelte mit den Armen, schnappte sich die Rechnung und riss sie in Stücke. Dann verließ er wutschäumend den Laden und versuchte dabei, die Tür zuzuknallen. Aber sie war gefedert, und ich verlor gegen eine Straße. Ich hatte schon schlimmere Jobs.

Die Sonne spiegelte sich auf dem glatt polierten Kopfsteinpflaster der Fußgängerzone, und ich saß im Schaufenster und schaute den Leuten beim Einkaufen zu. Ich wollte, dass es regnete.

In der Mittagspause kam Wladimir vorbei. Ich verriegelte die Ladentür, und wir legten uns auf die Sofas im hinteren Teil des Ladens, um einen Joint zu drehen. Das Gras war wirklich stark, also holte ich noch ein bisschen von dem Sekt, den mein Chef für die Kunden gekauft hatte. Wladimir erzählte mir, was er alles hatte stehlen können.

»Ich hab vorhin zwei Fernseher im Wald versteckt. Nach der Arbeit hole ich sie ab. Willst du einen?«

Ich nahm einen großen Schluck aus der Sektflasche und reichte sie ihm. Fernseher konnte ich nicht mehr ertragen.

»Nein. Das wäre doch schon der zweite. Gib ihn jemand anderem.«

»Wie du willst«, sagte er und deutete auf die Uhr an seinem Handgelenk. »Ist die nicht schön? Auf der Verpackung stand: ›Für den besten Enkel der Welt, meinen geliebten Patrick‹.«

Ich griff wieder nach der Flasche und nahm noch einen Schluck. Man musste nur oft genug zu kurz kommen, bis man anfing, sich zu holen, was man brauchte, dachte ich und sagte dann:

»Ja, kann sich wirklich sehen lassen.«

Er nahm sie ab und reichte sie mir. Sie hatte ein goldenes Gehäuse mit Glasboden, durch den man das automatische Uhrwerk bestaunen konnte, und ein schwarzes Lederarmband, das sich auf der Rückseite wunderbar samtig anfühlte. Sie musste einige tausend Euro wert sein. Keine Ahnung, wieso Leute so etwas mit der Post verschickten.

Nachdem Wladimir verschwunden war, nickte ich ein. Von einem ungeduldigen Klopfen wurde ich geweckt. Vor dem Laden wartete schon der nächste Kretin. Nur dass dieser hier einen Anzug trug und so was wie ein Verkaufscoach war, den die Zentrale geschickt hatte, damit ich nicht vergaß, warum ich eigentlich dort war.

»Dimitri«, schleimte er, »schön, dich zu sehen!«

»Die Freude ist ganz auf meiner Seite, Ben.«

»Wie laufen die Geschäfte?«

»Die Geschäfte?«

»Frank sagt, dass du in letzter Zeit kaum was verkauft hast. Woran liegt's?«

»Vielleicht am Internet. Oder an den Leuten. An mir jedenfalls nicht, ich hatte schließlich einen der besten Ausbilder, nicht wahr?«

Ben fühlte sich offensichtlich geschmeichelt, wusste aber nicht, was er erwidern sollte. Darauf hatten sie ihn nicht vorbereitet, die Wirtschaftspsychologen dieses Milliardenkonzerns.

Es dauerte keine zehn Minuten, bis der erste Kunde das Geschäft betrat. Ein Mann in den Vierzigern, Schnurrbart, und so interessiert, dass er nur pleite sein konnte, vermutlich auch einen Schufa-Eintrag hatte. Ben begann sofort, auf ihn einzureden, gab sich richtig Mühe, ihn von einem Mobilfunkvertrag samt Flatrate und überteuertem Handy zu überzeugen. Innerhalb von nur ein paar Minuten hatte er den Mann so weit. Ben war ein wahrer Profi, der selbst vermeintlich bedürfnislosen Menschen und Nonkonformisten ein Handy hätte verkaufen können. Die beiden gingen zum Point of Service (den man in diesem Unternehmen so nannte, weil man sich dann wichtiger fühlte) und begannen, sich mit falscher Freundlichkeit zu überhäufen. Ben gab die Kundendaten ins System ein, lächelte affektiert und bat mich, das Handy aus dem Lager zu holen. Er hatte es mir gezeigt, nur so konnte es laufen, so verkaufte man richtig. Sein Studium und sein Designeranzug machten ihn zum Gewinner. Ich dagegen war nur ein Stück abgestandene Scheiße in einem Anzug von C&A und würde darin bald vor dem Jobcenter stehen. Ich brachte ihm also das Handy, und wir drei warteten schweigend auf die Auftragsbestätigung. Dann kam sie, die Vertragsablehnung. Negativer Schufaeintrag. Es fühlte sich gut an. Ben begann, den Mann aus dem Laden zu ekeln. In seinen Augen konnte ich erkennen, dass er eine verwöhnte Kindheit gehabt haben musste. »Sie haben eine negative Bonität, Herr Frese. Ihr Auftrag wurde leider abgelehnt«, sagte er, während er nach dem Handy griff, das er bereits aus dem Warenwirtschaftssystem gebucht hatte. Der Kunde steckte seinen Ausweis ein und verließ beschämt den Laden. Bonität war das neue Karma. Kapitalismus ließ einfach keine Fehler im Umgang mit Geld zu. Ich schaute wieder zu Ben rüber. Der Mann, der mich in die Welt der Verkaufspsychologie einführen sollte, war gescheitert.

»Beim nächsten Mal klappt's bestimmt«, ermunterte ich ihn. Ben warf mir einen gekränkten Blick zu, aber der ließ mich kalt. Und so versuchte er es wieder mit Professionalität. »Ich möchte, dass du den nächsten Kunden übernimmst.«

»Sehr gerne.«

Wir warteten über eine Stunde, doch es wollte einfach niemand mehr das Geschäft betreten. Alles spielte mir in die Karten, und ich dachte: Ha! Mir könnt ihr diese Flaute nicht in die Schuhe schieben – als Ben auf die Idee kam, dass ich doch vor dem Laden Flyer verteilen könnte.

»Mal ehrlich, Ben. Dafür bezahlt ihr doch Promoter. Zumindest in anderen Filialen.«

Ben hatte genug. Sichtlich angefressen griff er sich sein Notizbuch und schrieb irgendeinen Satz rein, der auf »mangelnde Einsatzbereitschaft« endete. Dann warf er sich seine Londoner Messenger Bag über die Schulter und wünschte mir einen angenehmen Feierabend. Ich schaffte es gerade noch, ihm hinterherzurufen: »Grüß Frank von mir, Ben!«

Hin und wieder ließ sich Fred blicken. Er war mal eine große Nummer gewesen, damals in den Achtzigern, bevor er gesessen hatte, ihm die Zähne ausfielen, sich seine Haut in Falten legte. Wofür Fred einsitzen musste, habe ich nie erfahren. Darüber verlor er kein Wort. Es musste etwas mit Raub oder Betrug zu tun gehabt haben, was weiß ich. Für Mord oder Vergewaltigung war er jedenfalls zu deprimiert. Er brachte mir eine Cola, und wir unterhielten uns.

»Du siehst nicht gut aus, Junge«, sagte er. »Irgendwie erschöpft.«

Ich blickte zum Schaufenster raus.

»Vielleicht solltest du den Job hier kündigen?«

»Und wer bezahlt dann meine Rechnungen?«

»Ach, papperlapapp. Die besten Dinge im Leben bekommt man kostenlos. Hat dir das deine Mutter nicht gesagt?«

»Meine Mutter ist tot.«

»Das tut mir leid.«

»Ist ja nicht deine Schuld.«

»Was ist mit deinem Vater?«

»Keine Ahnung.«

Jetzt blickten wir beide zum Schaufenster raus.

»Die Jungs, die drinne so ausgesehen haben, haben es nicht geschafft.«

»Hm. Wie hast du's eigentlich geschafft?«, wollte ich wissen.

»Kreuzworträtsel, Hesse und ein bisschen wichsen.«

Wir lachten kurz.

»Mal im Ernst. Ich hab viel Scheiße gebaut in meinem Leben. Ich hab Menschen ...«

Seine Augen wurden glasig, als Nächstes würden Tränen folgen. Wie konnte er nur? Wieso brachte er mich in Verlegenheit? In dem Moment, in dem er weiterreden wollte, betrat ein Kunde den Laden.

»Hallo. Haben Sie hier auch PCs?«, fragte er.

»Nein. Nur Handys.«

»Aha. Sie sehen aus wie ein Elektronikmarkt.«

»Bitte gehen Sie. Sehen Sie nicht, dass ich Kundschaft habe?«

»Das ist ja wohl ... Ich kann's nicht ... So was habe ich noch ...«, plärrte er, während er wieder zur Tür rausging.

»So Fred, entschuldige. Was wolltest du eben sagen?«

»Ach, sieh mich an ...«

»So übel siehst du gar nicht aus. War schon mal schlimmer.«

»Mag sein. Aber die beste Zeit hab ich hinter mir.«

Er machte wieder eine Pause. Was auch immer er sagen wollte, es fiel ihm sichtlich schwer.

»Junge, du solltest nicht den Fehler machen, das Leben einfach so hinzunehmen.«

»Es gibt keine Fehler. Es gibt nur Konsequenzen.«

»Egal, was es gibt oder nicht. Hör auf, deine Zeit zu vergeuden. Eröffne 'ne kleine Bar in der Karibik, such dir ein süßes Mädel, das dich liebt, und, na ja, steck von Zeit zu Zeit einen weg.«

Ein weiterer Kunde betrat den Laden.

»Guten Tag. Bekomme ich hier auch Druckerpatronen?«

Ich sah ihn kurz an und wandte mich dann ab.

»Die Karibik ist sicher schön, wenn man sie bezahlen kann.«

»Schon wieder kommst du mir mit deinem Geld. Ein Flugticket wirst du dir ja wohl noch leisten können«, meinte Fred.

»Hallo! Ich habe Sie was gefragt«, unterbrach uns der Kunde erneut.

»Warum gehen Sie nicht einfach?«, fragte ich ihn.

Der Mann machte einen erbosten Eindruck und stampfte zum Ausgang.

»Wenn du auf Provisionsbasis arbeitest, kommst du hier nie raus«, scherzte Fred.

»Weißt du, Fred, meine Mutter hat Chemie studiert und anschließend Bomben für die Sowjetunion entwickelt. Sie hatte kein sehr gutes Leben, obwohl sie die einzige Akademikerin der Familie war, und sie hat immer gesagt:

›Ich hab dich nicht in die Welt gesetzt, damit du schuftest. Geh studieren, solange ich noch lebe. Wenn ich sterbe, dann wirst du es nicht mehr können. Euer Vater wird euch hängenlassen.‹ Dann musste sie weinen. Ich hab das früher nicht verstanden.«

Wir schauten einen Moment lang zu Boden.

»Sag mal, Fred, hast du eigentlich jemanden? Also ich mein' Familie?«

»Nein. Niemanden. Zumindest niemanden, der mich vermisst.«

Wir nahmen einen Schluck von unseren Colas und schwiegen noch eine Weile. Dann kam der nächste Kunde in den Laden. Er wusste, dass ich Handys verkaufte, und wollte eines von ihnen haben. Ich bat Fred, kurz zu warten, doch er bestand darauf, zu gehen. Es war das letzte Mal, dass ich ihn gesehen habe. Der Antiquitätenhändler aus dem Nachbarladen erzählte mir einige Tage später, dass sie Fred in seiner Wohnung gefunden hatten. Er hing an der Decke.

Nikolaj lebte noch. Mindestens einmal die Woche kam er in den Laden, um einen Teil seiner Rechnung zu begleichen oder einfach nur, um zu reden. Inzwischen hatte er sich gefangen und war ziemlich gut auf mich zu sprechen. Er erzählte mir sogar von seinem Geheimnis: »Eigentlich bin ich Beamter«, sagte er. »Lebensmittelkontrolleur. Aber momentan bin ich krankgeschrieben. Ich trinke. Doch die nennen das Alkoholkrankheit. Ich nenne es lieber Trinken. Ich spiele auch Gitarre. In Russland hatte ich meine eigene Band. Aber die anderen Jungs sind alle dortgeblieben. Keine Ahnung, was aus ihnen geworden ist.«

»Du bekommst also Geld fürs Trinken, versteh ich das richtig?«

»Ja, ich bin eigentlich Künstler. Ich male«, gab er zurück.

»Und was bekommst du so dafür?«

»Deutschland ist ein gutes Land. Hier kannst du trinken

und Geld verdienen. In Russland musst du dich für eine Sache entscheiden«, sagte er, zog einen kleinen Flachmann aus seinem langen, schwarzen Mantel, der ein bisschen nach Erbrochenem müffelte, und bot mir einen Schluck an. Das Zeug schmeckte fürchterlich, aber es wirkte.

»Ich hab 'ne Freundin«, fuhr Nikolaj fort, nachdem auch er sich einen ordentlichen Schluck genehmigt hatte, »sie war früher eine Prostituierte. Na, eigentlich ist sie es immer noch, sie nimmt bloß kein Geld mehr. Jedenfalls kann sie lauter Kunststücke. Sie hat auch eine Tochter. Ein ziemlich nettes Mädchen. Wir treffen uns heute Abend bei mir. Wie sieht's mit dir aus? Interesse?«

»Ich überleg's mir.«

»Sieh dir diesen überheblichen Narren an«, sagte Nikolaj jetzt.

Draußen schlenderte ein Mann mit grauem, zurückgegeltem Haar, weißem Hemd und Tweedjacket am Laden vorbei und winkte durchs Schaufenster. Es war der Antiquitätenhändler, der beschloss, hereinzukommen.

»Mensch, Nikolaj! Wie geht es dir?«, fragte er.

»Ach«, sagte Nikolaj und drehte sich weg.

Aber Hoffmann ließ sich nicht abwimmeln. Er löcherte Nikolaj mit einem ganzen Repertoire an dämlichen Fragen. Was macht die Arbeit? Wie geht's der Familie? Ihr habt euch scheiden lassen? Schnell hatte Nikolaj genug und verschwand.

»Kommt der hier öfter vorbei?«

»Ja, gelegentlich.«

»Um den solltest du einen großen Bogen machen. Er ist Alkoholiker. Manchmal sitzt er in der Fußgängerzone und spielt stundenlang Gitarre – alles auf Staatskosten. Und das als Russe! Noch mehr von denen und wir können einpacken.«

»Meine Mutter war Russin.«

»Ja, aber du bist anders und willst arbeiten«, erklärte er.

»Hör zu«, sagte ich, »ich muss hier jetzt weitermachen. Hab noch eine Menge zu erledigen.«

»Na schön. Sag Bescheid, wenn ich was für dich tun kann. Ich helfe gern.«

Ich versuchte, mich mit Poker abzulenken. Dann ging ich in den Supermarkt, wo diese hübsche Kassiererin arbeitete, die mir immer schöne Augen machte, und kaufte eine Flasche Weißburgunder.

Frank hatte ein Riesenhaus. Frank hatte einen SUV. Frank hatte ein Cabrio, ein Quad, ein Motorrad, zahlreiche Fahrräder. Frank hatte eine Frau mit stattlichem Arsch. Auch hatte er einen Schrank voller Gewehre. Frank hatte in diesem Leben so ziemlich alles. Frank, das war mein Boss. Also der Mann, der dafür sorgte, dass ich einen Job hatte und mir allerhand Zeug kaufen konnte. Zuweilen lud er mich in sein Traumleben ein, um mich zu motivieren, mich zu einem besseren Verkäufer und Menschen zu machen. Diesmal saßen wir in seinem persönlichen Traumwohnzimmer. Im Fernseher lief eine verblödete Castingshow, und seine Frau servierte eiskaltes Bier aus der hauseigenen Zapfanlage, geräucherten Schinken und Käsehäppchen. Es dauerte nicht lange, bis er zur Sache kam.

»Der Laden steckt tief in den roten Zahlen, Dimitri. Was ist da los?«

»Ich weiß es nicht, Frank. Ich arbeite so hart ich kann.«

»Den Laden habe ich nur wegen dir eröffnet. Er sollte dein Baby sein.«

Natürlich. Nur wegen mir, aber sicher doch, dachte ich. Und dann sagte ich es einfach:

»Weißt du, Frank, um ehrlich zu sein, will ich das alles nicht mehr. Ich höre auf. Vielleicht gehe ich studieren oder auf Reisen. Mal schauen, vielleicht mache ich ganz was anderes.«

»Studieren? Du hast doch gar kein Abitur. Und wie stellst du dir das vor, so ganz ohne Geld?«

»Geld ist mir egal, Frank. Ich will frei sein. Ich will noch was erleben. Ich bin Anfang zwanzig.«

Wir nippten an unseren Bieren. Dann fuhr mein Boss fort:

»Ich denke, es wäre gut für uns beide, wenn du mal ein bisschen Urlaub machst. Wie lange bist du jetzt alleine im Laden? Zwölf Monate? Kein Wunder, dass es mit dir durchgeht. Und wenn du wiederkommst, dann reden wir noch mal darüber. Was denkst du?«

Was für Chefs gut ist, ist für Arbeitnehmer Genitalherpes, dachte ich. Trotzdem ließ ich mich auf sein Angebot ein. Ein bisschen Urlaub würde sicher nicht schaden. Ich könnte die Zeit nutzen, um meine Gedanken zu ordnen und zu entspannen. Was war ich doch für eine armselige Kreatur. Alles, was ich besaß, war Freiheit, und die verkaufte ich für einen mickrigen Tausender. Aber nur vierhundert davon waren offiziell, den Rest zahlte mir Frank schwarz aus. Ich nahm es mir am Monatsende aus der Kasse und verbuchte es als Privatentnahme. So hatten Frank und ich es einmal vereinbart. Natürlich nur für die Anfangszeit, die jetzt schon beinahe ein ganzes Jahr dauerte und wahrscheinlich noch zehn weitere Jahre dauern würde, wenn es nach Frank ginge. Ich hatte aber die Befürchtung, dass er mich irgendwann hängenlassen würde, und war daher ziemlich skeptisch, was meine zukünftige Entlohnung anging. Vor allem war ich es jetzt, da Frank nun wusste, dass ich keine Lust mehr auf den Job hatte. Ich wiederum wusste, dass er meinen Urlaub dafür nutzen würde, sich ein detailliertes Bild von der Situation im Laden zu verschaffen, um mir nach Möglichkeit einen Strick daraus zu drehen. Seine wohlhabende Visage verriet es.

Wir tranken noch einige Biere und machten etwas Smalltalk. Dann verabschiedeten wir uns voneinander, und ich fuhr zurück zur Filiale, um die Spuren meiner Mittagspausen zu beseitigen und mir etwas Geld aus der Kasse zu nehmen, damit ich während des Urlaubs liquide war. Ich nahm fünfhundertfünfzig Euro und schrieb: Dimitri, Juli, Privatentnahme.

Wir waren auf dem Weg zum Fusion-Festival und legten irgendwo zwischen Bremen und Hamburg einen kurzen Halt ein, um zu tanken. Während sich die Mädels frisch machten, baute Alex einen massiven Joint und bot mir ein paar Züge davon an. Dass auch ein bisschen Koks den Weg in die Tüte gefunden hatte, erzählte er mir aber nicht. Schon ging es los. Das Zeug begann mir zuzusetzen. Nervosität machte sich breit, die schnell, schnell, immer schneller in Panik umschlug, während wir mit 150 die Autobahn entlangfuhren und Jill und Linda redeten und redeten und nicht aufhören konnten zu reden, und die Bäume, die angsteinflößenden LKWs vorbeiflogen; sie flogen uns entgegen, es musste jeden Augenblick so weit sein, wir würden sterben, ich würde sterben, mein Herz, mein Herz würde aufhören zu schlagen, für immer. Aber es schlug doch, und es schlug heftig, ich konnte es in meinem ganzen Körper fühlen, der jetzt kein einfacher Körper mehr war, er war eine Waffe, eine Waffe, die meinem Bewusstsein mit Artilleriefeuer einheizte, und ich konnte das nicht mehr lange aushalten. Ich rutschte auf dem Sitz hin und her, ich öffnete das Fenster, schnappte nach Luft, fraß Fliegen, Motten, Mücken, lachte, lachte laut, und dann – endlich – war es geschafft, ich war besiegt, ich fügte mich diesem Stoff, ich wurde eins mit ihm, und meine Haut war samtig, und meine Augen waren schwer und träge, und das Leben war schön, und ich war nicht allein, und wir fuhren Spaß haben, tanzen, schwimmen, fühlen, wir fuhren dem Paradies entgegen, und wir waren jung, unsterblich und geil, wir waren die letzten Menschen, ja, genau das waren wir, und jeder konnte es wissen und jeder, der es nicht verstehen würde, war nichts weiter als ein Roboter, ein Zahnrad im großen System des Materials – zum Glück gab es uns.

In der Ferne konnte man erste Lichter erblicken. Es war bereits dunkel, als wir Lärz erreichten, und die Wirkung der Kokatüte war längst abgeklungen. Eine endlose Kolonne Blech bahnte sich ihren Weg zu den Toren des Festivalgeländes, einem ehemaligen sowjetischen Militärflugplatz. Die Fusion war eine politisch motivierte Veranstaltung, sogenannte Ferienkommunisten hatten sie ins Leben gerufen. Mittlerweile schien es in diesem Land sogar den Kommunisten ziemlich gut zu gehen. Einige fuhren Mercedes, Audi, BMW. Andere hatten Wohnmobile, so groß wie Häuser. Aber egal, wir waren nicht hier, um Politik zu machen. Wir wollten uns gehen lassen, uns Drogen einschmeißen und tanzen. Also gab mir Alex eine der grünen Mickeymäuse, und während ich mir ernstzunehmende Hoffnungen auf einen grandiosen Rausch machte, verging etwa eine Stunde, in der nichts passierte, weder auf dem Weg zum Festival noch in meinem Bewusstsein.

Neben uns hielt ein alter Wohnbus. Auf dem Dach waren Lautsprecher angebracht, die psychedelische Klänge freisetzten. Die Mühle war voller Neo-Hippies, solchen Leuten, die die ganze Welt bereist und barfüßig auf Feldern getanzt hatten, während ich aus dem Schaufenster geschaut und nichts empfunden hatte außer Leere; einer beängstigenden Leere. Sie winkten uns zu, und einer von ihnen, ein schlaksiger, bärtiger Kerl mit freiem Oberkörper und Dreads, kam aus dem Bus heraus und bot uns ein paar Züge von seiner Tüte an. »Hey, Freunde. Wie geht's?«, fragte er. »Sehr gut«, erwiderte Alex, noch bevor ich begriffen hatte, dass der Kerl eine Frage gestellt hatte. Mich hatte es wieder voll erwischt. Aber diesmal weitaus angenehmer. Ein Kribbeln lag auf meinem Gesicht und verdrängte alle Sorgen, machte mich glücklich und beschwingt. Jill und Linda schien es ähnlich zu gehen. Sie saßen auf dem Rücksitz und fassten sich an, streichelten sich über die Haut und durchs Haar. Die Es hatten also ihren Job angetreten, und der bärtige Acid-Freak lehnte immer noch an Alex' Tür. Ich konzentrierte mich auf seine Lippenbewegungen, die mich an die eines Fisches erinnerten.

»Ihr verfügt nicht zufällig über die nötigen *Papiere*?«, fragte er jetzt.

»Was? Nein, nein. Mit so was haben wir nichts zu tun«, sperrte sich Alex.

»Und irgendwas anderes?«

Alex zögerte einen Augenblick. Doch dann bot er ihm ein paar von den Es an. Ich diente ihm dabei als Testimonial: »Schau ihn dir an. Er steht für die Qualität«, sagte Alex und grinste. Ich muss ziemlich überzeugend gewirkt haben, denn unser neuer Freund wollte gleich zehn Stück kaufen. Er bot uns an, das Geschäft im Bus abzuwickeln.

»Du bist der Kaufmann. Du solltest rübergehen«, meinte Alex und drückte mir das Tütchen mit den etwa zweihundert Placebos in die Hand. Jetzt musste ich sogar schon im Urlaub arbeiten. Ich ging also, oder segelte vielmehr, in ihre rollende Burg. Ich hatte ihn nie gesehen, aber ungefähr so muss der Bus in Boyles' »Drop City« ausgesehen haben, zumindest stellte ich ihn mir so vor; bunte Vorhänge, allerhand Aufkleber und Malereien und so ein Zeug. Drinnen erwarteten mich sechs, vielleicht auch sieben von diesen Freaks. Die meisten trugen Bärte, darunter auch eine Frau. Sie wirkten, als hätten sie noch nie Probleme gehabt, als hätten sie sich nie die Hände schmutzig gemacht oder sich geprügelt. Es waren verhätschelte Blagen. Aber ich hatte jetzt professionell zu sein und den Deal abzuwickeln. Ich holte den radioaktivgrünen Beutel hervor, und diese Freigeister wurden ein bisschen nervös. Scheiße, dachte ich, vielleicht waren es ja Zivis? Dann wäre jetzt sowieso alles zu spät.

»Also, einer von euch Bärten wollte mir zehn davon abkaufen. Was ist jetzt?«

»Willst du vielleicht auch einen Hauch?«, fragte mich eines der Mädels und hielt mir einen Joint ins Gesicht. Sie war mit Abstand die attraktivste, was nicht bedeutete, dass sie gut aussah, aber ich nahm ihr Angebot an. Derweil legten die anderen das Geld zusammen.

»Du bist Widder, stimmt's?«, fragte sie mich.

»Nein. Ich bin leider auch nur ein Mensch.«

Noch bevor sie weiterreden konnte, kam der Kerl mit dem Geld.

»Was soll's eigentlich kosten?«

»Siebzig. Festivalpreis.«

Er wusste, dass er keine große Wahl hatte, und nahm zehn

für siebzig. Aus Großzügigkeit ließ ich ihm eine zusätzliche Pille da. Sie bedankten sich, und ich verließ ihren Bus. Ich hatte meinen Job erledigt und unser Benzingeld wieder reingeholt.

Kurz nach Mitternacht konnten wir endlich unser Lager aufschlagen – irgendwo in der Nähe der ehemaligen Landebahn. Eigentlich war es nur ein Zelt, in dem wir zusammen auf einer großen aufblasbaren Gummimatratze schlafen wollten. An Schlafen war jedoch nicht zu denken. Es gab ungeheuer viel zu entdecken und zu feiern. Wir schnupften von Alex' Kokain und machten uns gleich nach dem Zeltaufbau auf den Weg zur Turmbühne. Die Route war gesäumt von düsteren Gestalten, die aus Zelten, Autos, Wohnmobilen und Scheißhäusern auf den Feldweg stolperten und irgendwas schwadronierten. Ich hörte gar nicht richtig hin, meine Ohren hatten längst auf Musikempfang geschaltet. Nur Jill konnte ich hören, und sie war verdammt aufgedreht. »Linda, Linda, kannst du das riechen?«, piepste sie.

»Was denn? Was riechen?«

»Das Leben! Es riecht so zauberhaft!«

Ich schnupperte, aber es roch nur nach einem Gemisch aus Pisse, Schweiß und Marihuana. Vielleicht meinte sie ja genau das. Ich fragte Alex, und wir brachen in schallendes Gelächter aus. Wir waren die glücklichsten Menschen der Welt, dieser verdammten, kümmerlichen Welt. Und dann sahen wir sie: Auf Sand und Glasscherben tanzten die Ferienkommunisten, mit weit aufgerissenen oder geschlossenen Augen, und ließen sich von 4/4-Takt und Wind treiben. Diese bewegungsfreudige Masse tat so, als würde es auf der Erde keine Probleme geben; sie sprühte Funken, winzige kleine Käfer, die auf Regenbögen rutschten, und Schweiß. Ich ließ es zu, verfiel der lauwarmen Brise, dem funkelnden Nachthimmel und all diesen grinsenden Gestalten, den Profiteuren von Weltkriegen und gesetzlichen Urlaubsregelungen. Ich tanzte und grinste, tanzte und ...

Nach einigen Stunden war ich plötzlich alleine. Die anderen waren verschwunden. Sicher sind sie zum Lager gegangen, dachte ich. Aber wo war dieses verfluchte Lager? Und warum war es so dunkel? Lauter Fragen, auf die mein Gehirn keine Antworten finden konnte, kreisten in meinem dröhnenden Schädel. Ich beschloss, einfach draufloszumarschieren, und ging dem Mond, der extrem stark leuchtete, entgegen. Während ich ihm näher kam, entdeckte ich einen zweiten Mond, der wesentlich weiter oben im Nachthimmel stand und nur halb so stark leuchtete. Das war der echte Mond. Was ich anfangs für den Mond gehalten hatte, war nur ein riesiger, leuchtender Ballon. Wütend pisste ich irgendwohin. Dann rannte ich los und schrie: »Alex, du mieser Drecksack! Komm raus, verdammt!« Einige der Camper waren davon nur wenig angetan.

»Just shut the FUCK UP!«, schrie eine Stimme.

»Jill, Linda, wenn ich euch finde, dann ramponier' ich euch den Arsch!« Jemand schrie: »Hör endlich auf zu brüllen, du Penner!« Ich stolperte, fiel hin, jagte mir ein bisschen Rollsplitt in Hände und Knie. Einen Augenblick lang blieb ich liegen und schaute den Sternenhimmel an, dann fiel mir auf, dass ich auf einer warmen, geteerten Fläche lag. Es war die ehemalige Landebahn. Das Lager konnte nicht mehr weit sein.

Es brannte Feuer und roch nach Würsten. Alex hatte den Grill angeworfen und saß auf einem der herausnehmbaren Van-Sitze, trank Bier und grillte eine Wurst.

»Ihr Drecksäcke! Warum habt ihr mich allein gelassen?«, maulte ich.

»Du wolltest doch nicht mit. Wir haben dich mindestens zehnmal gefragt. Du wolltest da bleiben.«

»Ach jaaa«, sagte ich. »Wo ist das Bier?«

»Im Kofferraum. Bring mir eine Flasche mit.«

Ich holte uns ein paar Herforder und setzte mich neben Alex.

»Wo sind die Mädels?«, fragte ich.

»Die liegen im Zelt und erholen sich. War wohl ein bisschen zu viel für sie, das alles.«

Ich nahm mir einen Spieß, steckte eine Wurst drauf und hielt sie ans Feuer. Nach einer Weile platzte die Pelle, und das heraustropfende Fett verpuffte auf der glühenden Holzkohle. Ich warf die Wurst in die Nacht hinein. Alex werkelte in der Zwischenzeit an einer Tüte herum. Er schien ziemlich zufrieden zu sein.

»Sag mal, bist du glücklich mit deinem Leben?«, fragte ich ihn.

»Es gibt immer was zu bemängeln, aber im Großen und Ganzen bin ich glücklich, ja.« Er leckte das Pape.

»Und was macht dich glücklich?«

Alex zündete die Tüte an und nahm einen kräftigen Zug. Wahrscheinlich war es das. »Schau dir Jill doch an. Sie ist eine Superfrau. Sie weiß genau, was sie will. Und ich bin glücklich darüber, dass sie mich will.«

An Jill war wirklich alles super. Ihre langen Beine, ihr natürliches, blassblondes Haar und vor allem ihre Einstellung. Sie war ein richtiger Glücksgriff, nicht so eine Verrückte wie Zoja.

»Ist das alles? Dein gesamtes Glück basiert auf einer Frau?«

Alex nahm noch einen Zug und reichte mir den Joint rüber.

»Du denkst zu viel nach«, sagte er. »Lass dich treiben, Mann. Mach nur noch die Dinge, die sich gut anfühlen. So wie dieses Festival. Fühlt es sich nicht gut an, hier zu sein?«

»Doch. Natürlich, aber ...«

»Nichts mit aber. Genieß das einfach«, unterbrach er mich.

Im Zelt raschelte etwas. Es war Jill, die ein bisschen zerzaust, aber mit einem Lächeln herauskroch.

»Hey, her mit dem Joint«, sagte sie und setzte sich auf Alex' Schoß.

»Dimi«, sagte sie und zog an der Tüte, »wovor hast du so viel Angst?«

»Vor dem einfachen Leben. Der ganzen stupiden Arbeit. Vor Hypotheken und Krediten für Fernseher, Autos und Computer. Vor Pauschalreisen und Möbeln aus dem Katalog. Vor Frauen, die zu viel Make-up tragen.«

»Du bist doch verrückt ...« Jill hustete.

»Ich wäre gern verrückt! Was gibt es Besseres, verdammt?! Dann kann man endlich alles hinschmeißen und das sein, was man wirklich will«, phantasierte ich und dachte, dass ich ein Feigling war.

»Und das wäre?«

»So genau weiß ich das nicht. Aber wenn ich verrückt wäre, würde ich sagen, irgendwas zwischen Schriftsteller, Rockstar und Arschloch.«

»Du denkst nicht nur zu viel, du träumst auch noch zu viel. Das ist keine gute Mischung«, warf Alex ein.

»Lass ihn doch. An Handyverkäufern mangelt es sicher nicht. Aber mach dir keine falschen Hoffnungen, Dimi. Die Leute lesen kaum noch«, meinte Jill.

Ich ließ meine Bierflasche fallen und hob sie wieder auf. »Dann kann ich immer noch Rockstar werden.«

»Oder Arschloch«, sagte Alex und hob sein Bier. »Lasst uns anstoßen. Auf unseren verrückten Freund: das Schriftsteller-Rockstar-Arschloch.« Die Flaschen klirrten, und ich war Schriftsteller. Ich musste nur noch anfangen zu schreiben.

Der Morgen im Zelt war grausam. Die Matratze verlor Luft, und wir mussten im Wechsel aufstehen und nachpumpen. Abgesehen davon schliefen die anderen sehr unruhig und drängten mich ständig an den Rand, so dass ich einige Male auf den harten Zeltboden rutschte. Zu allem Übel hatte uns auch noch die Morgensonne richtig eingeheizt. Nach nur ein paar Stunden Dämmerschlaf war die Schmerzgrenze erreicht. Linda und Jill begaben sich auf die Suche nach den Duschinseln, und Alex und ich begannen den Tag mit ein paar zermahlenen Pillen, die wir durch die Nase zogen, was nicht nur ein Wahnsinnsbrennen bewirkte, sondern auch einen unvergleichlichen Rausch. An Frühstück war nicht zu denken. Wir schnappten uns ein paar Flaschen Pils und marschierten los. Egal zu welcher Uhrzeit man unterwegs war, es waren immer Menschen da, die tanzten. Auf den mit Gras bedeckten Hangars, im Sand, auf Bäumen, Wohnmobilen, Bänken und Stühlen. Überall tanzten sie und fühlten sich gut, fühlten sich unsterblich. Es war angenehmer und leichter, als sich gegenseitig die Köpfe einzuschlagen oder am Fließband zu stehen oder Handys zu verkaufen, also machten wir mit. Ich entdeckte eine Kleine, die mir ziemlich gut gefiel. Ich schaute ihr in die Augen, und sie sagte: »Deine Pupillen machen mir Angst. Da ist nichts außer Schwarz.« Ich dachte, es wäre eine gute Idee zu lächeln. Aber das machte sie nur noch ängstlicher. »Das ist die neueste Generation von Kontaktlinsen«, sagte ich. »Man nimmt sie durch die Nase.«

Sie zeigte mir ihre weißen glänzenden Zähne und ein bisschen gesundes Zahnfleisch. Das Eis war gebrochen. Sie war ein wirklich schönes Wesen in ihren ultrakurzen Jeansshorts, die ihre dunklen und leicht muskulösen Beine präsentierten. Ich bot ihr eine Flasche Pils an, und wir setzten uns auf einen der Hangars, von wo aus man einen Großteil des Spektakels überblicken konnte und einen Hauch von Wind spürte, den ich gut gebrauchen konnte, denn es waren jetzt bestimmt siebenundzwanzig Grad, die sich durch das E wie neununddreißig anfühlten. Marie holte eine Pfeife hervor und stopfte ein bisschen Gras hinein. Sie war aus gutem Hause, denn sie bot mir den ersten Hit an. Aber ich lehnte ab. Ein Verstand, der sich ausschließlich auf MDMA und Kokain stützte, war fürs Erste genug. Sie setzte an, nahm einen Zug professionellen Ausmaßes, inhalierte und hielt für zwei oder drei Sekunden die Luft an. Langsam ließ sie den Rauch entweichen. Angeberin. Ich stürzte einiges an Bier hinunter.

»Wo kommst du her?«, wollte sie wissen.

»Aus Osnabrück. Sagt dir das was?«

»Ja. Richtung Holland raus, nicht wahr? Ich hab mal in Münster studiert. Aber ich konnte die Stadt nicht ausstehen. Die meisten waren borniert, karrieregeil und litten an Selbstüberschätzung. Bin dann wieder zurück nach Berlin.«

»Und was machst du da?«

»Ich genieße mein Leben und arbeite nebenbei in einer Bar. Und du?«

»Ich hasse mein Leben, und nebenbei verkaufe ich Telefone.«

»Hass ist gut«, sagte sie, »er hält dich davon ab, Dinge zu tun, die du nicht leiden kannst.«

»Du redest wie jemand, der sich auskennt.«

»Ja. Mein Vater ist Kinderpsychologe.«

»Hab ich ein Glück, dass meiner säuft.«

Wir verstanden uns gut. Sie war eine scharfsinnige Gesprächspartnerin und höllisch schön. Vielleicht sogar ein bisschen *zu* schön, dachte ich, und das war es, was es mir schwer machte, in ihre nachtschwarzen und von kleinen roten Äderchen gezierten Augen zu sehen. Ich wurde flatterig und das Bier leer. Ich schlug vor, zum Lager zu gehen und ein paar neue Flaschen zu holen. Sie war einverstanden, und wir brachen auf, ließen den künstlichen Hügel hinter uns und torkelten, taumelten zum Lager. Mittlerweile hatte ich mir den Weg zu unserem Platz eingeprägt. Eigentlich ging es nur geradeaus. Vorbei an den dekadenten Hippiebussen, an den Spaniern, die Zigaretten verkauften, den Norwegern, die voller Stolz die Fahne ihrer ölexportierenden Nation hissten, und den Schweden, die jeden Morgen mit einer Line Speed einläuteten und mir am sympathischsten waren, wenn sie gerade das Maul hielten – und man war da.

Jill und Linda trugen bunte Bikinis und große Strohhüte. Sie sonnten sich. Alex hatte die Türen des Vans geöffnet, es lief Nick Höppner, und gerade grillte er sich wieder eine von diesen abscheulichen Bratwürsten.

»Hey, Leute, das ist Marie. Marie, das sind Linda, Jill und Alex – meine Freunde.« Marie setzte sich dazu, und sie redeten über belangloses Zeug. Politik. Religion. Karriere. Ich hatte nicht viel damit zu tun, sie in die Gruppe zu integrieren. Sie passte einfach, und Jill zwinkerte mir ständig zu, wenn Marie eine ihrer bemerkenswert vielen Lebensweisheiten in die Runde warf und alle beeindruckte. Besonders mit Linda verstand Marie sich gut. Sie redeten ununterbrochen, während die Abenddämmerung hereinbrach und ich mit einem Stock in der

Erde herumwühlte und die Hoffnungen auf animalischen Sex, wie ich ihn mit Zoja oft gehabt hatte, längst verflogen waren. Marie hatte es auf Linda abgesehen; um das zu sehen, musste man sich nicht besonders damit auskennen. Und Linda konnte das gut gebrauchen, dachte ich.

Es war der 27. Juni, der King of Pop war tot, eine Frau Bundeskanzler, und der Schwede von nebenan machte einen Riesenhaufen, gleich neben unserem Zelt, und schaute uns währenddessen unverfroren in die Augen. Ich hatte eine Traumfrau an die andere verloren. Was führte ich doch für ein progressives Leben.

Die Euphorie war verflogen. Melancholie und chemisch bedingte Depressionen machten sich breit. Wieder zu Hause, würde Alltag angesagt sein, dachte ich auf der Rückfahrt. »Zu Hause sein«, das waren eigentlich nur noch Worte, kein Gefühl mehr. Wir, Vitalij, Nina, mein Vater und ich, lebten in unserer kleinen Wohnung die meiste Zeit aneinander vorbei. Mein Vater war wieder Fernfahrer und fuhr vor seinen Problemen davon. Vitalij versuchte sich im Glauben und besuchte regelmäßig ein paar Gottesdienste. Nina nahm er manchmal mit, aber sie wusste noch nicht, wo sie hingehörte, sie probierte sich aus. Das bereitete mir Sorgen, denn ich fühlte mich für sie verantwortlich, musste aber so langsam begreifen, dass sie ihr eigenes Leben führen wollte, Entscheidungen, auch falsche, treffen musste. Ich war zum Zuschauer degradiert worden, der hoffte, mit seinem Applaus oder seinen Schmährufen, die bereits überhandgenommen hatten, etwas bewirken zu können.

Als die anderen mich absetzten, war niemand da. Auf meinem Schreibtisch begrüßten mich ein paar Briefe. Rechnungen.

Mein E-Mail-Postfach hielt eine Überraschung parat: Frank wollte sich unbedingt mit mir treffen. Ich trank ein Bier, stieg in meinen Golf und fuhr hin. Erst als ich den Laden betrat, verstand ich, was mir blühte. Franks Frau bediente gerade ein paar Kunden, und während ich sie im Vorbeigehen begrüßte, strafte sie mich mit einem eiskalten, verachtenden Blick. Ich kannte ihn schon. Er bedeutete:

Du bist ein fieses Schwein. Wie konntest du uns das nur antun? Wir haben dir vertraut. Wir haben dir alles gegeben. Wie konntest du nur? Blablabla. Man sollte sich nie mit Leuten einlassen, die Castingshows gucken und ihr eigenes Bier zapfen. Sie wähnten sich tatsächlich im Recht. Frank war nervös, als er mir die fristlose Kündigung auf den Tisch legte, und faselte etwas von Vertrauen. »Ich war am Samstag im Laden«, sagte er, »du hast dir unerlaubt Geld aus der Kasse genommen.«

»Ich dachte, das hätten wir so vereinbart.«

»Du weißt, was ich meine. Unterschreib das hier.«

Er breitete vier Blätter vor mir aus. Ich las sie durch.

»Da steht drin, dass ich dich beklaut hätte«, sagte ich.

»Hast du ja auch.«

»Einen Dreck. Ich habe doch sogar aufgeschrieben, dass ich es genommen habe.«

»Ich will nicht mit dir diskutieren.«

Ich wollte es auch nicht, also unterschrieb ich die fristlose Kündigung wegen Diebstahls und die lächerliche Verschwiegenheitsklausel, die seinen Arsch absichern sollte. Aus reinem Vergnügen beschloss ich, ihm ins Gewissen zu reden.

»Das hätte ich nicht von dir erwartet, Frank. Für mich warst du ein Freund«, sagte ich und schaute ihm geknickt in seine verlogene Visage. Schauspielerei hatte ich als Verkäufer gelernt, das stand fest. Dann schlenderte ich davon, legte einen entspannten Abgang hin, vorbei an seiner Alten, die mich hängen sehen wollte, und den Kunden, die vermutlich auch nichts dagegen gehabt hätten. Scheiße, fühlte sich das gut an. Ich war ein freier Mann. Die Welt lag mir zu Füßen. Jetzt würden die guten Zeiten, die ehrlichen und erfolgreichen Zeiten anbrechen.

2005

Es muss elf Uhr gewesen sein, und ich hatte gerade einen kleinen Spliff geraucht, als diese Männer abwechselnd in unsere Wohnungstür rannten und einen fürchterlichen Lärm verursachten. Vitalijs Mundwinkel zitterten, also öffnete ich – noch in Boxershorts – die Tür. Ihr Anführer, ein aufgeblasener Gerichtsvollzieher, begann gleich seinen Text runterzuspulen: »Sind Sie Jewgeni Wolf? Wir haben hier eine Räumungsklage gegen Sie vorliegen. Sie werden umgehend aufgefordert, die Wohnung zu verlassen.«

Noch bevor ich sagen konnte, dass ich keineswegs Jewgeni, sondern sein Sohn war, stürmten sie in die Wohnung und schoben mich beiseite.

»Hey, das könnt ihr nicht machen! Hier leben Kinder!«

Gerade wollte ich dem größten von ihnen eine verpassen, als ein Bulle mich bereits mit dem Gesicht in die Raufasertapete drückte. »Sie sollten lieber kooperieren und Ihre Sachen packen«, sagte er. Ich sah zu Vitalij rüber. Verlegen blickte er zu Boden, versuchte, sich ein paar Tränen zu verkneifen, aber es wollte nicht gelingen. Mein Herz raste vor Wut. Ich wusste nicht, wen von ihnen ich als Erstes angreifen würde, wenn der Bulle mich aus seinem Griff befreien würde. Zu zweit begleiteten sie mich in mein kleines Zimmer, das direkt gegenüber der Eingangstür lag, und beobachteten mich dabei, wie ich in ein paar Klamotten stieg und meinen Rucksack suchte. Als ich ihn gefunden hatte, wusste ich nicht, was ich einpacken sollte. Außer ein paar alten Büchern und leiernden Kassetten besaß ich nichts. Ich wusste nicht einmal, wofür ich packte. Für die Straße?

Zum Glück ist Nina noch in der Schule, dachte ich, während sie schon die ersten Kartons aus der Wohnung trugen. Sie waren gut. Mit der Besteckschublade hatten sie begonnen.

Dass die Welt ein unbarmherziger und demütigender Ort war, hatte ich bereits im Alter von neun Jahren geahnt. Vitalij und ich saßen auf der Wohnzimmerfensterbank eines kleinbürgerlichen und gemütlichen Mietshauses, das an einem Hang des Wiehengebirges stand, und blickten in die Junidunkelheit des Jahres 1995, die vom Scheinwerfer eines Helikopters und zahlreichen Blaulichtern erleuchtet wurde. Wir warteten dort seit Stunden auf Mutter und Nina, die Vater von der Arbeit abholen wollten, um dann einen dieser Freitagabende zu verleben, die ich als Kind immer so liebte: In Baumwoll-Jogginghosen auf dem Teppichboden liegen und meinen verliebten, jungen Eltern dabei zuhören, wie sie das Leben erklären. Ein Leben, das ihre Erwartungen keinesfalls erfüllen würde. Vitalij und ich wussten noch nicht, wem diese fluoreszierenden Lichter am Horizont der niedersächsischen Einöde galten, und dass sie unser bis dahin weitgehend sorgenfreies Leben zerstören würden. Wir wussten nicht, dass es Mutter war, die dort eingeklemmt von kaltem Stahl um ihr Leben kämpfte. Oder dass Vater die Windschutzscheibe des alten Omega mit seinem Gesicht voran hatte zerbersten lassen, weil sein Gurt gerissen war, als der Landrover frontal in sie hineinrauschte. Wir wussten noch nicht, dass Nina mit dem Schrecken davongekommen war, einem Schrecken allerdings, der nie mehr ging. All das erfuhren wir Tage und Wochen später. Aber erst jetzt, nach vielen Monaten und Jahren, als Mutter an den Spätfolgen dieses Unfalls gestorben war und wir auf die Straße gesetzt wurden, wusste ich, was das alles zu bedeuten hatte. Gott, dieser miese Knochen, wollte unsere Seelen fressen, und er scherte sich dabei einen Dreck um unser Fleisch.

Meine strenggläubigen Großeltern, die Eltern meines Vaters, halfen uns. Sie stießen ein paar Gebete aus, bezahlten die Schulden – etwa dreißigtausend – und retteten uns vor der Gosse. Na ja, nicht ganz. Vorübergehend bezogen wir eine kleine Wohnung in der ehemaligen Bohmter Stadtmolkerei; einer großen, heruntergekommenen Wohnanlage, in der die Huren und Fixer des Landkreises Osnabrück verzweifelt versuchten, einen Freier oder einen Schuss zu finden, und in der mein Großvater als Hausmeister gearbeitet hatte. Es war wahrlich kein Traum, aber es gab Kabelfernsehen. Wir schliefen dort auf keimigen Matratzen, aßen Doseneintopf und tranken schwarzen Beuteltee. Während ich ein eigenes Zimmer hatte, mussten sich Vitalij und Nina eines teilen. Unser trinkfreudiger Herr sollte sich mit dem Wohnzimmer abfinden, was mir aber nicht genug der Strafe erschien, schließlich hatten wir das alles ihm zu verdanken. Aber »Gott ist sein Richter«, sagte meine Oma immer.

Jedenfalls saß ich die meiste Zeit rum. Ich las ein paar Erbstücke meiner Mutter; abgehobenes Zeug von Puschkin, Gogol und Dostojewski, oder schaute mir die typischen Unterschichten-Talkshows an, wenn ich nicht gerade einen Nachbarn abwimmelte, der uns irgendwas andrehen wollte – Gras, Heroin, Speed, Markenrasierer, Autoradios, Fahrräder.

Meinem Großvater passte das gar nicht. Er kam hin und wieder vorbei, um nach dem Rechten zu sehen. »Mir gefällt es nicht, dass du ständig in deinem Zimmer hockst. Du musst arbeiten. Ein richtiger Mann arbeitet. Er sorgt für seine Familie.«

Mein Großvater meinte es gut, aber das hätte er seinem Sohn erzählen sollen. Vielleicht dachte er, dass es bei mir noch nicht zu spät sei. »Okay, Opa. Ich höre mich mal um«, log ich. Jobs und Schulabschlüsse waren mir schon eine sehr lange Zeit am Arsch vorbeigegangen. Zehn Jahre lang hatte ich meiner Mutter beim Sterben zugesehen. Aber in der Hauptschule konnten sie das nicht verstehen. Ständig wollten sie einen in stupide Berufe drängen. In der achten Klasse fragten sie uns einmal nach unseren Traumberufen. Jeder sollte auf einem Zettel den Beruf aufschreiben, dem er am liebsten nachgehen würde – ganz anonym. Ich nahm einen dieser Zettel und überlegte eine Weile. Schließlich schrieb ich: *Journalist oder so*. Nicht, weil ich es wirklich wollte, mehr, weil mir nichts Besseres einfiel. Nachdem der Klassenlehrer die Zettel eingesammelt und gelesen hatte, lief er rot an und verlor seine staatsdienerische Beherrschung. »Was glaubt ihr eigentlich, wer ihr seid?«, fragte er uns, die Kinder der türkischen Gastarbeiter, der Aussiedler und die deutschen lernbehinderten Scheidungskinder der alkoholkranken Landwirte.

»Tierärztin, Journalist oder Pilot! Pilot?! Seid ihr noch ganz dicht? Das sind doch alles Luftschlösser!«, fauchte er, nach Luft ringend. Wir gehörten in die Fabriken, die Werkstätten, die Gefängnisse und Scheißhäuser dieser Republik. Niemand glaubte ernsthaft daran, dass wir es jemals zu etwas bringen würden, geschweige denn die Hürden dieses Bildungssystems meisterten. Deshalb durften auch wir nicht daran glauben, und deshalb sahen wir keinen Sinn im Auswendiglernen von Landeshauptstädten, peripheren Geschichtsdaten oder der deutschen Grammatik. Dieser geifernde Strickjackenträger, der uns etwas über das Leben eintrichtern wollte, hatte es schwer mit uns. Wir waren Träumer. Irgendwann würden unsere Luftschlösser schon errichtet sein.

Kaum war Großvater gegangen, stand mein Vater in der Tür. Er hatte die Angewohnheit, nicht gleich draufloszureden. Besonders wenn er angetrunken war, stand er erstmal für ein paar Sekunden schnaufend da. Hatte er seine Gedanken geordnet, legte er los: »Ich kann dich nicht länger aushalten«, sagte er. »Ich gebe dir eine Woche, dann hast du einen Job. Wenn nicht, fliegst du raus.« Ich versuchte, ihn zu ignorieren, schaute in mein Buch. Jerofejew schrieb: *Ich bleibe unten, und von unten spucke ich auf eure Leiter des gesellschaftlichen Aufstiegs.*

Mein Vater wurde lauter. »Du hast eine Woche, klar?!«

»Jawoll, Sir«, sagte ich, ohne aufzublicken.

Die Tür flog ins Schloss, und er ging wieder zu seinem Fernseher.

Die Tage in der Molkerei waren fahl und bleiern, und ich saß auf der Fensterbank meines Zimmers und blickte auf die Bremer Straße hinunter. Ich sah mir die Leute an. Sie parkten ihre Autos, trugen Einkäufe durch die Gegend, begrüßten einander und führten flüchtige Gespräche. Sie schienen sich an nichts auf der Welt zu stören. Ich hätte sie am liebsten mit Scheiße beworfen. Aber ich musste Bewerbungen schreiben. Ein entfernter Verwandter hatte mir erzählt, dass das Unternehmen, für das er arbeitete, nach Leuten suchte. »Hör mal«, sagte er, »dein Vater hat mir erzählt, dass du Arbeit brauchst. Vielleicht kannst du bei uns anfangen.«

Dieser Cousin meines Vaters war kein besonders gebildeter oder raffinierter Mensch, und ich machte den Fehler, ihn weder zu fragen, was das für ein Unternehmen sei, noch was sie bezahlten. Ich war ein junger Kerl, der glaubte, nach jedem Strohhalm greifen zu müssen. Meine Bewerbungen schrieb ich von Hand, da ich weder einen Drucker besaß noch jemanden kannte, der über einen verfügte. Und jeder Fehler, den ich machte, bedeutete nicht nur, dass ich von vorne beginnen musste, er stieß mich auch in ein neues Motivationsloch, das mich vollkommen zu verschlucken drohte. Bis ich also in der Lage war, mir meinen ersten Job zu holen, vergingen drei oder vier Wochen, in denen ich high auf der Matratze lag, mir wutgeladene Standpauken meines angetrunkenen Vaters anhörte und nicht selten vor Verzweiflung heulte. Jeder anständige Job der Welt wäre längst vergeben gewesen. Aber der hier war immer noch zu haben. Niemand schien ihn zu wollen, und das, obwohl in Deutschland gerade mal wieder eine dieser Krisen herrschte.

Da saß ich also in meinen einzigen Bluejeans und einem schwarzen löchrigen Strickpullover in meinem alten Golf, schaute erst angespannt auf die analoge Tachouhr und dann in den Spiegel und dachte, es sei höchste Zeit für einen Frisörbesuch. Schließlich nahm ich meine primitiven Bewerbungsunterlagen und marschierte in das nach massig Arbeit aussehende Büro der Jupiter Zeitarbeit GmbH. Am Empfang saß eine Frau und schaute in die Röhre eines alten Computers, während sie an einer Zigarette zog. Ihre Haut erinnerte mich an alte Handtücher. »Hallo«, begrüßte ich sie, »ich suche einen Job.«

Ohne den Blick vom Computerbildschirm abzuwenden, entgegnete sie mir in gelangweiltem Ton: »Nehmen Sie Platz.

Es wird gleich jemand kommen und Ihnen einen geben.« Was für ein merkwürdiges Land. Du gehst irgendwo rein, sagst, du willst Arbeit, und bekommst sie. Meine Eltern hatten nicht alles falsch gemacht, als sie sich dazu entschieden, die wenigen Sachen zu packen, die wir besaßen, und mit Vitalij und mir zu emigrieren. Wobei das in der Sowjetunion ähnlich lief. Meist war es sogar so, dass sie zu dir kamen und dir einen Job gaben – ob du ihn wolltest oder nicht. Mein Vater verzierte dort eine Zeitlang Grabsteine.

Jetzt erschien auch schon jemand, auf dessen Namensschild Sebastian Krämer prangte. Der Name stand ihm. Krämer trug über seiner schwarzen Nadelstreifenhose ein ebenso gut gebügeltes schwarzes Hemd und eine randlose Brille. Seinem Kinnbärtchen nach zu urteilen musste er ungefähr 36 sein. Er streckte seine Kaufmannshand aus. Sein Händedruck war lasch. Aber wahrscheinlich war das ein erster Test, dachte ich, und drückte etwas fester zu.

»Guten Tag«, grinste er. »Sebastian Krämer. Sie wollen also für uns arbeiten?«

»Dimitri Wolf«, schüttelte ich noch immer seine Hand. »Ich will es versuchen, Sir«, fügte ich mehr oder weniger ernst hinzu. Krämer vergeudete keine Zeit. Er gab mir ein paar Papiere, die ich ausfüllen sollte. Der übliche Kram: Wo wohnen Sie? Bohmte. Was haben Sie bisher getan? Hauptschule, Handelsschule, dann nichts. Verfügen Sie über besondere Kenntnisse, die der Jupiter Zeitarbeit GmbH bei der Bestimmung Ihres Einsatzortes helfen würden? Nicht dass ich wüsste. Ihre Schuhgröße? 44. Wie sind Sie auf uns aufmerksam geworden? Mund-zu-Mund-Propaganda. Das Feld mit den persönlichen Vorlieben ließ ich aus, weil ich dachte, dass es ein zweiter Test wäre. Krämer nahm die Blätter mit und blieb eine Viertelstunde lang weg. Ich dachte kurz darüber nach zu gehen, blieb dann aber doch.

Schließlich kam er mit einem Schuhkarton und noch mehr Papierkram wieder. »So, Herr Wolf. Das sind Ihre neuen Sicherheitsschuhe. Wenn Sie diesen Vertrag und die Zusatzvereinbarungen unterschreiben, sind Sie verpflichtet, die Schuhe bei jedem Einsatz zu tragen.« Ich schaute mir den Vertrag und die Vereinbarungen an. Sie boten mir einen Stundenlohn von 6,15 Euro, zwei Urlaubstage pro Monat, Fahrgeld (wenn der Einsatzort außerhalb von Osnabrück lag) und ein billiges Paar Sicherheitsschuhe. Im Gegenzug verlangten sie, dass ich die kommenden sechs Monate als »Helfer« arbeiten sollte. Für den Fall, dass ich das schuldhaft nicht tun würde, sollte ich eine Vertragsstrafe in Höhe einer Bruttomonatsvergütung zahlen. Wer auch immer diesen Vertrag aufgesetzt hatte, er musste seine Existenz über seinen Beruf definieren. Es war niederträchtig. Ich unterzeichnete. Krämer gratulierte und riss mir gleichzeitig den Jupiter-Kuli aus der Hand. »Einer der Letzten«, meinte er noch, bevor er mir sagte, dass er mich am Abend anrufen würde.

Die Günther Galvanotechnik GmbH war ein Familienbetrieb mit acht Mitarbeitern in der Produktion und drei Leuten in der Verwaltung. Es war keines dieser gewaltigen Firmengelände mit den Ausmaßen von Leverkusen. Nur ein Mehrfamilienhaus mit einer großen Garage. Ich war etwas früh dran, ging aber trotzdem schon mal in das Zimmer, an dessen Tür »Büro« stand. Darin saß ein dürrer, alter Mann mit gelbem Haar, gelben Zähnen und gelben Fingern. Er trug eine von diesen großen 70er-Jahre-Brillen mit Nickelrand, deren enorme

Gläser trüb und milchig waren, und hockte hinter einem gelb-grauen Schreibtisch, der vor einer gelb-braunen Wand stand. Das gesamte Büro roch nach kaltem Rauch und Verwesung. Es war Herr Günther persönlich. »Sie sehen gut aus«, sagte er. »Etwas schmächtig, aber wie jemand, der sich nicht vor ehrlicher Arbeit drückt.« Dann führte er mich zu meinem Arbeitsplatz. Es stank noch viel schlimmer als in seinem Büro. Aber nicht nach Rauch, sondern nach fauligen Eiern und Schimmel. Es roch nach schweißtreibender Arbeit und dem langsamen, qualvollen Tod. So sah es auch aus. Alles war grau, trist und öde. Überall lag Metall – dicke Rohre, große Schrauben, massive Stangen, gigantische Muttern und tonnenweise Draht. Künstliches Licht und Tropfen von irgendeinem schmierigen Zeug fielen von der Decke. Man sollte gar nicht erst auf die Idee kommen, dass man sich hier ausruhen konnte. Man sollte gleich wissen, womit man es zu tun bekam. Ich hatte noch keine Ahnung, was sie hier machten, aber es sah nicht gut für mich aus. Herr Günther stellte mich ein paar Mitarbeitern vor. Keiner von ihnen war besonders erfreut, mich zu sehen. Ausgerechnet der am grimmigsten Dreinschauende war derjenige, der mich in die Geheimnisse der Galvanik einweihen sollte. Fritz, ein etwa 55-jähriger, beinahe zahnloser Schnurrbartträger mit stattlicher Wampe, drückte mir eine Kneifzange und eine Rolle Draht in die Hände und wies mich an, es ihm nachzumachen. Was genau ich nachmachen sollte, sagte er nicht. Wir stellten uns vor große Becken, die mit Säure befüllt waren, und warteten darauf, dass der darüberhängende Roboter, der von einem anderen Mann gesteuert wurde, uns Arbeit gab – Arbeit, die schneller kam, als ich dachte. Der Roboter griff sich eine der vielen Stangen, die in die Becken eingehängt waren, hievte sie hoch, fuhr sie heran und ließ sie in einen Wagen nieder. An dieser drei Meter langen Stange hingen Gitter, an denen wiederum lauter schwere und funkelnde Metallteile mit einem Draht fixiert waren. Spätestens jetzt wusste ich, wofür ich die Kneifzange brauchte. Der dicke Fritz nahm eine Luftdruckpistole und befreite die Teile von den verbliebenen Säureresten. Dann zog er den Wagen aus der Verankerung und holte das Metall von den Gittern, um es auf verschiedene Kisten zu verteilen. Ich tat, wie mir befohlen, und machte es ihm nach. Es musste ziemlich schnell gehen, denn die nächsten Teile waren bereits im Anflug. Was ich noch nicht ahnte, war, dass man neues, noch unbearbeitetes Metall aufhängen musste, bevor die nächsten Teile kamen. Weil alle Teile unterschiedlicher Größe waren, musste man in der Zwischenzeit die Gitter austauschen, die ungefähr 20 Kilo wogen und von denen jeweils vier an einer solchen Stange befestigt waren. Wenn Fritz jemals Nerven gehabt hatte, dann verlor er sie jetzt. Der Roboter kam immer näher, wollte die Stange wieder mitnehmen, um sie in eines der Becken einzutauchen und uns eine neue zu servieren. Aber ich war nicht schnell und nicht kräftig genug und verfügte auch nicht über die richtige Technik, die Metallteile an die Gitter zu fixieren. Die Maschine musste zum ersten Mal gestoppt werden. Der Mann, der sie bediente, flippte vollkommen aus, Fritz begann ebenfalls herumzuschreien. Ich dachte kurz daran, eine dieser verchromten großen Schrauben zu nehmen, beiden den Schädel zu zertrümmern und nach Hause zu fahren, um was zu rauchen. Aber dort würde mein Vater auf mich warten.

Ich schnaufte kurz durch und machte weiter, und irgendwie bekamen wir es doch noch hin, die erste Stange abzufertigen. Fritz war die Erleichterung anzusehen.

Bis zur Pause wiederholte sich das vierzig bis fünfzig Mal.

Ich war schon jetzt völlig abgekämpft. Mein Rücken machte mir zu schaffen, meine Arme wurden immer schwerer, und meine Füße schwammen im Schweiß, der sich in den billigen, luftundurchlässigen Sicherheitsschuhen gesammelt hatte.

Während der gesamten fünfzehn Minuten Pause sagte niemand ein Wort. Alle drückten ihre Butterbrote in sich hinein und starrten wie hypnotisiert in ihre Bild-Zeitungen. Das hier ist doch kein Job, dachte ich, während ich mein Brot verschlang. Wenn es das war, was ein Mann tun musste, um über die Runden zu kommen, wollte ich keiner sein, nein, konnte ich keiner sein. Kaum war ich in der Lage, einen halbwegs klaren Gedanken zu fassen, musste ich aufstehen und das nächste Zeug heben, aufhängen und verdrahten.

Am Ende meines ersten Arbeitstages hatte ich ungefähr 1500 Kilo gehoben und dafür 45 Euro erhalten, von denen 15 Euro in meinen Golf flossen, zehn in Gras und fünf in Bier. Ich war der größte Verlierer, den ich kannte. Aber mein Vater war stolz auf mich.

Als ich gegen sechs Uhr aufstand, fühlte ich mich wie fünfundsiebzig Kilo wässrige Scheiße, die von ein bisschen Haut zusammengehalten wurde. Neben einem Ganzkörpermuskelkater hatte ich mir eine Erkältung und einen Kater eingehandelt. Ich war nicht so ein harter Kerl, wie ich immer gedacht hatte. Nach etwas Zahnpasta und einem Becher schwarzem Tee schleppte ich mich in meinen Golf. Leider sprang er an. Auf dem Weg ging mir nur eines durch den Kopf: Dreh um! Lass dir irgendwas einfallen, aber lass dich nicht ausnehmen. Nicht so.

Ich betrat die Produktionshalle mit zehnminütiger Verspätung. Fritz lehnte mit verschränkten Armen an einem Pfeiler und wartete auf mich. Ohne ein Wort griff ich mir Kneifzange und Draht. Wir stellten uns vor die Säurebecken und warteten auf das herannahende Metall. Fritz schwieg. Aber das war kein Problem. Was sollte ich mit so jemandem auch besprechen? Das war doch nur noch eine Hülle. Der Mensch, wenn der jemals in ihm existiert hatte, hatte sich längst in der ätzenden Luft aufgelöst, denn das war es, was diese Arbeit zum Ziel hatte: Menschen in Geschmeiß zu transformieren. Und bei Fritz war ihr das definitiv gelungen. Gedanken wie dieser ließen alles etwas leichter von der Hand gehen und retteten mich in meine zweite seltsame Pause bei der Günther Galvanotechnik GmbH.

Während ich vor Erschöpfung zitternd eine Cola trank, sprach mich zum ersten Mal jemand an. Es war der Typ, der die Maschine steuerte.

»Bist du eigentlich Deutscher?«, fragte er. Ich wartete einen Augenblick mit meiner Antwort. Die sieben oder acht Männer schauten mich an. Sie waren alle Deutsche. »So wie ihr«, sagte ich, »nur auf dem Papier.« Ich wusste nicht, ob sie das beruhigen würde, aber ich nahm es an, weil sie sich wieder ihren Boulevardblättern zuwandten. Ich war eindeutig Teil des Osnabrücker Proletariats. Ich war der närrische Fußabtreter dieser Schicht. Ein minderwertiger Leiharbeiter mit Migrationshintergrund. Ein in Kasachstan geborener, russischer Deutscher, in dessen Kreislauf ein Cocktail aus tatarischem, kosakischem und arischem Blut zirkulierte. Jetzt konnte auch ich mich beruhigt zurücklehnen und die letzten Happen von meinem Käsebrot genießen.

Nach der Pause begann meine Nase zu bluten. Immer wenn ich mich bückte, landete ein Tropfen auf dem staubigen Betonboden. Fritz forderte mich auf, das zu stoppen. Ich lief zur Toilette, schmiss mir kaltes Wasser ins Gesicht und stopfte mir etwas von dem rauen Toilettenpapier in die Nase. Aber es brachte nichts, das Blut tropfte einfach weiter und malte karminrote Muster auf den Boden. Ich versuchte, es zu ignorieren, schleppte weiter, mit letzter Kraft. Doch es war vergeblich. Fritz und der Deutsche an der Maschine waren ein eingespieltes Team. Sie legten ein Tempo vor, mit dem ich unmöglich Schritt halten konnte, und sie regten sich unentwegt darüber auf, wenn ich etwas fallen ließ, nicht richtig befestigte oder zu langsam war. Es war ihnen egal, dass ich kurz davor stand, ohnmächtig zu werden. Sie wollten den Akkord. Ich hielt so gut es ging Schritt. Wenn es nicht gereicht hätte, dann hätten sie dich schon längst nach Hause geschickt, dachte ich. Sie hätten sich einen anderen Verlierer holen können. Ein Anruf in der Jupiter-Zentrale und ich wäre raus. Aber ich war nicht raus. Ich war mittendrin.

Am Freitag fuhr ich bei Jupiter vorbei, reichte meinen Stundenzettel ein und verschwand, ohne einen Satz mit Krämer oder sonst wem gesprochen zu haben. Zuhause rauchte ich eine Tüte, nahm ein Bad und schnitt mir die Zehennägel. Meine Geschwister, mit denen ich kaum noch redete, waren bei Freunden und mein Vater bei einer seiner Frauen. Ich träumte davon, mir eine eigene Wohnung zu mieten, aber dafür hatte ich nicht genug Geld. Um den Traum zu ertränken und die Schmerzen der Woche zumindest für den kurzen Moment eines Vollrausches zu betäuben, musste ich die Wohnung verlassen. Ich klapperte einige Dörfer ab. Bad Essen, Wittlage, Lintorf oder Preußisch Oldendorf. Dörfer, Nester und Ansammlungen von Häusern entlang der B65, wo niemand es zu irgendetwas gebracht hatte und es wohl auch niemand jemals zu etwas bringen würde. Ich fand es erniedrigend, nicht in einem der Epizentren dieser Welt zu leben, in einer jener Städte, wo die großen Bücher geschrieben und attraktivsten Frauen verführt wurden. Schließlich entdeckte ich meine Jungs. Sie standen auf dem Parkplatz eines Lebensmittel-Discounters, knackten Pistazien und Sonnenblumenkerne und hörten schranzigen Techno. Natürlich konnte ich mich mit keinem von ihnen über russische Literatur unterhalten. Sie wussten nicht mal, dass ich so was las. Aber wer zum Teufel war ich, dass ich über Tolstois Ergüsse philosophieren wollte? Ich arbeitete in einer Fabrik, die Metall veredelte, und lebte in einer ehemaligen Molkerei. Ich war umzingelt von Betrieben. Ich drückte aufs Gas, fuhr auf den Mob zu und hupte. Niemand bewegte sich von der Stelle. Die Jungs waren ziemlich sture und schwer aus der Ruhe zu bringende Menschen. Kurz bevor ich in sie hineingerauscht wäre, drehte ich ab und parkte ein. Sie waren gut drauf und redeten davon, wie es ist, eine Frau anal zu penetrieren. Stumpfsinn muss eine Glück begünstigende Gabe sein, dachte ich. Zwetkow lehnte an seiner schwarzen S-Klasse mit polierten Felgen und erzählte, dass er es mal getan hatte. »Ihr kennt doch diese Sandra aus dem Avalon«, meinte er lässig. »Die musste ich nicht mal danach fragen. Sie hat es mir selbst angeboten.«

»Du hast doch hoffentlich ein Gummi benutzt?«, fragte Andrej.

»Was bist du bloß für ein Weichei, Andrej?«, antwortete Zwetkow und ließ schelmisch einen Zahnstocher von der einen auf die andere Seite des Mundes wandern. »Vielleicht hat sie dir nur deshalb den Arsch angeboten, weil sie gerade irgendeine Geschlechtskrankheit ausbrütet«, wandte ich ein. Ein paar der Jungs grinsten. »Was weißt du schon von Frauen? Dein letzter

Stich muss mindestens ein Jahr her sein«, sagte Zwetkow, der eigentlich eine Freundin hatte, sichtlich gereizt.

Gegen Mitternacht hatte ich genug. Ich fuhr in einen Club, der Bier für zwei Euro ausschenkte und fünf Euro Eintritt verlangte. Die Musik war unangenehm, die Frauen eingebildet und – obwohl ich Aggressivität in mancher Hinsicht sehr schätzte – die Männer unnötig streitsüchtig. Aus der billigen Soundanlage dröhnte ein einfallsloser Timberlake-Remix, und ich war ziemlich ausgelaugt, pfiff mir ein Bier nach dem anderen rein, stand an der Bar herum und guckte den Leuten beim Tanzen zu. Einem Mädel schien diese Freudlosigkeit zu gefallen.

»Hi«, sagte sie, eine sonderbare Energie ausstrahlend. Die Arme. Sie hatte ja keine Ahnung, worauf sie sich einließ. Aber sie hatte einen Wahnsinnskörper, ultralange Nylonbeine, die aus einem engen schwarzen Kleidchen ragten, und glattes, brünettes Haar, das ihr stattliches Dekolleté sanft streichelte. Ihre Zähne waren riesig, gerade und weiß. Sie glänzten mit ihren leicht beschwipsten Augen, in denen sich mein gesamter Groll zu spiegeln schien, um die Wette. Sie war ein Kunstwerk. Hier hatten die Götter ausnahmsweise gute Arbeit geleistet. Trotzdem war sie nicht die Art Frau, die mir im Allgemeinen gefiel. Ich legte keinen Wert auf Perfektion. Ich mochte Fehler, kleine Zahnlücken oder Narben. Doch diese Frau sah aus wie ein Laufstegmodel.

»Hi«, antwortete ich leise, fast zu leise, um es selbst noch wahrnehmen zu können. »Zoja«, sagte sie, während ich überlegte, wie ich sie loswerden könnte.

»Hör zu«, sagte ich, »ich will hier nur in Ruhe mein Bier trinken.«

»Hey, ich wollte nur nett sein und sagen, dass dir da Blut aus der Nase läuft.«

Ich fasste mir an die Nase und besah das Blut auf meiner Hand. »Danke«, sagte ich und lief zur Toilette, um es zu stoppen. Glücklicherweise trug ich ein schwarzes T-Shirt, man konnte die kleinen Flecken nicht erkennen. Ich ging wieder raus und bestellte mir ein weiteres Bier. Zoja war nicht mehr zu sehen. Aber was konnte ich so einer Frau schon bieten? Sie wollte vermutlich einen soliden Ernährer, der sie in einem deutschen Luxusautomobil durch die Gegend chauffiert, und irgendwann ein nettes Häuschen und womöglich zwei Kinder. Alles, was ich zu bieten hatte, war jede Menge wahnhafte Verzweiflung und geringfügige Freude am Konsum von Bier und Marihuana.

Später am Abend begleitete mich die Barkeeperin, eine sehr betörende junge Frau, in meinen Golf und versuchte, mir einen zu blasen. Aber als sie mir erzählte, dass sie Zwetkow kannte, fuhr ich nach Hause.

Am Sonntag traf ich Wladimir und Andrej zum Angeln am Bergsee. Es stürmte, und der Wind wirbelte Laub und Äste auf. Wir warfen die Angeln aus und machten ein paar Schritte in den Wald hinein. Die Luft roch angenehm modrig. Es war Herbst, und Wladimir, der ein paar Jahre als Landschaftsgärtner gearbeitet hatte, zeigte mir, welche Pilze man essen konnte und von welchen man lieber die Finger ließ. Andrej sah immer wieder nach den Angeln und versuchte, mich in eine Diskussion zu verwickeln. »Du sagst also, dass das Christentum ausschließlich für die Verdummung der Menschheit verantwortlich ist, richtig?«

»Ach Andrej, lassen wir das doch.«

»Nein, ich möchte, dass du das begründest.«

Andrej führte ein zwiespältiges Dasein. Mit seinen Freunden kiffte und trank er. Aber den Rest seiner Zeit verbrachte er damit, sich von nicht besonders weitblickenden und überaus religiösen Menschen das Leben erklären zu lassen. Er war in eine gottesfürchtige Familie hineingeboren worden.

Als der Regen immer stärker wurde, setzten wir uns unter eine Plane.

»Du redest immer so daher, als ob du alles besser wüsstest, und du spuckst große Töne, dabei bist du selbst nur unsicher«, holte er mit seiner Rute aus und ließ den Köder in den See plumpsen. Dann zog er ein Jagdmesser aus der Seitentasche seiner Camouflagehose, öffnete zwei Flaschen Herforder und setzte sich damit zu mir. Wir stießen an.

»Auch du kannst dich irren. Vielleicht gibt es ja wirklich einen Gott, wie er in der Bibel beschrieben wird.«

»Wie du meinst.«

Ich stürzte etwas von dem Bier hinunter und schaute zu Wladimir rüber, der sich etwa 150 Meter weiter westlich eingerichtet hatte und unter der Plane sitzend auf seinen Blinker starrte.

»Verrate mir mal, warum ich jemandem dienen soll, der mich in einen Pott voller Scheiße geworfen hat und dabei zusieht, wie ich versuche, mich nicht daran zu verschlucken?« Andrej wusste nicht so recht, was er mit dieser Antwort anfangen sollte. »Sieh mal«, sagte ich, »es gibt jede Menge Religionen. Dümmere und weniger dumme. Du magst jetzt verärgert gucken, aber dumm sind sie, weil sie alle auf Spekulationen basieren. Und dafür ist in meinem Leben einfach kein Platz. Für mich sind Religionen nichts Göttliches. Sie sind etwas Menschliches. Ich kann Menschen nicht ausstehen, also glaube ich ihren Scheiß nicht. Jesus war sicher ein ganz netter Kerl, sonst hätten die Leute nicht so viel über ihn geschrieben, aber ich habe noch nie einen Menschen in den Himmel aufsteigen sehen.«

»Macht es dir keine Angst, so über eine anständige Religion herzuziehen?«

»Weil ich dann in die Hölle komme? Scheiße, nein. Ich bin in der Hölle, weil keiner von euch merkt, dass man auf dieser Erde das Scheißparadies errichten könnte. Ihr seid aber alle damit beschäftigt, darauf zu warten. Ihr seid blind.«

Andrej stieß sein Jagdmesser in den feuchten Erdboden. »Das siehst du völlig falsch. Dass so viele Menschen an ein Leben nach dem Tod glauben, ist der Beweis dafür, dass es nicht falsch sein kann.«

»Dass so viele Menschen an ein Leben nach dem Tod glauben, ist der Beweis dafür, dass sie in ihrem Leben nichts auf die Reihe kriegen.«

Plötzlich sprang Wladimir auf; er hatte etwas an der Angel. Es musste etwas Großes sein, denn es riss irrsinnig an der Schnur. Wowka, wie wir ihn häufig nannten, ging, die Angel auf moderater Spannung haltend, am Ufer auf und ab, um das Ding bei Laune zu halten. Er war sehr konzentriert, aber es dauerte trotzdem eine Ewigkeit, bis er den Fisch niedergekämpft hatte und wir ihn mit dem Kescher aus dem See hieven konnten. Der Hecht wog an die zwölf Kilo, vielleicht sogar etwas mehr, und wenn er an das Paradies geglaubt hätte, dann hätte er nicht erst nach Stunden aufgegeben.

Irgendwie schaffte ich es, um fünf aufzustehen, mir die Zähne zu putzen, den Brechreiz zu unterdrücken und zur Arbeit zu fahren. Das Jahn-Kosmetik-Firmengelände war durch eine öffentliche Straße in zwei Bereiche unterteilt. Auf jedem stand eine schrecklich große Produktionshalle. Ich hatte keine Ahnung, in welche ich gehen sollte, und entschied mich für die linke. Im Inneren der Halle saßen zwei Frauen, so um die fünfzig, und tranken Automatenkaffee. Sie trugen weiße Hauben auf dem Kopf und waren auch sonst ganz in Weiß gekleidet. Helfen konnten sie mir nicht, aber sie sagten mir, wo ich hingehen sollte, um mir Arbeitskleidung zu holen. Der Kerl in der betriebseigenen Wäscherei musterte mich kurz und gab mir eine weiße Latzhose und eine weiße Jacke.

»Die Hauben und die Schuhüberzieher liegen in den Umkleiden aus«, meinte er. Tatsächlich. Ich zog mir alles an und sah aus wie ein Idiot. Dann begab ich mich auf die Suche nach der Produktionsstätte. Ich ging einen langen, düsteren Gang hinunter und folgte dem Maschinenlärm. Am Ende des Ganges befand sich eine feuerfeste Sicherheitstür, die sich mit etwas Mühe öffnen ließ. Grelles weißes Licht peitschte meine müden Augen. Alles, was ich dort sehen konnte, war weiß. Die Wände, die Decken und Böden, die Maschinen, die Menschen und ihre Gesichter. Es war die unnatürlichste Umgebung, die ich jemals gesehen hatte, und es war mein Arbeitsplatz. Sofort stürmte ein Typ heran, der mich fragte, wer ich sei und was ich hier wolle. Ich sagte ihm, wer ich war, aber nicht, was ich wollte. Er schickte mich, ohne sich vorzustellen, an eine etwa zehn Meter lange Maschine, an der drei Frauen arbeiteten. Für Vorstellungsrunden war jetzt keine Zeit mehr. Die Maschine spuckte unerbittlich Körperlotionen aus. Für alles gab es genaue Vorgaben. Man sollte sechs Lotionen gleichzeitig greifen, musste darauf achten, dass die Etikettierung immer gleich ausgerichtet war, und packte alles in den Karton, den man vorher selbst zusammenfalten musste. Den vollen Pappkarton schob man durch einen Apparat, in dem er verklebt wurde. Anschließend griff man sich die etwa 15 Kilogramm schweren Kartons und packte sie auf einen Wagen. Selbstverständlich gab es auch hier einen genauen Packplan, an den man sich zu halten hatte. Für den gesamten Prozess hatte man vielleicht zehn Sekunden Zeit, denn in der Zwischenzeit hatte die Maschine schon zwölf, fünfzehn, zwanzig weitere Lotionen ausgeworfen. Es war die reinste Qual. Völlig egal, wie schnell ich war, ich kam nicht hinterher. Eine der Frauen, Roswitha, musste mir ständig helfen und währenddessen noch ihren eigenen Kram bewältigen. Dementsprechend war sie gelaunt. Sie tat mir ein bisschen leid. Schließlich hielten sie und die anderen Frauen nicht nur diesen Betrieb am Laufen, sie mussten mittags auch noch Steaks für ihre dickbäuchigen Männer braten, den Haushalt schmeißen und abends dafür sorgen, dass die Kinder ihre Hausaufgaben machten, um nicht in derselben Scheiße zu landen. Ihr Leben war ein einziger Krampf, mit festen Vorgaben und Plänen, und bereitete ihnen tiefe Sorgenfalten und schwarze Augenringe. Auch bei Jahn Kosmetik gab es Pausen. Angeblich dauerten sie fünfzehn Minuten. Ich wollte etwas essen, hatte einen unbändigen Hunger, aber nichts dabei. Eine Kantine gab es nicht, nur einen Cola- und einen Kaffeeautomaten. Ich verzichtete und setzte mich in den Raucherbereich eines großen Speisesaals, um mir eine Zigarette anzustecken. Der ganze Saal war voller Frauen. Nur vereinzelt gab es einen Mann zu sehen. Ich störte mich nicht daran, bis sich ein Kerl zu mir setzte.

»Wie heißt du, Kleiner?«, wollte er wissen.

»Dennis.«

»Dennis«, sagte er, »ich weiß nicht, ob du auf Muschis

stehst, aber wenn du es tust, dann befindest du dich gerade im Paradies.«

»Okay.«

»All die Frauen hier wollen Schwänze. Sie alle wollen nur Schwänze.«

Ich nahm einen tiefen Zug von meiner Kippe und blickte ihn an. Er schien nicht viel davon zu verstehen.

»Ich will auch Schwänze«, sagte ich schließlich. Sein Blick erstarrte. Dann sagte er, dass er jetzt losmüsse, und stand auf. Er setzte sich an einen Tisch, an dem drei oder vier Männer der gleichen Sorte saßen. Wahrscheinlich erzählte er ihnen, dass ich eine Schwuchtel sei, denn sie begannen zu flüstern, zu kichern und ständig rüberzublicken.

Als ich wieder an der Maschine eintraf, waren Roswitha und die anderen Frauen schon da. Sie schauten mich missmutig an, sagten aber nichts. Ich war ihnen sehr dankbar dafür, packte die Lotionen in die Kartons und konzentrierte mich den Rest des Tages darauf, nicht zusammenzubrechen. Ich hatte schnell begriffen, dass Unternehmen wie dieses nicht nur Lotion produzierten, sondern in erster Linie unmündige Psychopathen.

Ich sollte zu Okay Automotive fahren und in der Nachtschicht aushelfen. Nachtschichten fand ich gut. Man konnte ausschlafen, und es war niemand von den Meistern da, der dich überwachen oder herumkommandieren konnte. Aber Okay Automotive war zum Kotzen. Ihre Produktionshallen befanden sich kurz vor der holländischen Grenze. Das bedeutete, dass ich fünfzig Kilometer weit fahren musste, um eine Nacht mit ein paar anderen hart arbeitenden Männern zu verbringen und Plastikteile für die Automobilindustrie zu stanzen. Ich kiffte mir einen an und fuhr mit dem Peugeot 405 meines Vaters hin. Mein Golf hatte inzwischen den Geist aufgegeben und stand in einer Werkstatt herum. Ich hatte nicht genügend Geld für die Reparatur.

An der Stanze neben mir saß ein etwa 40-jähriger Mann mit einem vollen Schnauzer und mächtigen Augenbrauen. »Rauchst du?«, fragte er und bot mir eine Kippe an. »Hier ist Rauchen zwar verboten, aber bei dem Lohn, den sie uns zahlen, können sie sich nicht rausnehmen, uns was zu verbieten.« Er war mir auf Anhieb sympathisch. Auch er arbeitete für Jupiter. »Sieben ganze Jahre«, wie er erzählte. Bisher bereute er jeden einzelnen Tag davon. Aber er hatte keine Wahl. Frau. Kinder. Haus. Ein klassischer Fall. Auch er kam aus Russland, wo er Mathelehrer gewesen war, was in Deutschland aber nicht anerkannt wurde. Auch er hatte nie eine deutsche Ausbildung gemacht. Aber das bereitete ihm keine Sorgen mehr. Für ihn war es nur noch eine Frage der Zeit, bis die Welt in Sternenstaub aufgehen würde. »Die Firma wird den Bach runtergehen. Alle Firmen werden den Bach runtergehen. So wie die Sowjetunion den Bach runtergegangen ist. Du wirst schon sehen, mein Junge. Und dann ist die ganze Welt dran«, sagte er voraus.

»Das denke ich auch.«

»Diese Idioten. Erst bezahlen sie uns Hungerlöhne und dann wundern sie sich, dass niemand mehr Autos oder Fernseher kauft. Man muss kein verfluchter Volkswirt sein, um zu wissen, dass alles kurz vor dem Zusammenbruch steht.«

»Sicher doch ...«

Auch wenn der Typ nicht ganz Unrecht hatte und ich wollte, dass diese verlogene Welt krepierte, begann er mich zu langweilen. Es war immer das Gleiche. Entweder sie waren zu verbittert, um überhaupt noch reden zu können, oder sie lamentierten ununterbrochen und gaben den anderen die Schuld für ihr lausiges Leben. Beinahe so wie ich.

»Willst du auch?« Er hielt mir eine kleine Flasche Chantré hin.

»Warum nicht.« Ich nahm einen kräftigen Schluck. Es half.

In der Pause wäre ich beinahe eingeschlafen, und auch danach hatte ich damit zu kämpfen. Mein neuer Freund und ich gingen raus, um frische Luft zu schnappen. Ich bot ihm einen Zug von meinem Joint an, den ich auf der Toilette gedreht hatte. Erst lehnte er ab, aber kurz bevor wir wieder reingingen, nahm er doch ein paar Züge. Das Zeug schoss ihn fürchterlich ab. Ich weiß nicht, wie viel Chantré er den Tag über getrunken hatte, aber es musste eine Menge gewesen sein. Er begann, sich die Kleider vom Leib zu reißen, stand auf und zog sogar seine Schuhe aus. »Was hast du mir gegeben!?«, schrie er.

»Nichts hab ich dir gegeben. Setz dich wieder hin und entspann dich.«

»Du willst mich umbringen! Du willst mich umbringen! Hilfe! Hilfe! Er will mich umbringen!«, schrie er jetzt, schnappte sich einen Hammer und ging auf mich los. Blitzschnell duckte ich mich. Er verfehlte meinen Schädel nur um wenige Zentimeter. Einige Arbeiter und der Schichtführer kamen angerannt.

»Was ist hier denn los?«, wollte der Schichtführer wissen.

»Ich habe absolut keine Ahnung. Dieser Mann ist wahnsinnig. Völlig paranoid.«

Bevor er erneut auf mich losgehen konnte, überwältigten sie ihn. Ich arbeitete nie wieder für Okay Automotive.

Ich war richtig froh, wieder bei Günther zu sein. Ich glaube, sogar Fritz war damit zufrieden, denn er taute auf. Er erzählte mir, dass sie jemand anderen dagehabt hätten. Aber der sei nicht zu gebrauchen gewesen, hätte ständig rumgenörgelt. »Ein Deutscher«, sagte Fritz mit einem Augenzwinkern. Er schien doch ganz in Ordnung zu sein, war nicht so dumm, wie er auf den ersten Blick aussah. Es war der Job, der ihn so wirken ließ. Dieser gottverdammte Job. Ich dachte kurz darüber nach, wie ich wohl aussähe, wenn ich hier noch ein paar Jahre abreißen würde. Aber ich ließ das Denken schnell wieder sein, denn alles, was mir dazu einfiel, ließ mein Blut gefrieren.

Die Arbeit ging mir jetzt leichter von der Hand. Die wichtigsten Handgriffe hatte ich drauf und außerdem etwas an Kondition und Muskelmasse zugelegt. Fritz und ich waren inzwischen fast schon so was wie ein Team. Das war kein gutes Zeichen. Ich wollte in diesem Job nicht besser werden. Es würde bedeuten, dass ich mich daran gewöhnte und hier nie wieder wegkommen würde. Es würde mein Ende bedeuten.

Fritz ermahnte mich ständig, dass ich aufhören sollte zu träumen. Aber es war das Einzige, was mich durchhalten ließ. Ich träumte ohne Unterbrechung von einem besseren Leben, einem sauberen Bett, einer eigenen Wohnung und einer Freundin mit gut gepolstertem Hinterteil. Am meisten Angst hatte ich davor, dass es für immer nur ein Traum bleiben würde.

Mein erster Monatslohn betrug 963,75 Euro. Ich hatte einen ganzen Monat geschuftet und nicht mal die Tausender-Schallmauer durchbrochen. Ein Schlag ins Gesicht, ein Albtraum. Noch mehr als zuvor fühlte ich mich als abgehängter Abschaum der Gesellschaft. Einer Gesellschaft, die von hirnverbrannten Größenwahnsinnigen angeführt wurde und die ich sowieso für verkommenen Auswurf hielt. Diese Erniedrigung trieb mir Tränen in die Augen; Tränen der Verzweiflung und Resignation, aber vor allem Tränen ohnmächtiger Wut. Ich hasste mich dafür, dass ich in einer solch prekären Lage feststeckte und es mir nicht gelang, etwas Besseres aus mir zu machen; etwas, das nicht von zerstörerischen Fabriken abhängig war. Ich warf Kleidungsstücke durch mein Zimmer, zerfetzte die zynische Gehaltsabrechnung, ließ mich auf den PVC-Boden fallen. Das war alles sinnlos, das brachte alles nichts. Wenn das mein Lohn war, konnte ich es auch gleich bleiben lassen.

Am selben Tag lud mich Zwetkow auf seine Geburtstagsparty ein. Ich kaufte mir also ein paar schwarze Shirts, eine neue Jeans, sandfarbene Desert Boots, Socken, Boxershorts und etwas Marihuana. Dann zog ich einen durch, duschte ausgiebig und schlüpfte in meine neuen Sachen. Es fühlte sich gut an, nicht wie ein Leiharbeiter auszusehen. Auf dem Weg zur Halle, in der gefeiert werden sollte, hielt ich an einer Tankstelle und kaufte eine Flasche billigen Weißwein, ein Sixpack Bier und etwas Tabak. Man konnte schließlich von Glück sprechen, wenn es auf Partys wie dieser Bier oder Wein gab. Meist gab es nur Wodka oder Korn. Manchmal Whiskey. Mich hatte das harte Zeug nie großartig überzeugen können. Vielleicht, weil es sich nicht sonderlich mit dem Kiffen vertrug, einem einen schrecklichen Kater beibrachte und so weiter und so fort. Deshalb war es immer gut, etwas leichteren Alkohol dabeizuhaben.

Die Party war schon in vollem Gange, und ich stellte fest, dass ich mich geirrt hatte. Es gab jede Menge Bier vom Fass, Wein, Sekt, Gin, Wodka und Korn. Zwetkow hatte an alles gedacht und so um die fünfzig Leute in diesen zweitklassig restaurierten Kotten, der von der evangelischen Gemeinde vermietet wurde, eingeladen. Die Frauen trugen knappe Röcke, enge Kleider, hohe Schuhe, jede Menge Schmuck und tanzten wie wild geworden zu fröhlichem House. Den unteren Schichten bleibt nur das Feiern, dachte ich. Oder jämmerliche Gespräche. Die Männer redeten ununterbrochen von Autos, Alufelgen und Auspuffrohren. Das musste man sich mal vorstellen: Sie arbeiteten den ganzen Tag in eintönigen und beschränkten Jobs und wussten sich nicht anders abzulenken, als sich über die Dinge zu unterhalten, die sie in diese Jobs getrieben hatten; die sie zu Sklaven gemacht hatten. Der große Zwetkow war ihr Anführer, der mit dem schwarzen Benz, dessen Freundin ihm nie einen geblasen hatte.

Ich ließ mir einen Gin mit etwas Orangensaft mixen und setzte mich in eine ruhige Ecke. Plötzlich kam sie herein: Zoja. Sie trug ein hautenges rotes Kleid, das an der Seite einen Schlitz hatte und etwas Bein freigab. Ihr brünettes Haar schimmerte im Schein dieser billigen Lichtanlage und verlieh ihr etwas Magisches. Doch da war auch dieser kleine Kerl mit den kurz geschorenen Haaren und markanten Augenbrauen, der seinen Arm um sie legte. Ich trank meinen Gin aus und beschloss, mir einen Wodka geben zu lassen.

Sie könnte mich trösten, dachte ich, während ich Zoja dabei beobachtete, wie sie ihren Körper auf der Tanzfläche zum Beben brachte. Sie war wirklich eine schöne Frau, und ich brauchte eine Bestätigung. Wladimir setzte sich zu mir.

»Sie ist ein Flittchen«, sagte er. »Lass dich nicht auf sie ein.«

»Wie lange kennen wir uns? Elf Jahre? Du solltest mittlerweile wissen, dass ich kein Problem mit Flittchen habe.«

»Sag mir anschließend nicht, dass ich dich nicht gewarnt hätte.« Er zeigte mit dem Finger auf Zojas Begleitung. Der kleine Kerl stand am Buffet, und die Eifersucht war ihm ins Gesicht geschrieben. Ein gutaussehender, junger Typ, dem eine goldene Strähne ins Gesicht fiel, tanzte sich an Zoja heran. Und sie schien großen Gefallen daran zu finden. Die beiden legten eine ganz schön intensive Nummer aufs Parkett und flüsterten sich ständig ins Ohr. Es war intimer als Sex. »Keine Sorge, Mann. Ich will bloß ein bisschen Spaß«, sagte ich, um ihn zu beruhigen. Oder mich. Wladimir und ich tranken Wodka um Wodka, dann blickte sie kurz rüber. Sie hatte mich entdeckt, aber ihr Gesicht zeigte keine Reaktion. Ich erwischte sie hin und wieder dabei, dass sie zu mir rüberschielte, und immer, wenn sich unsere Blicke trafen, durchfuhr mich ein unbehagliches Gefühl. Hunderte Blitze schlugen in meiner Magengegend ein. Es wurde Zeit, mit ihr ins Gespräch zu kommen. Aber erst trank ich noch einen Wodka. Der DJ spielte Fleetwood Macs *Dreams*. Er war Russe, und Russen mochten die Achtziger, oder war der Song aus den Siebzigern? Er klang jedenfalls kitschig und stark nach den Achtzigern. Der Abend neigte sich dem Ende zu, und die meisten Leute hatten sich auf die weitläufige Terrasse verzogen und blickten in den nächtlichen Himmel. Sie sahen sich die funkelnden Sterne an, ohne zu erahnen, was sich hinter ihnen verbarg. Eine Sternschnuppe leuchtete auf und verglühte wieder. Die Leute waren entzückt. Einige der Jungs umarmten ihre Freundinnen. Vielleicht waren sie doch nicht so stumpfsinnig, wie ich dachte. Vielleicht lag es auch nur am Alkohol. Dann entdeckte ich Zoja; sie lehnte lässig an der Hauswand und rauchte eine Zigarette. Sie schien unbeeindruckt von dem sich darbietenden Szenario am Osnabrücker Nachthimmel. Ich ging zu ihr. »Hey«, begrüßte sie mich, »alles wieder gut?«

»Deine Beine rauben mir den Verstand. Ich sollte einen Roman über sie schreiben.«

»Bitte, was?«

»Geh mit mir aus.«

»Ich glaube, du hast zu viel getrunken«, sagte sie, aber lächelte.

»Oder du zu wenig«, sagte ich.

»Du scheint nicht viel über Frauen zu wissen, Kleiner.«

Noch bevor ich mich verteidigen konnte, kam auch schon ihr Party-Mitbringsel, und unser Gespräch war beendet. Es war der Abend, an dem er sie verloren hatte.

Weihnachten rückte näher. Das bedeutete, es war gutes Gras im Umlauf. Ich ging zu einem Nachbarn, um etwas zu kaufen. Er holte eine große Sporttasche aus dem Schlafzimmer und stellte sie auf den Küchentisch. Das Zeug stank bestialisch und war voller Pollen, also kaufte ich gleich zehn Gramm. Danach fuhr ich zu meinem Hausarzt, um mir ein paar Tage freizunehmen. Ich parkte vor der Praxis und drehte mir eine kleine Tüte. Es haute mich ganz schön um. Die Augen quollen mir fast aus dem Schädel, und mein Mund fühlte sich an wie ein Gürteltier. Ich schlenderte in die Praxis und sagte der Arzthelferin, dass es mir nicht gut ginge und ich dringend zum Doktor müsse.

»Ja«, sagte sie, »Sie sehen wirklich nicht gut aus«, und schickte mich ins Wartezimmer. Ich blätterte in Autozeitschriften und sah mir Dinge an, die ich mir nie würde leisten können. Dann wurde ich aufgerufen. Der Arzt, ein Chinese, fragte mich, was mir fehlte.

»Oh Doktor«, sagte ich, »mir ist sehr übel. Ich muss den ganzen Tag brechen.«

»Machen Sie mal den Mund auf.« Er steckte mir eins von

diesen abscheulichen Holzplättchen in den Hals und leuchtete rein. »Das sieht wirklich nicht gut aus. Scheint mir ganz so, als hätten Sie sich einen schlimmen Virus eingefangen«, diagnostizierte er. »Sie brauchen jetzt viel Bettruhe und schwarzen Tee. Ich verschreibe Ihnen etwas gegen die Übelkeit.«

»Okay, Doc. Wie Sie meinen.« Er tippte etwas in seinen Computer und sagte, dass ich mir die Krankmeldung und das Rezept am Empfang abholen könnte. Wir standen auf und reichten uns die Hände. Dann ging er zum Waschbecken und ich zur Tür. »Ach, Herr Wolf«, sagte er, ohne sich umzudrehen, und blickte mich im Spiegel an, während er seine Hände desinfizierte. »Kiffen Sie nicht zu viel. Das macht träge.«

»Okay, Doc. Okay.«

Ich schlenderte umnebelt zum Empfang. Die kleine pummelige Arzthelferin reichte mir zwei Zettel. Er hatte mir eine Woche gegeben.

Etwas später tütete ich die Krankschreibung ein und brachte sie zur Post, dann fuhr ich in eine Buchhandlung und kaufte mir ein Exemplar von Welsh's *The Acid House*; nicht weil ich es vorgehabt hatte, sondern weil es im Regal stand und nett aussah. Ich zog mir am Fenster einen weiteren Joint rein und schmiss mich mit dem Buch auf die Matratze. Es war so trivial, dass es hätte von mir sein können. Zum Leben braucht es nicht viel, dachte ich. Aber kurz darauf klingelte mein Handy: »Hi. Kannst du mich in die Stadt bringen?«

»Zoja?«

»Kannst du oder nicht?«

»Was ist mit deinem Freund?«

»Er muss arbeiten.«

Sie sagte mir, wo ich hinfahren sollte, und gab mir dreißig

Minuten Zeit. Ich putzte mir die Zähne, schmiss mir etwas Wasser ins Gesicht und schlüpfte in meine Jeans. Es war kurz nach neun. Draußen war es dunkel und nebelig. Ich fuhr etwas langsamer als gewöhnlich und war deshalb ein paar Minuten später als vereinbart am Haus ihrer Eltern. Eine Frau, vermutlich ihre Mutter, schaute aus dem Fenster und ließ die Jalousien runter. Dann ging die Haustür auf, und Zoja kam auf Highheels herausstolziert. Die Welt war nicht immer nur schlecht. Zoja sah nicht nur aus wie ein Model, sie bewegte sich auch so. Grazil und gleichzeitig bestimmt. Diese Frau wusste genau, was sie wollte. Sie war wie eine Löwin auf der Jagd nach einem schwachen Gnu. Und sie war dabei, es zu reißen. Als sie sich ins Auto setzte, stach mir gleich ihr blumiges Parfüm in die Nase.

»Wo soll's hingehen, Mylady?«, mimte ich den Chauffeur.

»In die Natruper Straße. Weißt du, wo die ist?«

»Aber sicher.«

Ich warf den alten Golf an. Aber es tat sich nichts. Ich versuchte es erneut. Nichts passierte. Ich schaltete das Licht ein und aus und versuchte es ein drittes Mal. Er sprang an.

»Zeit für ein neues Auto«, sagte Zoja.

»Ich mag ihn«, verteidigte ich den alten Freund.

Inzwischen war es noch nebeliger geworden. Die Sichtweite betrug zwanzig, vielleicht dreißig Meter.

»Sehr nett von dir, dass du mich fährst.«

»Gewöhn dich bitte nicht daran.«

»Oh nein, ganz sicher nicht. Keine Sorge.«

»Woher hast du eigentlich meine Nummer?«, fragte ich und schaltete in den vierten Gang.

»Wladimir hat sie mir gegeben. Auf der Party.«

Mein Freund, dachte ich stolz.

Etwa fünfundzwanzig Minuten später standen wir vor dem Haus in der Natruper Straße.

»Da wären wir«, sagte ich.

»Willst du mit reinkommen? Meine Freundin feiert heute ihren Geburtstag.«

»Oh, nein. Sieh mich an. Ich bin bettfertig. Und ich kann Geburtstagsfeiern nicht leiden.«

»Und deine Periode hast du auch, nicht wahr?«

»Alles klar, gehen wir.«

Die Wohnung ihrer Freundin war nicht besonders groß. Aber es waren so um die zwanzig Leute – größtenteils Frauen – gekommen, um Susannes Zweiundzwanzigsten zu feiern. Dass es erst Mittwoch war, schien niemanden zu stören. Zoja stellte mich jedem vor. Ich fühlte mich dabei wie ein kleiner Bruder, für den es die erste Party seines noch jungen Lebens ist. Aber irgendwann ging es endlich zum angenehmeren Teil über. Während Zoja sich mit ein paar Leuten, die sich, Gestik und Mimik nach zu urteilen, für ziemlich wichtig erachteten, unterhielt, saß ich in einem weichen Sessel und nippte an meinem Bier. Susanne passte das nicht. Sie kam zu mir herüber und forderte mich zum Tanz auf. Scheiße. Ich war kein begnadeter Tänzer, aber ich wusste, wie man sich bewegen musste, um nicht wie ein kompletter Idiot auszusehen, und gab mein Bestes. Susanne schien es zu gefallen. Ihr Lächeln konnte Magengeschwüre vergessen lassen. Sie hatte fantastische Brüste, die selbst ihr schwarzes, glattes langes Haar nicht zu verbergen wusste, und einen Hintern, der sich sehen lassen konnte.

Zoja sah immer wieder zu uns rüber und war offensichtlich nicht begeistert. Nach dem zweiten Song löste ich mich von Susanne und suchte die Toilette, aber Zoja schnitt mir den Weg ab. »Wir müssen jetzt gehen«, sagte sie.

Wir setzten uns in den Golf, und er sprang gleich an. Ich legte den ersten Gang ein, ließ die Kupplung schleifen und fuhr los. Zoja sagte etwa zehn Minuten lang kein Wort, aber ich spürte, dass das Schweigen gleich ein Ende haben würde. Als wir auf die Vehrter Landstraße einbogen und das orangefarbene Licht der Osnabrücker Straßenlaternen hinter uns ließen, begann sie zu reden.

»Und«, sagte sie, »gefällt dir Susanne?«

»Sie ist nett. Ja.«

»Ich hab gesehen, wie du sie angestarrt hast.«

»Und?«

»Waren es ihre Brüste?«

»Zoja, du warst es doch, die mich auf die Party mitgenommen hat.«

»Antworte auf meine Frage!«

»Schrei mich nicht an.«

»Du sollst auf meine Frage antworten!«

»Na schön. Ja, die Brüste waren nett. Aber hey, Brüste sind nicht alles.«

Ihre kleinen Fäuste prasselten voller Wucht auf mich ein. Auf meinen Hals, mein Gesicht, meine Schulter. Plötzlich erschütterte ein dumpfer Schlag den Golf, der sofort ins Schlingern geriet. Ich trat mit voller Kraft das Bremspedal und griff mit beiden Händen ans Lenkrad, um das Schlimmste zu verhindern. Zoja war nicht angeschnallt und flog erst gegen das Armaturenbrett und dann gegen die Windschutzscheibe. Nach etwa dreißig Metern kam der Wagen zum Stehen, und Zoja fiel in den Sitz zurück. »Zoja«, fragte ich ängstlich, aber mit erzwungener Ruhe, »geht's dir gut?« Es fühlte sich wie eine Ewigkeit an, bis sie ein erlösendes »Ja« über die Lippen brachte. Ich nahm sie in den Arm und tastete sie ab.

»Was war das?«, wollte sie wissen.

»Ich werd' mal nachsehen. Bleib im Wagen.« Ich ließ das Auto im Stand laufen und trat auf die Straße, um zu sehen, was wir erwischt hatten. Ich lief ein Stück die Straße hoch, die Luft roch nach verbranntem Gummi und frischem Blut. Und dann sah ich es. Es war kein Mensch und kein Reh. Es war ein ziemlich groß geratener Fuchs, der röchelnd in seinem glänzenden und reflektierenden Blut lag. Ich ging zurück zum Auto.

»Was ist es?«, fragte Zoja.

»Ein Fuchs«, sagte ich und legte den Rückwärtsgang ein.

»Was hast du vor?«

Ich drückte aufs Gaspedal und der Golf heulte auf, polterte erneut über den Fuchs. »Was hast du getan! Du hast den Fuchs umgebracht! Du bist so ein Penner!«, schrie Zoja. Ich stieg aus, ging zum Kofferraum, öffnete ihn, streifte mir ein Paar Arbeitshandschuhe über und nahm eine Tüte mit. Dann ging ich wieder zum Fuchs. Er war jetzt tot. Kein Ton, kein Herzschlag, nichts. Ich packte ihn am Schwanz. Er war schwerer, als er ausgesehen hatte, und noch warm. Ich steckte ihn kopfüber in die Tüte, in die er nicht ganz reinpasste, und legte ihn zusammen mit den Handschuhen am Waldrand abseits der Straße ab. Zoja saß im Auto und weinte. »Ich hab den Fuchs umgebracht«, schluchzte sie. »Ich bin schuld!.« Mascara und Tränen verunstalteten ihr Gesicht. Es war kein guter Start.

Sie schickten mich wieder zu Jahn Kosmetik, in die Spätschicht, von 14 bis 22 Uhr. Diesmal kommandierte mich der Meister in die Halle auf der gegenüberliegenden Straßenseite. »Anlage 8, ganz hinten«, meinte er.

Ich schlüpfte in meine weiße Kluft und ging zu Anlage 8 im hintersten Teil des Gebäudes. Mir gefiel nicht, was ich dort sah. Die Maschine war zwar etwas kleiner als die, die Lotionen abfüllte, aber sie schien wesentlich schneller zu sein. Sie sah aus wie ein kleiner Turm, der von einem Fließband umzingelt wurde. Dieses Fließband war mein Arbeitsplatz. Es bestand aus rechteckigen Blöcken, die jeweils ein kleines Loch in der Mitte hatten. In diese Löcher sollte ich kleine Fläschchen stecken, die von der Maschine mit Wimperntusche gefüllt wurden.

»Du greifst mit der einen Hand in diese Kiste hier und steckst sie mit der anderen rein«, zeigte mir Frauke, die Schichtführerin, mit ihren monströsen Pranken. »Du musst dich konzentrieren. Sonst steckst du die Fläschchen verkehrt herum rein und die Tusche läuft aufs Band.« Konzentration. Das war noch nie ein positiv konnotiertes Wort gewesen.

»Okay, Boss.«

»Ich stelle die Maschine etwas langsamer ein, damit du dich daran gewöhnen kannst, Süßer.« Frauke war wirklich ein hässliches Ding. Ihre Zähne, die etwas hervorstanden, waren dunkelgelb und die Zahnzwischenräume ockerfarben. Man konnte auch eine Menge Zahnfleisch sehen, wenn sie redete. In ihren fünfzig Lebensjahren musste sie eine Menge Kaffee durchgejagt haben. Auf ihrem Gorillakörper saß ein rundliches Gesicht, auf dessen linker Wange eine ziemlich unappetitliche Warze nistete.

Das Fließband war für einssechzig große Frauen konzipiert. Ich war beinahe eins neunzig. Das Band tangierte also in etwa meinen Genitalbereich. Ich stand die ganze Zeit gebückt da, hatte fürchterliche Rückenschmerzen und musste in irrer Geschwindigkeit die Löcher mit Fläschchen stopfen. Andauernd steckte ich sie verkehrt herum rein, und die Tusche lief aufs Band. Wenn das passierte, musste die Maschine angehalten und gereinigt werden, bevor es weitergehen konnte. Bis zur Pause um 18 Uhr passierte das so an die zwanzig Mal. Danach organisierte mir eine nette türkische Frau einen Hocker. Die Arbeit ging mir jetzt etwas leichter von der Hand – bis Frauke kam, um nach mir zu sehen.

»Stopp!«, schrie sie. »Stopp! Das geht so nicht!«

»Was ist denn?«, wollte ich wissen.

»Du kannst hier nicht sitzen. Das verstößt gegen die Sicherheitsvorschriften.«

»Du willst mich doch verarschen.«

»Junger Mann, das will ich überhört haben.«

»Ich bleib sitzen. Ich scheiß auf die Vorschriften.«

Sie trat näher an mich heran. »Mmmhhhh«, stöhnte sie mir ins Ohr. »Ich steh' drauf, wenn man mir widerspricht.« Dann strich sie mir mit ihrer Pranke über den Oberschenkel. Ihr Atem roch nach einer Mischung aus Zwiebeln, Kaffee und Zigaretten. Ich sprang auf.

»Du kannst den Hocker haben. Ich gebe auf«, sagte ich.

Frauke griff sich den Hocker und zog ihn beiseite. Dann kniff sie mir in den Arsch und sagte: »Genau *so* will ich das haben.«

Jetzt verkaufte ich auch noch meinen Körper. 6,15 Euro die Stunde. Plus Fahrgeld.

Am nächsten Tag lief die Maschine noch schneller als am Tag zuvor. Frauke wollte mich fertigmachen. Meine Rückenschmerzen waren unerträglich. Immer wieder musste ich mich beugen und strecken und vernachlässigte so das Fließband. Nach einer Weile stellte ich die Maschine ab und ging zur Frau an der Maschine nebenan, Anlage 7.

»Können Sie mir sagen, wer hier für die Sicherheitsvorschriften verantwortlich ist?«, fragte ich.

»Sicherheit... was? Ich weiß kein Sicherheit.«

»Schon gut«, sagte ich, »danke.«

Sie nickte freundlich. Ein Stapler fuhr vorbei. Ich fragte den Fahrer, wo das Büro des Sicherheitsbeauftragten sei. Er schickte mich in eine andere Halle. Der Mann dort sah aus, als würde er sich mit Sicherheit auskennen. Doppelhaushälfte, zwei Kinder, Junge und Mädchen, Mazda Kombi, hin und wieder Campingurlaub, Fan des FC Bayern München, latent schwul, waren die Dinge, die mir beim Anblick seiner zufriedenen Visage durch den Kopf gingen.

»Hören Sie«, sagte ich, »Herr ...«

»Herr Koch. Hartmut Koch.«

»Also, Herr Koch. Ich arbeite drüben an Anlage 8. Es ist auch alles gut«, schleimte ich mich ein, »aber das Band ist zu niedrig für mich. Ich würde gerne sitzen, doch das verstößt gegen die Sicherheitsvorschriften.«

»Richtig. Und was soll ich Ihrer Meinung nach tun?«

»Wenn Sie eine Ausnahmeregelung schaffen würden, wäre ich Ihnen sehr dankbar.«

»Wie ist Ihr Name?«

»Wolf. Dimitri Wolf.«

»Der widerspenstige Wolf. Na schön, Herr Wolf. Ich schau mal, was ich für Sie tun kann.«

Zurück an der Maschine, wartete bereits Frauke auf mich. »Wo zum Teufel bist du so lange gewesen?«

»Kacken.«

Sie wusste einen Augenblick lang nicht, was sie sagen sollte. Dann sagte sie: »Mach weiter.«

Es war mein letzter Tag bei Jahn Kosmetik.

Ich wurde ins Jupiter-Hauptquartier zitiert. Aber nicht von Krämer, sondern von Bernd Althaus, seinem Chef. Ich musste es zu etwas gebracht haben, wenn es so weit gekommen war, dass der Boss mit mir reden wollte.

Das Jupiter-Büro, welches früher mit Sicherheit mal eine Fahrschule gewesen war, trug die Last von fünf oder sechs Männern, die entweder einen Job wollten oder Papierkram zu erledigen hatten. Das ein oder andere Gesicht kam mir bekannt vor. Ich sagte der unfreundlichen Empfangsdame, dass ich einen Termin mit dem Geschäftsführer hätte, und nahm Platz. Etwa fünf Minuten verstrichen. Dann betrat Althaus seine Bühne. Ein wirklich ekelhafter Mensch. Kein Charakter, null. Nicht einmal Haare, aber dafür konnte er nichts. »Sie müssen Herr Wolf sein«, sagte er. »Ich habe schon viel von Ihnen gehört.« Ich drückte seine wabbelige Pfote. Die anderen Männer starrten mich ungläubig an. Ich hatte erwartet, dass er mich nach hinten in sein Büro bitten würde, aber ich lag falsch. Dieser kahlköpfige Hefekloß äußerte sein Anliegen an Ort und Stelle. »Was ist bei Jahn Kosmetik passiert, Herr Wolf?«

»Furchtbares«, erwiderte ich. »Mobbing, sexuelle Belästigung, Diskriminierung.«

»Wie bitte?!«

»Ja, Sir. Man wollte mir keinen Hocker geben, weil ich Leiharbeiter bin. Diese Frau, meine Vorarbeiterin. Frauke. Sie hat mich begrapscht.«

Jetzt hatte ich die ungeteilte Aufmerksamkeit aller.

»Kommen Sie bitte mit, Herr Wolf.«

Er führte mich jetzt doch in sein Büro und setzte sich. Sein Gesicht war leicht gerötet. Ihm schien es nicht sonderlich gut zu gehen. »Setzen Sie sich«, sagte er.

Ich rutschte in den Stuhl hinein. Er blickte mir argwöhnisch in die Augen. Dann sagte er: »Die Firma Jahn Kosmetik ist einer unserer größten Kunden. Frau Jahn und ihre Kinder sind einwandfreie und hochangesehene Menschen.«

Er machte eine kurze Pause, holte Luft. Vielleicht glaubte er selbst nicht an den Scheiß, den er erzählte. »Sie können dort nicht einfach hingehen und eine Revolution anzetteln. Sie sind dort nur zu Gast. Interna gehen Sie nichts an. Sie sind Helfer. So steht es in Ihrem Vertrag. Sie gehen da hin, um dem Unternehmen zu helfen, weiter nichts.«

Hatte er wirklich das Wort Revolution benutzt?

»Sir ...«, wollte ich einwenden.

»Hören Sie mir auf mit dieser Sir-Scheiße!«, brüllte er und klatschte seine dicke Hand auf den Tisch. »Mich interessiert einen Dreck, wer oder was Ihnen dort widerfahren ist! Ihre Aufgabe ist es, das Maul zu halten und das zu tun, was Ihnen gesagt wird!«

Ich rutschte tiefer in meinen Stuhl, schlug die Beine übereinander und sagte nichts. 6,15 Euro, dachte ich und musste grinsen.

»So«, fuhr er fort, »Sie sind ab morgen wieder bei Firma Günther. Versauen Sie es nicht.«

Ich nickte. »Okay, Sir. Äh ... Herr Althaus.«

Dann eskortierte er mich nach vorne, vermutlich, um sich den Nächsten vorzuknöpfen. Die anderen Männer wirkten, als hätten sie alles gehört, und hatten die Hosen ziemlich voll. Männer im besten Alter, stark, gesund und abhängig. Wertloses Material, das Rechnungen zu begleichen hatte. Ich war einer von ihnen.

Bei Günther war ich nicht mehr der einzige Leiharbeiter. Die Auftragslage hatte sich gebessert, und sie hatten sich nun auch Jens ausgeliehen, einen jungen Kerl, ungefähr in meinem Alter. Wir standen also zu dritt vor den Säurebecken. Jens war das genaue Gegenteil von mir. Er war rasiert, pünktlich, gewissenhaft und motiviert. Ich war mir nicht sicher, ob er einfach nur zurückgeblieben oder ihm etwas Schreckliches widerfahren war. Jedenfalls haute er ganz schön rein. Vermutlich weil er mir den Platz bei Günther streitig machen wollte oder um eine Anstellung kämpfte. Aber Fritz schien an Jens keinen Gefallen zu finden; er rauchte zu viel. Eine Kippe nach der anderen. Günther war zwar das einzige Unternehmen, das rauchen während der Arbeit gestattete, da die Luft ja ohnehin ätzend war, doch Fritz störte das, denn der Job hatte ihn asthmatisch gemacht. Er hustete ununterbrochen. Es war nur eine Frage der Zeit, bis Stücke seiner Lunge mit rauskommen würden. Ich fragte Jens, ob er mir eine seiner Zigaretten abgeben könnte.

»Nein«, antwortete er, »ich lass' mich nicht mehr ausnutzen.«

Ich wartete eine Weile, um zu sehen, ob er das ernst gemeint hatte. Es war ihm absolut ernst damit.

»Du bekämpfst die falschen Mächte, mein Freund«, sagte ich schließlich. Das genügte, um ihn schwach zu machen. »Na gut«, sagte er. »Hier. Nimm.«

Selten hatte eine Zigarette beschissener geschmeckt. Ich hätte sie an seinem Arsch ausdrücken sollen, dachte ich. Aber das übernahm Fritz für mich. Er scheuchte Jens durch die gesamte Halle. Hol dies, hol jenes. Nein, du Idiot. Nicht so. So macht man das richtig. Haben sie dir eigentlich ins Gehirn geschissen?

Sie boten mir viel für mein Geld, die beiden. Ich amüsierte

mich prächtig. Jens rauchte jetzt nicht mehr so viel, er hatte keine Zeit dafür. Der Schweiß tropfte an ihm herunter, er rannte für zwei Mann. Das Einzige, was Fritz und ich noch zu tun hatten, war, das Metall mit Draht zu fixieren oder es locker und aus weiter Entfernung in die Kisten zu schmeißen. Den Rest erledigte Jens. Er schaffte die Teile heran, wechselte die Gitter aus und fegte zwischendurch die Drahtreste zusammen.

»Jens, mein Freund. Hast du vielleicht noch eine Zigarette für mich?«, fragte ich. Jens kam angerannt und gab mir eine. Sie schmeckte schon wesentlich besser.

Dann, kurz vor zehn, war Pause. Jens hechelte wie ein alter Köter vor sich hin. Vielleicht würde er mit dem Rauchen aufhören, dachte ich. Jetzt knöpfte der Maschinenführer sich den Jungen vor. »Jens«, sagte Maik verdächtig grinsend, »stehst du eigentlich auf Muschis oder Schwänze?« Jens gab keine Antwort. Er starrte erschöpft auf die verdreckte Tischplatte. »Also auf beides?«, hakte Maik noch einmal nach. Die anderen Männer am Tisch unterdrückten den Drang, Jens auszulachen. Eine Träne rann ihm die Wange runter. Er wischte sie mit dem Hemdärmel weg und hinterließ eine Dreckspur. »Eindeutig auf Schwänze«, sagte Maik und brach zusammen mit den anderen in hemmungsloses Gelächter aus.

Am nächsten Tag hatte ich eine große Schachtel Markenzigaretten einstecken. Aber Jens kam nicht mehr. Die Welt war noch nie ein guter Ort für Menschen.

Natürlich rief mich Althaus an und fragte, ob ich wüsste, was mit »Herrn Pfeiffer« geschehen war.

»Er hat sich an Ihre Anweisungen gehalten, Herr Althaus«, versicherte ich.

»Welche Anweisungen?«

»Er hat das Maul gehalten.«

»Was wollen Sie mir damit sagen?«

»Dass ich keine Ahnung habe, was mit Herrn Pfeiffer geschehen ist.«

»Na gut. Ich wollte Ihnen auch eigentlich nur sagen, dass Sie im Coca-Cola-Werk an der Bramscher Straße gebraucht werden und ihr Weihnachtsurlaub nicht genehmigt werden kann. Arbeitsbeginn ist um 22 Uhr.«

»Wie Sie wünschen, Sir.« Ich legte auf.

Kurz vor zehn stand ich auf dem Parkplatz dieses Multimilliarden-Konzerns und rauchte eine Tüte. Es half, es lenkte mich ab. Oh, Zoja, verdammt. Diese langen, schlanken Beine in schwarzen Nylonstrümpfen. Ich hatte schon immer eine Schwäche für attraktives Gebein, und Zoja hatte reichlich davon. Ich hätte einfach den Schlüssel umdrehen und davonfahren können. Bukowski hätte es getan, aber ich hatte nicht den Mumm dazu und wohnte immer noch zusammen mit meinem depressiven Vater und meinen jüngeren Geschwistern im Dreck. Ich schnappte mir meine Tasche und stellte mich.

Der Lärm der Produktionsmaschinen war grauenvoll, metallisch, roh, schonungslos. Der Schichtführer, ein Mann von ungefähr dreißig Jahren, hatte mich an eine Maschine gestellt, die Pfandflaschen von Schmutz reinigte und die Cola-Etiketten mittels Wasserdampf ablöste. Dieser Apparat war kolossal. An der Vorderseite standen zwei Männer, die ihn mit schmutzigen Flaschen fütterten, und auf der anderen Seite, wo die Flaschen sauber herauskamen und auf ein Fließband befördert wurden, stand ich. Meine Hauptaufgabe war es, zu kontrollieren, ob die Flaschen frei von Etiketten und Verunreinigungen waren. Wenn ich irgendwo ein Etikett oder Dreck entdeckte, dann sollte ich die Flasche herausfischen und sie in eine Kiste stecken. Was sich nicht so schwer anhörte, war ein Job, der Konzentration und Feingefühl erforderte, denn man musste die Flasche so vorsichtig greifen, dass man keine der anderen berührte. Ansonsten verursachte man eine Kettenreaktion, und alle Flaschen, die auf dem Band standen, fielen um, sagte mir der Schichtführer. »Wenn das passiert, ziehst du einfach an dieser Schnur. Dann sollte alles zum Stehen kommen, und du kannst die Flaschen wieder aufstellen.«

Die Maschine reinigte mehrere tausend Flaschen pro Stunde, und gleich beim ersten Mal, als ich hineingriff, um eine Flasche rauszuholen, fielen hunderte um. Ich zog an der Schnur und rannte das Fließband entlang, um die verdammte Kettenreaktion zu stoppen. Dann stellte ich die Flaschen wieder auf, was ziemlich schnell gehen musste, denn wenn einer anderen Maschine die Flaschen ausgingen, kam die gesamte Produktion zum Erliegen.

Die Osnabrücker Cola-Erzeugung geriet ganz schön ins Stocken. Innerhalb der ersten zwei, drei Stunden zog ich etliche Male an der Not-Aus-Schnur. Und immer schämte ich mich. Diese Kerle müssen doch denken, dass du zwei linke Hände hast, sagte ich mir. Aber es half alles nichts. Nach der Pause kommandierte mich der Schichtführer ab. Ich sollte mit ein paar älteren Männern Pfandflaschen sortieren. Die Fanta-Flaschen, die eine andere Form hatten, in die Kisten auf der linken Seite und die Cola-Flaschen in die rechten. Das war einfach und erforderte keine Maschinen, und das einzige Geräusch, das man vernahm, war das hohle Einschlagen der Flaschen auf dem Kistenboden. Tok, tok, tok, tok, tok ... Ich steigerte mich rein und legte ein gutes Tempo vor. Bis einer der Männer zu mir kam. »Was machst du da?«, fragte er.

»Arbeiten«, sagte ich.

»Hör auf damit, bevor du unser Leben ruinierst, und komm mit.« Ich folgte ihm zu den anderen Männern, die auf Kisten saßen und ein russisches Kartenspiel namens Durak, also »Dummkopf«, spielten. Ein Spiel, bei dem derjenige gewinnt, der am raffiniertesten bescheißen kann – ein zutiefst russisches Spiel. »Er hat doch tatsächlich schon mehr als fünfzig Kisten sortiert«, sagte er auf Russisch zu den beiden anderen und brachte sie zum Lachen. »Hier ...«, er drückte mir eine leere Flasche in die Hand. »Wenn du unbedingt etwas tun willst, dann geh da vorne hin und trommel' auf die leere Kiste ein. Kannst auch eine rauchen, wenn du willst.« Ich nahm die Flasche und schlug mit der rechten Hand auf die Kiste ein, um das Arbeitsgeräusch des Pfandflaschensortierens zu simulieren, während ich mit der linken Hand an einer Zigarette zog und die Männer Karten spielten. Endlich ein Job, der meiner Bezahlung gerecht wird, dachte ich. Tok, tok, tok, tok, tok ...

In manchen Ländern rauben sie den Leuten das Wasser. Sie lassen sogar Menschen erschießen, diese Hundesöhne«, sagte Werner, der alte Kerl, mit dem ich Flaschen in die gigantische Spülmaschine stopfte. Wir hoben eine Palette Flaschen auf das Band der Maschine.

»Ich hab dich in der Pause eine Flasche trinken sehen«, ließ ich ihn wissen.

»Was willst du mir damit sagen?«

»Ach, nichts«, sagte ich. Wir griffen uns die nächste Palette.

»Das Zeug ...«, begann er wieder, als ich ihn unterbrach. »Hör mal«, sagte ich, »du machst mich depressiver, als ich ohnehin schon bin. Könntest du damit bitte aufhören. Behalt deinen Müll einfach für dich.«

Wir drückten eine weitere Palette rein. Dann noch eine.

»Ich kann dir auch die Scheiße aus dem Leib prügeln, du respektloser Wichser.«

»Okay.« Ich hob die nächste Platte an.

»Ich will dich nach der Arbeit auf dem Parkplatz sehen, dann prügele ich dich grün und blau. Deine eigene Mutter wird dich nicht mehr wiedererkennen«, drohte er mir.

»Wie du meinst«, sagte ich und machte weiter. Später legten wir eine Zigarettenpause ein, und ich ging zu den Männern, die hinter der gigantischen Wand aus Kisten Pfandflaschen sortierten, um mir ein Feuerzeug zu borgen.

»Wie gefällt dir die Arbeit an der Flaschenwäsche?«, fragte einer.

»Ganz gut«, sagte ich.

»Und wie verstehst du dich mit Werner?«

»Okay«, sagte ich.

»Er hatte mal fünf Richtige im Lotto. Hat über 600 000 Mark gewonnen. Aber das ist ein paar Jahre her. Er arbeitet hier schon seit Ewigkeiten.«

»Ach so«, sagte ich.

»Willst du eine Runde Durak spielen?«, fragte mich ein anderer. Wir spielten eine Runde, ich verlor. Keine Ahnung, wer mich wie beschissen hatte. Dann ging ich wieder zurück. Werner wartete schon auf mich.

»Ich hab gehört, du hast mal im Lotto gewonnen, Werner«, sagte ich zur Begrüßung. Er rastete komplett aus. »Du kleiner Scheißer, dich werd' ich mir vorknöpfen. Deinen Arsch werd' ich dir aufreißen. Hast du mich verstanden?«

Den Rest der Schicht sagte ich nichts mehr und ignorierte

seine Provokationen und sein Gejammer, ertrug ihn bis zum Schichtende um sechs Uhr morgens.

»So«, sagte Werner dann, »wir sehen uns gleich draußen.«

»Na klar.« Ich schlenderte in aller Seelenruhe zum Auto, ließ den Motor an, legte den Rückwärtsgang ein und drückte den Kopf des Zigarettenanzünders. Dann fuhr ich aus der Lücke, hielt in der Mitte des Parkplatzes, stieg aus und rauchte am Auto lehnend meine Feierabendzigarette. Ein paar Arbeiter kamen heraus und fragten, ob ich ein Problem hätte.

»Nein«, sagte ich, »alles bestens.«

Zwanzig Minuten vergingen, und Werner war immer noch nicht aufgekreuzt. Der Schichtführer kam heraus.

»Wartest du auf jemanden?«

»Auf Werner.«

»Werner? Der ist heute vorne raus«, sagte er.

In der nächsten Nacht war ich spät dran. Ich trudelte eine halbe Stunde später ein und musste mich beim Schichtführer melden. »Komm nicht noch mal zu spät, wenn du hier weiterarbeiten willst«, belehrte er mich. Ich hätte ihm am liebsten gesagt, dass er mich kreuzweise kann, und sagte: »Entschuldigung. Kommt nicht noch mal vor.«

»Gut. Du bist heute wieder mit Werner an der Flaschenwäsche.«

Das darf doch nicht wahr sein, dachte ich, und ging zur Maschine, wo Werner schon stand. Da ging es mit mir durch. Ich packte ihn am Kragen und sagte ihm, dass er heute gut damit beraten wäre, sein vorlautes Maul zu halten. Es funktionierte, Werner schiss sich fast ein vor Angst. Doch der Schichtführer hatte alles mit angesehen. Ich durfte sofort gehen; in meinen Weihnachtsurlaub.

Althaus gab mir noch eine letzte Chance, denn schließlich konnten sie mich immer noch zu Günther schicken. Das und mein Stundenlohn waren fortan die einzigen Punkte, die für meinen Verbleib in der Jupiter Zeitarbeit GmbH sprachen. Aber es waren schlagkräftige Argumente. Bei Günther hatten es bislang nicht viele Leiharbeiter ausgehalten – und die meisten von ihnen verdienten mehr als ich, weil sie eine Berufsausbildung absolviert hatten. Althaus konnte sich glücklich schätzen, so einen Kerl wie mich zu haben.

Da war ich also in den letzten Tagen des Jahres 2005 wieder bei Günther und schleppte Metall und glaubte so langsam, dass es das Einzige war, wofür ich taugte. Das Genie, für das ich mich hielt, war längst unter die Räder der deutschen Industrieproduktion von Metallwaren geraten. Aber das Schleppen war mittlerweile nicht mehr das Unausstehlichste für mich. Viel schlimmer waren die Gedanken, die ich mir machte, während ich verloren herumlief und dafür sorgte, dass ein anderer Mann reich wurde. Es fühlte sich falsch und ungerecht an. Um mich abzulenken, löste ich manchmal Rechenaufgaben oder reimte ein paar Worte, verfasste meine ersten Gedichte auf kleinen Zeitungs- und Prospektfetzen oder Notizzetteln:

Grundschulterror

Rosa Haut in Preußentrachten
Ein Chor voll blondem Haar
Dich lassen sie nach ihnen schmachten
Du bist ein kleiner Russennarr

Schrill die Kinderkehlen klingen
Nichts als Leuchten in den Augen
Du wirst von nun an niemals singen
Das lassen sie dich glauben

Stolze Eltern auf den Plätzen
Undurchdringlichkeit im Raum
Wenigstens willst du dich setzen
Doch dir bleibt nur der Traum

Bratwurst, frisch, grob; zum Braten oder für den Grill. 400-g-Packung. 1,69. Mittelscharfer Tafel-Senf. 200-ml-Glas. 0,49. ALDI.

Während ich so vor mich hin reimte und das beschichtete Metall, das auf den Gittern hing, mit Druckluft von Säureresten freiblies, erwischte ich mit dem Luftstrahl eine kleine Mulde, in der sich ein paar Tropfen Säure abgelagert hatten. Das Zeug spritzte mir in die Augen, die Nase, den Mund. Es brannte wie Feuer und schmeckte salzig. Ich taumelte umher, sah nichts mehr und war leicht benommen. Plötzlich spürte ich eine Hand im Nacken. Sie packte mich und schleifte mich zu einem Waschbecken. Maik drückte meinen Kopf in das Becken und schrie: »Mach die Augen auf, Russe! Und lass sie offen! Lass sie offen, hab ich gesagt!« Ich versuchte, sie so gut es ging zu öffnen. Das Wasser, das aus dem Becken schoss, stand unter heftigem Druck. Es fühlte sich an, als würde man mir mit Nadeln in die Augäpfel stechen. Nach etwa einer halben Minute zog er meinen Kopf wieder aus dem Becken.

»Geht's?«, fragte er. »Kannst du mich sehen?«

»Ja«, sagte ich, »ich kann dich sehen.«

So konnte ich wieder ein bisschen freimachen.

Ich war pleite, hatte nicht mal Geld für Alkohol, lag alleine zu Hause rum und schaute buchstäblich in die Röhre. Es muss so gegen Mittag gewesen sein – in Australien verpulverten sie gerade massenweise Dollars –, als es an der Wohnungstür klopfte. Es war mein Nachbar. »Frohes Neues, mein Freund«, knirschte er mit den fauligen Stümpfen in seinem Mund. »Ich hab ein bisschen Speed reinbekommen und dachte, du hättest vielleicht Interesse?«

»Nett von dir, Sascha. Aber ich bin pleite.« Ich wollte die Tür wieder schließen.

»K-k-kein Problem. Du kannst mir das Geld auch später geben.«

Wir setzten uns ins Wohnzimmer, und er holte ein ordentliches Paket aus seiner Daunenjacke. Es müssen so um die fünfzig Gramm gewesen sein, die er in einer kleinen Kaffeedose mit sich herumschleppte. Das Zeug war feucht und klebrig und hatte einen leichten Gelbstich. Der Geruch erinnerte gleichzeitig an Benzin, Wandfarbe, Zitrone und Fliegenpilz.

»Ich leg mal was zum Probieren auf«, meinte er.

»Ja, warum nicht.«

Er legte zwei Lines, ich durfte zuerst probieren. Es brannte wie die Säure, die ich ein paar Tage zuvor abbekommen hatte. Ich legte den Kopf in den Nacken und konnte spüren, wie ich augenblicklich stärker und zufriedener wurde. Als Sascha begann, seine Portion in sich hineinzusaugen, klopfte es erneut an der Tür. Er sprang auf. »Das sind bestimmt die Bullen«, schnaufte er wie paralysiert.

»Erzähl doch keinen Mist«, flüsterte ich.

»Doch, doch, die wollen uns hochnehmen. Ich spring vom Balkon.«

»Mach keinen Scheiß, du Idiot. Wir sind im dritten Stock.

Ich geh' zur Tür und sehe nach. Bleib einfach sitzen, kapiert?«

Bullen würden die Tür sofort aufstoßen, und ich hätte etwa eine halbe Sekunde, in der ich reagieren könnte, um mich in die Tür zu schmeißen, dachte ich. Ich ging zur Tür und öffnete sie so langsam und vorsichtig wie nur möglich. Aber die zwei Gestalten, die vor mir standen, sahen nicht aus wie Bullen. Sie trugen rot-weiße Multifunktionsjacken und darüber neongelbe Westen. Sie waren vom Malteser Hilfsdienst und trieben Spenden ein.

»Ein Glück«, begrüßte ich sie, »es gibt doch noch Leute mit miserableren Jobs.«

»Äh ... was?«

»Na ja«, sagte ich, »greif 'nem nackten Mann in die Tasche. Was haste dann in der Hand?«

Die beiden, eine junge Frau und ein älterer Kerl, blickten sich ratlos an.

»Hier gibt es nichts zu holen«, wurde ich deutlicher.

»Sie haben den Krankenwagen also nicht gerufen?«, fragte das Mädel jetzt.

»Krankenwagen? Welchen Krankenwagen?«, wollte ich wissen, als gegenüber die Tür aufging.

»Hier«, sagte die alte Frau, die durch den Türschlitz schielte, »ich hab den Krankenwagen gerufen.«

Die Sanitäter rannten rüber. Ich schmiss die Tür ins Schloss und ging wieder ins Wohnzimmer, wo die Tür zum Balkon offenstand. Ich stockte, dann rannte ich beinahe panisch auf den hölzernen Balkon, um nachzusehen, ob Sascha unten lag. Der Schwachkopf war nicht zu sehen. Er war verschwunden. Ich lief durch die gesamte Wohnung, um sicherzugehen, dass er sich nicht irgendwo versteckte, konnte ihn aber nicht finden.

Aber er hatte die Kaffeedose zurückgelassen. Dieser Drecksack wollte mir alles in die Schuhe schieben, dachte ich und legte mir eine zweite Line auf.

Jetzt waren die Japaner dran, ließ mich die einfältige Frau auf RTL II wissen. Ich stellte mich unter die Dusche. Es fühlte sich scheußlich an, und ich hielt es nicht lange aus. Ich nahm noch eine Nase und rief Zoja an, aber sie hob nicht ab. Beim nächsten Versuch meldete sich die Mailbox. Statt draufzusprechen, rief ich Eddy an. Er war mein Cousin und hieß eigentlich Edgar. Aber irgendjemand hatte ihn mal Eddy getauft, und die Leute hatten sich daran gewöhnt. Jedenfalls wollte er mich in einer halben Stunde abholen, um mit mir ins City Bistro zu fahren; eine ehemalige Bar in Bad Essen. Dort sollte eine Silvesterparty steigen. Nichts Besonderes. Aber immer noch besser, als paranoid in der Wohnung zu hocken, während draußen lauter Wahnsinnige herumliefen und Raketen abbrannten.

Eddy kam erst, als die Kasachen Neujahr feierten. In der Zwischenzeit hatte ich ein zweites Mal versucht zu duschen, aber es wollte einfach nicht klappen. Ich bot Eddy eine Line an. »Hier, sieh mal, was ich hab.« Ich zeigte ihm die Dose.

»Bäh! Wo hast du das denn her?«

»Von Sascha, meinem Nachbarn. Willst du 'ne Bahn probieren?«

»Gib mal her.« Eddy fuhr voll drauf ab. »Alter«, sagte er, »ich fühle mich wie ein Superheld. Ich könnte abheben und davon fliegen.« Ich überlegte kurz, ob ich ihm erzählen sollte, dass Sascha vom Balkon gesprungen war, ließ es aber sein. »Wir müssen was davon mitnehmen«, sagte Eddy. »Für die Party, verstehst du?«

»Scheiß drauf«, sagte ich, »wir nehmen einfach alles mit. Die ganze beschissene Dose.« Ich holte eine Discounter-Plastiktüte und steckte die Dose hinein. Dann fuhren wir nach Bad Essen. Wir parkten Eddys alten, weißen 535i direkt vor dem Laden und stolzierten mit der Tüte in der Hand rein. Wir fühlten uns wie Könige: mächtig, unantastbar, energisch und zugleich leichtfüßig. Es war ein unfassbar selbstbewusstes und überlegenes Gefühl, das uns trug, und es blieb natürlich nicht unbemerkt.

»Verdammt, was ist mit deinen Augen los?«, fragte mich Wladimir, der ein weißes Hemd, eine Krawatte und eine schwarze Lederjacke trug und seine fleischige Begleitung Wika dabeihatte, die uns misstrauisch beäugte.

»Was soll schon mit denen sein«, sagte ich.

»Deine Pupillen sind so groß wie Untertassen. Du siehst aus wie ein Außerirdischer.«

Ich ging aufs Klo, um nachzusehen, und er hatte recht. Ich sah aus, als wäre ich gerade aus einer Nervenheilanstalt geflohen. Ich zog eine weitere Nase und ging wieder raus. Eddy hatte sich an einen Tisch gesetzt und blickte hektisch umher. Ich setzte mich zu ihm. Wir wussten eine ganze Weile nicht, was wir einander erzählen sollten, und vermieden es, uns anzusehen. Dann setzten sich Wika und Wladimir mit einem Pitcher Bier dazu. »Ihr seht richtig beschissen aus, Jungs. Vielleicht trinkt ihr heute lieber nichts mehr.«

»Erzähl keinen Scheiß, und komm mal mit.«

Ich deutete auf die Toilettentür und griff mir die Plastiktüte.

Auf dem Klo legte ich Wowka eine schöne Bahn zurecht. Und weil ich gerade dabei war, machte ich auch eine für mich. Er zögerte einige Sekunden, bevor er sich das Zeug in die Nase jagte.

»Alter, brennt das. Verdammt.«

»Ja«, sagte ich, »komm, wir gehen wieder.«

Als wir das Klo verließen, stießen wir auf Zoja und ihren kleinen Freund, die gerade zur Tür hereingekommen waren und sogar ein bisschen verliebt wirkten. Zoja lächelte gekünstelt. Ihr Typ sah mich verdrossen an, flüsterte Zoja etwas ins Ohr, und sie stelzte davon. Dann kam er auf mich zu. Ich bereitete mich auf das Schlimmste vor.

»Danke, dass du Zoja in die Stadt gefahren hast.«

»Oh, ja«, sagte ich, »kein Problem. Ich helfe gern.«

»Willst du was trinken? Geht auf mich«, meinte er.

»Klar, warum nicht.«

Wir stellten uns an die Bar. Er nahm ein Weizen, ich einen Gin Tonic.

»Ich liebe sie«, sagte er jetzt und sah mich an. Er sagte die Wahrheit. Aber das wird ihm nicht helfen, dachte ich.

»Liebt sie dich auch?«

Er wandte sich von mir ab, nahm einen großen Schluck von seinem Weizenbier und blickte in das Glas. »Wenn du sie anfasst, leg ich dich um.«

Er sagte erneut die Wahrheit. Ich kippte meinen Drink runter, gab ihm einen Klaps auf die Schulter und bedankte mich. Dann ging ich wieder zu Eddy und den anderen.

Kurz vor zwölf drängten die Gäste auf den Balkon, um sich das Feuerwerk anzusehen. Nur einige wenige blieben drin; ein paar einsame und betrunkene Männer an der Bar, die ein oder andere Frau mit verlaufener Wimperntusche und ich. Ich nahm eines der Biere, die jetzt herrenlos auf den Tischen herumstanden, und stellte mich an die Panaromafensterfront. Das Jahr 2005 lag in seinen letzten Atemzügen, es starb und würde in Vergessenheit geraten wie all die anderen unbedeutenden Jahre. Es war ein Witz. Dann gab es einen riesigen Knall, und die Menschen schrien vor Freude auf, begannen sich mit Nettigkeiten zu überhäufen, wünschten sich ein frohes Neues. Zoja klammerte sich an ihren Freund. Ich trank mein Bier aus und lief aufs Klo. Ich klappte den Deckel hoch, holte meinen verkümmerten Schwanz hervor und pisste in die Schüssel. Anschließend öffnete ich die Kaffeedose und schüttete den ganzen Dreck hinterher. Am Waschbecken schmiss ich mir ein bisschen Wasser ins Gesicht und ging zu Fuß nach Hause. Ich rettete mich ins neue Jahr.

2006

Gleich am 1. Januar schickten sie mich in die Nachtschicht. Mein Kater war so fürchterlich, dass ich mich kaum bewegen konnte, ohne gleich kotzen zu müssen. Während ich über der Schüssel hing, fragte ich mich mehr als einmal, ob mein Herz wohl stehen bleiben würde.

Die Fabrik stellte billige Plastiklatten für den Haus- oder Garagenbau her. Wer den hässlichen Schund eigentlich kaufte, konnte mir keiner sagen, auch nicht der kleine, alte Russe, der mir in der Verpackungsabteilung gegenüberstand. Russen bauten ihre Häuser lieber aus Stein. Außerdem wollte auch Valera bloß ein Konterbier, die warmen Schenkel seiner Liebsten, vielleicht einen banalen Fernsehfilm und ein bequemes Bett. Aber dafür war er nicht qualifiziert genug. Valera war um die sechzig und hielt reden für Energieverschwendung. Das kam mir sehr gelegen. Einen Tipp gab er mir dennoch: Schlafen konnte man im Lager. »Nur während der halbstündigen Pause, versteht sich.«

»Na klar, Valera. Ich bin doch kein Idiot.«

Nach drei leidvollen Stunden sagte ich, dass ich eben aufs Klo müsse, und ging ins Lager. Auf Anhieb fand ich den Platz, von dem Valera erzählt hatte. Ich schob die beiden gut gepolsterten Stühle zusammen und hatte meine Ruhe. Nicht sehr gemütlich, aber es reichte. Hinter den großen Kunststoffsilos konnte einen niemand sehen. Es dauerte keine fünf Sekunden, bis ich eingeschlafen war. Ich träumte schlecht. Bomben fielen, Atombomben gingen hoch, Flugzeuge stürzten vom Himmel, während ich mit geschlossenen Augen und im Schneidersitz am Waldrand des Wiehengebirges saß und es nach fauligem Aas roch. Menschen waren da keine. Aber ich hatte Angst um meine Familie. Als ich wieder aufwachte, war ich nicht nur schweißgebadet, sondern auch diesen Job los – der Schichtführer hatte mich geweckt.

Die nächste Fabrik sollte meine letzte werden. Die Schicht begann um fünf Uhr morgens, und der Kerl, der mir zeigte, wie man den Schaumstoff für das Innenfutter der Koffer verklebte, war der erste Fabrikarbeiter, der mir imponierte. »Was macht ein so junger Kerl hier?«, fragte er mich gleich zu Beginn. »Überleben«, sagte ich müde. Nur mit Mühe verkniff er sich ein Lachen. Vielleicht dachte er, es würde mich beleidigen. »Also«, entgegnete er lässig, »dann zeig ich dir mal, wie das hier funktioniert.« Er schnappte sich zwei kleine Schaumstoffteile und hielt sie an eine heiße Metallplatte, bis sie zu schmoren begannen, und klebte sie aneinander. »Das ist alles«, schmunzelte er. »Dein Job ist der leichteste im ganzen Unternehmen. Du musst nichts weiter tun, als die Schaumstoffteile im rechten Winkel miteinander zu verschweißen.«

Jetzt kam ich mir dumm vor. Mit Überlebenskampf hatte das nicht viel zu tun. Ich probierte es aus, und es war tatsächlich so leicht, wie es bei Ralf ausgesehen hatte. »Sehr schön«, sagte er. »Das machen wir jetzt bis zur Pause.«

Fröhlich begann er vor sich hin zu pfeifen und sägte neben mir den Schaumstoff zurecht, den ich zu verschweißen hatte. Ich verstand diesen Ralf nicht. Er schien kein absoluter Vollidiot zu sein, sah ganz passabel aus, und seine Art zu reden und Dinge zu erklären hatte etwas außerordentlich Exaktes und Überzeugendes, sogar ohne den abgekämpften und zynischen Unterton, der in Fabriken üblicherweise alles begleitete. Und seine beherrschten Bewegungen und die aufrechte Körperhaltung signalisierten mir, dass ich es mit einem sehr agilen und durchtrainierten Mann im besten Alter – ich schätzte ihn auf 34 – zu tun hatte. Warum machte er einen solch geisttötenden Job?

In den kurzen Pausen verließen die Arbeiter die Produktionshalle, um zu rauchen. Nur Ralf blieb an seinem Platz. Er kramte eine Flasche Milch und eine Stulle aus seiner Tasche hervor und setzte sich auf die Schaumstoffplatten, die in der Ecke zu einem Stapel aufgetürmt waren. »Bis gleich«, verabschiedete er mich grinsend und hob seine Milch an. Draußen war es bereits hell. Die Arbeiter tranken Kaffee und zogen manisch an ihren Zigaretten. Sie unterhielten sich über Autos oder die Transferpolitik ihrer Bundesligavereine. Wenn es nach ihnen gegangen wäre, hätten die meisten Klubs einen Kader mit mindestens vierzig Weltklassefußballern und Schulden in Höhe von 300 bis 400 Millionen Euro. Gut, dass sie Koffer herstellten. Ich fragte nach Feuer und steckte sofort mittendrin. Den Schalkern gefiel nicht, dass ich mit Dortmund sympathisierte, und sie wandten sich von mir ab. Den verbliebenen Männern war ich offensichtlich auch nicht besonders sympathisch, und sie genierten sich, vor mir weiterzureden. Einige Sekunden, in denen niemand etwas sagte, verstrichen. Vielleicht dachten sie, ich wäre ein Spitzel. Dann fragte einer: »Na, wie verstehst du dich mit unserem Soldaten?« Mir wurde einiges klar. »Ganz gut. Er ist ein netter Kerl«, sagte ich. Diese Antwort brachte noch mehr Männer dazu, sich wegzudrehen. Ich überlegte einen

Augenblick, was sie an Ralf auszusetzen hatten. Dann dachte ich: Was mache ich mir überhaupt Gedanken über eine Welt, in der weiß schwarz ist und schwarz weiß. Ich trat meine Zigarette aus, ging wieder rein. Ich hatte mir keine Freunde gemacht.

Ralf saß noch immer auf den Schaumstoffplatten. Er las ein Buch. Céline, *Reise ans Ende der Nacht*. Das war wirklich das Letzte, was ich in einer Fabrik erwartet hatte. »Ralf«, fragte ich ihn deshalb, und er hob seinen sehr kurzgeschorenen Kopf, »warum zum Teufel bist du eigentlich hier?«

Er klappte das Buch zu und sprang von den Schaumstoffplatten herunter. »Ich hatte das Befehlsgehabe satt. Und schießen ist auch nicht so mein Ding«, antwortete er offenherzig.

»Wo bist du denn gewesen?«

»Bei der Marine. Ich war Unteroffizier und Teil einer Spezialeinheit. Wir seilten uns aus Helikoptern auf gekaperte Schiffe ab und befreiten sie. Eigentlich trainierten wir nur für den Ernstfall.«

Jedem anderen Typen hätte ich diese Geschichte nicht abgekauft, aber Ralf erzählte sie ohne das übliche Ausschmücken, das Schwätzer gern für ihre Geschichten verwenden.

»Ich verstehe das nicht«, sagte ich. »Danach stellst du dich einfach hier rein und grinst?«

»Meine Frau«, sagte er nach einer kurzen verlegenen Pause. »Ich hab sie in Osnabrück kennengelernt. Ich war auf dem Heimweg von Wilhelmshaven nach Köln und musste hier umsteigen. Ich trug meine weiße Marineuniform, und wir verliebten uns ineinander. Na ja, und dann wurde sie schwanger, mein Vertrag lief aus, und ich begann hier zu arbeiten.«

Ich wollte nicht noch einmal sagen, dass ich es nicht verstand, und machte mich an die Arbeit. Würde er für den Rest seines Lebens so grinsen können? Ich wünschte es ihm, glaubte aber nicht dran. Dafür hatte ich schon zu viele dieser Männer getroffen. Natürlich war Ralf ein besonderer Fall; er war bereit gewesen, diesem kleinmütigen Land irgendwo am Arsch der Welt den Rücken frei zu halten. Aber was war der Dank dafür? Jetzt arbeitete er mit ein paar Arschlöchern zusammen, die ihn für einen Zivilversager hielten. Nicht nur ich hatte so meine Probleme. Doch Ralf schien das nicht viel auszumachen. Er wollte seine Ruhe haben, und schließlich bekam er sie auch.

Ich arbeitete mehrere Wochen für die Kofferfabrik und hatte eine Menge Spaß mit Ralf. Er war zu einem Freund geworden und hatte mir sogar richtig Lust auf Seereisen gemacht, wenn er mir davon erzählte, was die Jungs in den Häfen der Welt so getrieben und aufgerissen hatten. Doch eines Morgens Mitte Februar kam ich zur Arbeit, und er war nicht mehr da. Der Schichtführer sagte mir, dass man ihn entlassen hätte. Ich fragte nicht nach dem Grund. Mir war klar, dass ich und mein Stundenlohn dafür verantwortlich waren. Ab sofort verklebte und sägte ich den Schaumstoff zusammen mit einem anderen Versager aus dem Jupiter-Stall. Ich war zu einer Art Ausbilder aufgestiegen, und ein kleiner Nichtsnutz schaute mir dabei über die Schulter. Er war motiviert und hieß Christian.

Ich blieb zu Hause. Ich rief nicht an, um mich abzumelden, ich schaltete einfach mein Handy aus und drehte mir eine Tüte. Sollten sie doch sehen, wie sie klarkamen. Irgendwann klopfte es an meine Tür. Es war mein betrunkener Vater, der sich in den Türrahmen stützte. »Was ist mit dir?«, fragte er. »Warum liegst du hier rum?«

»Ich habe Urlaub«, log ich.

»Wenn du den Job verlierst, dann sitzt du auf der Straße. Ist das klar?«

Ich gab keine Antwort.

»Ob dir das klar ist?«

»Wenn ich den Job verliere, finde ich einen anderen. Ich bin nicht so wie du«, antwortete ich in mein Buch hinein. Er knallte die Tür zu und murmelte irgendwas im Weggehen. Davonlaufen, das konnte er.

Ein paar Leute schuldeten uns noch Geld. Einer sogar mehrere zehntausend Euro. Es war das Schmerzensgeld meiner Mutter, die es vor ihrem Tod großzügig verliehen hatte. Mein Vater krümmte keinen Finger, um es zurückzuholen, obwohl er sich für das verfluchte Geld neun Jahre lang durch ganz Deutschland geklagt hatte und wir bis zum Hals in der Scheiße saßen. Alkohol heilte ihm alle Wunden. Plötzlich wurde er wieder lauter und kam zurück.

»Hat es dir in deinem Leben an irgendetwas gefehlt?«, wollte er jetzt wissen. Er wusste, woran, aber ich sagte es ihm noch einmal: »An einem Vater.«

»Du undankbares Arschloch. Ich habe alles dafür getan, damit du nicht verhungerst. Neun Jahre lang habe ich gekämpft, und als dieses dreckige Geld endlich da war, hat sie mich nicht mehr sehen wollen. Ein Fremdgänger war ich nur noch. Warst du schon mal mit einer behinderten Frau verheiratet?«

»Halt dein Maul! Die Frau, von der du redest, ist meine Mutter!«

Er machte ein paar Schritte auf mich zu. Ich sprang blitzartig auf. Céline flog durch die Luft. Soll er doch kommen, dachte ich. So viel Kraft hatte ich noch. Aber er blieb stehen, und sein Blick verwässerte sich. »Ich habe diese Frau geliebt!«, schrie er, Schaum und kleine Blasen spuckend. »Ich liebe sie immer noch!«

»Dann hättest du diesen Schwanzlutscher umlegen müssen, statt wegzurennen und mich mit der Scheiße alleinzulassen!«, schrie ich zurück. Wir standen uns gegenüber und wussten nicht weiter. Eine Umarmung kam schon lange nicht mehr in Frage. Dafür waren wir uns zu fremd geworden.

Schließlich brach er das verbitterte Schweigen: »Denkst du, ich hätte nicht darüber nachgedacht? Denkst du, ich hätte ihn einfach so davonkommen lassen? Du weißt, dass ich ihn umlegen würde, wenn ihr Kinder nicht wärt. Er wäre längst tot.«

Ich glaubte ihm. In der Sowjetunion hatte er mal einen betrunkenen Milizionär mit einem Messer verletzt, weil der meine Mutter begrapscht hatte. Dafür hatte er sogar gesessen. Aber das war ein ganz anderer Mann gewesen, damals. Das war nicht dieser schwache, vom Leben gezeichnete Mann, den ich jetzt vor mir hatte; dieser Mann würde nichts tun, außer seinen Frust zu ertränken. »Keine Sorge, Pap. Er bekommt noch, was er verdient. Dafür werde ich schon sorgen«, versuchte ich ihn nun doch zu beruhigen.

»Mein Sohn, mach keine Dummheiten. Ich will nicht, dass du in den Knast kommst. Das stinkende Geld bekommst du sowieso nicht wieder. Das hat er längst verspielt, so wie ich ihn kenne.«

Du, ihr alle, ihr werdet schon noch sehen, dachte ich, verzichtete aber darauf, es auszusprechen. Stattdessen glättete ich mit ein paar verständnisvollen Nettigkeiten die Wogen, um meinem Vater den Gang zur Sherry-Flasche, die er unter dem Waschbecken in der Küche zu verstecken pflegte, zu erleichtern, und zog mir erst mal eine Hose an.

Ich war mit Wladimir verabredet. Es war bereits dunkel, als ich zu meinem Golf ging und Sascha mir über den Weg lief. Er sah wirklich nicht gut aus. Seine Wangen waren eingefallen, seine Haut war fahl und trocken, sein hellbraunes Haar war nur noch ein strohiges Knäuel, und seine alte Daunenjacke verlor Federn. Aber er lebte. Der Sprung vom Balkon hatte ihm nicht das Geringste ausgemacht. Junks hatten offenbar mehr Leben als Katzen. »Dima«, sagte er, nervös auf seine dreckigen Hände schauend, »hast du noch was von dem Zeug, das ich bei dir vergessen habe?«

»Ach, vergessen hast du es? Ich dachte, du wolltest mich damit den Bullen überlassen.«

»Mann, ich stand unter Strom. Bin auf Bewährung. Wenn die mich packen, muss ich zwei Jahre rein. Also, hast du noch was?«

»Nein, Sascha. Ich hab nichts mehr.«

»Dann musst du mir das Geld geben. 500 Euro. Die wollen das Geld ha-ha-haben«, stotterte er.

»Ich hab kein Geld, Sascha. Zieh Leine.«

»Mann, das kannst du doch nicht ... die werden mich fertigmachen!«

»Verschwinde, Sascha, ich habe kein Geld für dich.«

»Du blödes Arschloch!«, schimpfte er und stolperte davon.

Wladimir trug einen mintgrünen Bademantel, saß in seinem Veloursessel und spielte Playstation, während sein dicker, weißer Kater mit seinem Fuß spielte. Ihn störte wirklich nur selten etwas. Er war ein Mann, der mit allem fertig werden konnte. Ich stellte mir immer gern vor, dass Männer wie er früher die Welt bekriegt, Angst und Schrecken verbreitet und die üppigsten Frauen gevögelt hatten und das als völlig selbstverständlich und normal ansahen. Krieger eben. Bullige Männer, die sich vor nichts zu fürchten brauchten.

Ich erinnere mich noch gut an einen Tag am Kronensee. Wladimir war damals bei der Luftwaffe und wollte sein freies Wochenende genießen. Wir schlenderten den Badestrand entlang und waren ziemlich dicht. Zu seiner Rechten eskortierte Wladimir Christina und zu seiner Linken, beinahe väterlich, Marina. Beide Mädels trugen Bikinis, zeigten schöne Brüste und runde Hintern. Es war ein warmer, aber windiger Juli-Samstag, und der kleine Strand war gut besucht. Eltern, Kinder, junge Leute, die ganze Bagage machte es sich bequem. Eigentlich wollten wir uns auf den Heimweg machen, aber dann sah Christina einen Kerl, der ihr ziemlich Angst zu bereiten schien. Schlagartig hatte ich ein mieses Gefühl im Bauch. Ich ahnte, was passieren würde. Christina begann nach Ausreden zu suchen, warum wir lieber einen anderen Weg einschlagen sollten. Sie hatte wohl gehofft, diesen Typen nicht mehr wiedersehen zu müssen, und jetzt traf sie ihn hier, an diesem belebten Strand, wo Kinder spielten, Mütter tratschten und Jugendliche einen Volleyball jagten. Wladimir fragte sie, was los sei, aber sie stammelte nur irgendeinen Mist vor sich hin und blieb dann einfach stehen. Mich machte das richtig wütend. Konnte sie sich nicht zusammenreißen? Auch Marina begann hysterisch zu werden: »Ist das nicht dieser Arsch, Christina?!«

Wladimir wurde immer unbeherrschter. Ich wollte ihn schnell da wegbringen, aber Marina ließ die Bombe platzen, und es war zu spät. »Da, der da. Der kleine Typ mit der Pilotenbrille und den langen, schwarzen Haaren. Er hat versucht, Christina zu vergewaltigen. Hat ihr Drogen ins Getränk gekippt und ...«

Wladimir hörte sich die Geschichte nicht mal mehr bis

zum Ende an. Mit düsterer Miene ging er auf die beiden Jungs, die es sich gerade auf einer Decke bequem gemacht hatten, zu. Ohne Vorwarnung und ohne dass es auch nur einer der Menschen am Strand bemerkt hatte, schaltete er den Begleiter des kleinen Kerls mit nur einem gezielten Tritt an den Kiefer aus. Er war auf der Stelle bewusstlos. Jetzt konnte sich Wladimir in Ruhe um den anderen kümmern. Doch der zog eine Waffe hervor. Es war eine schwarze automatische Pistole. Ein sowjetisches Modell. Eine Makarov. Wladimir wich instinktiv zurück. Einen Augenblick schien er wie erstarrt. Spätestens jetzt gerieten die ersten Strandbesucher in Panik. Mütter brachten ihre Kinder in Sicherheit und liefen schreiend zum Ausgang, Handys wurden gezückt, der Volleyball kam zum Erliegen. Der Typ stand langsam auf und hielt Wladimir die Waffe direkt ins Gesicht. Mein Herz rutschte mir fast in die Hose. Aber Wladimirs Erstarrung schien einer seltsamen Ruhe zu weichen. Er blickte in den Lauf dieser Kanone, und was er da sah, machte ihm keine Angst. Er schaute dem anderen in die pechschwarzen Augen; sah seine Angst und Verunsicherung, spürte den Wind auf der Haut und bewegte sich langsam zur Seite. Der Lauf der Kanone folgte ihm. »Ich knall dich ab, du Bastard!«, schrie dieser Feigling.

»Bitte nicht«, rief eine Frau, »seien Sie doch vernünftig! Legen Sie die Pistole weg! Hier sind Kinder!«

Wladimir schien der ganze Zirkus nicht zu beeindrucken. Er bewegte sich weiter zur Seite, verlor aber den Lauf der Makarov, die sich mit ihm mit drehte, nicht aus den Augen. Schließlich, als er den Wind im Nacken spürte, blieb er stehen. Und gerade in dem Moment, als der Wind zu einem kräftigen Stoß ausholte, stürzte er sich auf ihn. BAM. Ein Schuss löste sich. Der Typ schrie auf, fluchte. Der frontale Wind hatte ihm das Gas der Schreckschusspistole in Augen, Nase, die Ohren geblasen. Auch Wladimir hatte eine beachtliche Menge abbekommen, aber er griff trotzdem nach der Makarov, während der Kerl verzweifelt versuchte, sie sich in seine Hose zu stecken. Doch er hatte keine Chance. Wladimir entriss ihm die Kanone und begann, damit auf ihn einzuprügeln. Feste und harte Schläge hämmerten auf den kleinen Schädel ein. Blut spritzte.

Wladimir war der stärkste und mutigste Kerl, den ich kannte. Noch nie hatte er eine Schlägerei verloren. Ein Gentleman. Ein richtiger Mann. Er war wahrscheinlich der Einzige, der mir dabei helfen könnte, das Geld zurückzuholen. »Ich brauche deine Hilfe«, sagte ich also, während er Tastenkombinationen in seinen Controller hämmerte, auf den Fernsehschirm starrte und nicht ein Wort von sich gab. Ich nahm an, es war ein Zeichen dafür, dass ich weiterreden sollte. »Da gibt es diesen Parasiten, der unserer Familie noch einen Haufen Geld schuldet. Meine Mutter hat es ihm gegeben. So um die Vierzigtausend. Mein Vater meint sogar, es sei noch mehr. Es war ein Teil ihres Schmerzensgeldes. Er hat immer davon gesprochen, es zurückzugeben, aber nachdem sie gestorben war, ist er verschwunden. Alle Anrufe ignoriert er. Und er redet eine Menge schlechtes Zeug über meinen Vater, was noch viel schlimmer ist.« Ich legte eine kurze Pause ein und bastelte einen Filtertip. Wowka sagte immer noch kein Wort. Er war total drin in dem Spiel. »Ich will es wieder zurückholen. Ich brauche die Makarov.« Noch immer machte er keine Anstalten, mir zu antworten. Als der Joint fertig war, gingen wir auf den Balkon. Es war dunkel, windig, und es regnete, doch Wladimir stand dort in seinem Bademantel. Er nahm einen kräftigen Zug und begann endlich zu reden: »Wir brauchen Kabelbinder. Die Makarov können wir aufbohren lassen, aber das brauchen wir nicht. Wir prügeln einfach so lange die Scheiße aus ihm raus, bis er uns sein Konto und seine PIN aushändigt. Das ganze Geld wirst du niemals wiederbekommen. Verabschiede dich von diesem Gedanken. Aber deine Würde und die deiner Familie können wir retten.« Das klang doch zumindest schon mal nach einem Plan, der ganz nach meinem Geschmack war. Zu lange hatte ich verdrängt, dass es da noch diesen »Onkel« gab, wie wir ihn als Kinder immer hatten nennen sollen. Zu lange hatte ich darauf gewartet, dass mein Vater diesen Drecksack ausmerzte und unsere Würde wiederherstellte. Aber jetzt war die Zeit des Wartens und der Erniedrigungen vorbei. Ich würde endlich ein richtiger Mann werden und für Gerechtigkeit sorgen. Ich würde ihn umbringen.

Jupiter schickte die Kündigung mit der Post. Als Grund führten sie mangelnde Arbeitsbereitschaft, wiederholtes Fernbleiben und etliche weitere Gründe an. Zudem forderten sie die Arbeitskleidung zurück. Das war natürlich mehr als erbärmlich, und es konnte mir eigentlich egal sein, denn diese stinkende Kleidung war sowieso unbrauchbar. Aber es gab mir die Chance, Althaus und Krämer in ihre verblödeten Visagen zu sehen, ihnen vielleicht noch die ein oder andere Weisheit mitzugeben und auf ihren Designervorleger zu rotzen, um ihre kleine Welt, in der alles seine Richtigkeit und seinen festen Platz hatte, ein bisschen anzukratzen. Die Frau am Empfang erwartete mich bereits: »Herr Althaus wird Sie gleich aufrufen. Setzen Sie sich doch.«

Ich wartete fünfzehn Minuten. Althaus übte wohl sein letztes Grußwort ein. Ich hatte genügend Zeit, um mir einen Text zurechtzulegen. Ganze sechs Monate hatte ich für diese vom deutschen Gesetz legitimierten Zuhälter angeschafft. Ganze sechs Monate zu wenig, um ein Anrecht auf Arbeitslosengeld zu haben. Ganze sechs Monate zu viel, um einfach so weitermachen zu können wie bisher. Althaus erwies sich als ausgekocht. Er schickte Krämer vor. Es hatte sich wohl herumgesprochen, dass man die Sache mit mir besser im Büro abwickelte, also bat mich Krämer nach hinten. »Wollen Sie einen Kaffee?«, fragte er. In dieser Firma musste man erst entlassen werden, um einen Kaffee angeboten zu bekommen.

»Nein«, sagte ich, »ich hätte gerne einen schwarzen Tee.«

»Milch, Zucker?«

»Einen Löffel Zucker. Keine Milch, danke.«

Krämer lief los, um mir einen Tee zu machen. Jetzt arbeitete er für mich. Ich schaute mir währenddessen die Bilder in seinem Büro an. Ein roter Ferrari 428 GTS, ein tropischer Wasserfall und ein Braunbär hingen lustlos an der weißen Rigipswand. Auf dem Schreibtisch stand von mir abgewandt ein gläserner Bilderrahmen. Als ich mich rüberlehnte, um das Foto zu sehen, kam Krämer mit zwei Tassen in der Hand zurück und pflanzte sich auf seinen ergonomisch geformten Bürostuhl. Jetzt konnte es losgehen. Ich setzte mein Pokerface auf.

»Schade«, begann Krämer, »dass Sie uns schon verlassen müssen, Herr Wolf. Aber ich mache Ihnen ein Angebot: Das muss kein endgültiger Abschied sein. Wenn Sie Ihre kleine Krise überwunden haben, können Sie jederzeit wieder hier anfangen. Sie sind ja noch ein junger Mann. Da kann es schon mal vorkommen, dass man seine Chancen nicht immer gleich nutzt.«

Krämer gab sich wirklich Mühe, das musste man diesem

Mistkerl lassen. Ich wollte nicht wissen, wie viele Männer auf das Gesülze reingefallen waren. Doch bei mir hatte er schon längst verloren, und dass er es nicht bemerkt hatte, machte ihn zu einem miesen Arbeitgeber. »Wissen Sie, Herr Krämer, was mich an diesem Land stört? Die guten Männer sitzen immer auf der falschen Seite der Schreibtische.« Ich nahm einen Schluck Tee. Krämer kaute auf seiner Unterlippe herum. Wenn das der Gesichtsausdruck war, den er aufsetzte, um nachdenklich zu wirken, dann war er arm dran. Ich hatte nicht mehr viel Zeit, bis ich aus dem Büro fliegen würde, also nutzte ich sie. »Wenn ich jemals wieder so verzweifelt sein sollte, dieses Büro zu betreten, dann nur in der festen Absicht, Ihnen oder Herrn Althaus in den Arsch zu treten und den Laden niederzubrennen, wenn mein letzter Lohn nicht pünktlich auf meinem Konto landen sollte. Aber verstehen Sie mich jetzt bitte nicht falsch. Ich will Ihnen weder drohen noch will ich Ihnen wehtun. Man muss bloß alle Brücken, die man einmal überquert hat, sofort einreißen, sonst wird man sich nie aus der Scheiße erheben können. Merken Sie sich das. Es ist Mut, der Männer von Feiglingen unterscheidet.« Ich drehte das Foto auf seinem Schreibtisch um und sah es mir an. »Und wenn ich mir Ihre Frau oder Freundin so ansehe, können Sie welchen gebrauchen.«

Für einen kurzen Augenblick schien Krämer wie gelähmt. Dann explodierte er förmlich. »Meine Güte, Herr Wolf! Sie klingen ja beinahe wie ein Schriftsteller! Wir haben Sie ja völlig falsch eingeschätzt«, versuchte er sich einzuschleimen.

»Aus Ihrem Mund klingen diese Worte leider nicht wie ein Kompliment. Deshalb werde ich jetzt verschwinden.«

Ich schob meinen Stuhl ruckartig zurück und stand auf. Krämer zuckte kurz zusammen. Bevor ich ging, drehte ich mich noch einmal um:

»Glauben Sie an Gott?«

Krämer sah auf das Bild seiner Freundin und schüttelte den Kopf.

Wladimir sagte, dass wir den Parasiten eine Zeitlang beobachten, seine Gewohnheiten ausspionieren und seine Arbeitszeiten notieren müssten.

»Und die seiner Frau müssen wir auch ausloten. Es sollte dunkel sein, wenn wir zuschlagen. Wir müssen ihn zu Hause überraschen. Vielleicht nach Ende der Spätschicht. Die Jahreszeit kommt uns gelegen, da ist es um zehn stockdunkel. Das Auto müssen wir verstecken. Das letzte Stück laufen wir, dann kann sich keiner der Nachbarn das Kennzeichen notieren.«

Er steigerte sich ziemlich in die Sache rein, und das bereitete mir große Sorgen. Ich wollte nicht, dass er im Bau landete. »Hör mal«, unterbrach ich ihn, »ich will nicht, dass du wegen mir in Schwierigkeiten gerätst. Vielleicht sollte ich es alleine durchziehen.«

»Alleine?«, fragte er fassungslos.

»Ja, was ist schon dabei? Ich nehme die Makarov und fahre etwas früher hin. Dann haue ich seiner Alten eine runter, fessele sie mit den Kabelbindern und warte auf dieses Arschloch.«

»Und was tust du dann? Wer passt auf die beiden auf, wenn du zur Kasse fährst, um das Geld abzuheben? Die rufen doch gleich die Bullen. Nein, das ist ein Job für zwei.«

Mir gefiel nicht, dass er recht hatte.

Wir wollten am Monatsbeginn zuschlagen, damit wir ihre Gehälter einsacken konnten. Also stellten wir ihm nach. Wir parkten gegenüber der Firma, in der er arbeitete, und notierten uns seine Arbeitszeiten. Manchmal fuhren wir ihm in sicherer Entfernung hinterher, um sicherzugehen, dass er direkt nach Hause fuhr. Ein paarmal warteten wir auch einfach unweit von seiner Wohnung. Nach drei Wochen hatten wir genügend Informationen gesammelt. Einen Abend vor dem großen Tag trafen wir uns bei Wladimir, um alles noch einmal in Ruhe durchzugehen. Er hatte für den unwahrscheinlichen Fall, dass wir doch auffliegen würden, ein wenig Kokain besorgt. »So können wir vor Gericht auf Unzurechnungsfähigkeit plädieren und behaupten, dass wir in einer Kurzschlussreaktion gehandelt hätten«, meinte er. Ich wollte eine Nase nehmen.

»Nicht jetzt. Wir nehmen es direkt davor. Dann hast du nicht so viel Angst.«

»Ich habe überhaupt keine Angst.«

»Das werden wir morgen sehen. Jetzt kiffen wir erst mal was. Das muss reichen.«

Er baute einen ziemlich krummen Joint, den wir gierig aufrauchten. Dann noch einen und noch einen weiteren. Wir rauchten sie wie Zigaretten und schauten uns einen Actionfilm auf VHS an, in dem Cage und ein anderer Hollywoodarsch die Körper tauschten. Nach etwa einer Stunde war Wladimir eingeschlafen. Vorsichtig stand ich auf und schlich in sein Schlafzimmer. Aus dem obersten Fach seines Kleiderschranks holte ich die Makarov heraus und steckte sie mir in die Jackentasche. Dann fuhr ich zum Haus des Parasiten. Die Uhr zeigte 01:42 Uhr an. Ich parkte den Golf in einem Feldweg, etwa drei- bis vierhundert Meter entfernt, und schaltete das Licht aus. Die Makarov wog schwer in meiner Hand. Der Sowjetstern im Griff verlieh mir zusätzliche Motivation. Ich entsicherte und zog den Verschluss an, eine Patrone, von der ich mir sicher war, dass sie keine Gas- oder Schreckschusspatrone war, rutschte ins Patronenlager. Wladimir, dieses Schlitzohr, hatte die Waffe also doch umbauen lassen. Wie ein Spaziergänger schlenderte ich zum rot geklinkerten Mehrfamilienhaus, dessen Erdgeschoss der Parasit bewohnte. Ich entschied mich, es über die Terrasse zu versuchen. Ich würde ihn im Schlaf überraschen. Vorsichtig pirschte ich mich an die große Glastür heran und holte, den Finger am Abzug, die Makarov aus meiner Jackentasche. Im Inneren des Hauses war es dunkel. Er schien zu schlafen. Ich trat ein paar Schritte zurück und sah mir die Pistole an. Dann steckte ich sie ein und pulte einen der schweren Dekosteine aus dem Blumenbeet. Mit kurzem Anlauf warf ich ihn durch die gläserne Terrassentür und rannte zurück zum Auto. Gott würde sein Richter, sicher sogar sein Henker, sein.

Die letzten Euros waren aufgebraucht, und Anspruch auf Arbeitslosengeld hatte ich nach meinem Intermezzo bei Jupiter auch keinen. Stattdessen sagte man mir beim Arbeitsamt, ich solle mir einen Ausbildungsplatz suchen. Ich schlüpfte in den einzigen Anzug meines Vaters und fuhr zu einem Handyladen, in dem ein alter Schulkamerad arbeitete, der weitaus weniger charismatisch war, als ich es sein konnte, wenn ich es musste. Deshalb rechnete ich mir Chancen aus.

Gerade als ich auf den Parkplatz einbog, soff der Golf ab. Der Kanister Sprit, den ich mir im Geräteschuppen der Molkerei geliehen hatte, war aufgebraucht. Dann musst du wenigstens nicht abschließen, dachte ich.

Der Laden war gut besucht, die Kunden standen Schlange. Alle wollten kaufen. Aber die Verkäufer verströmten Gelassenheit, lächelten und waren durchweg fröhlich gestimmt. Hier eine kleine Anekdote, da ein bisschen was verdient. Kein Metall, kein Schweiß, kein Günther, keine Probleme. Nicht, dass es mein Traumberuf war, aber das schien mir schon viel geeigneter für mich. Ich versuchte mein Glück und wandte mich an den Menschen, der am ältesten aussah. »Entschuldigen Sie bitte, was muss man tun, um auf der anderen Seite des Schalters zu stehen?« Der Mann lachte. »Zuallererst müssten Sie an mir vorbei. Und das wird nicht einfach. Aber mal im Ernst, im Moment suchen wir niemanden. Es tut mir leid.«

»Geben Sie mir eine Chance. Ich beweise Ihnen, ein Jemand zu sein.«

Der Mann nahm seine Brille ab und putzte sie mit einem Mikrofasertuch. Dann setzte er sie wieder auf. »Sie sind sehr redegewandt, junger Mann, das muss man Ihnen lassen. Begegnet einem nicht oft. Vor allem nicht bei Leuten in Ihrem Alter.«

Ich nahm das Kompliment zum Anlass und reichte ihm die Hand. »Dimitri Wolf, sehr erfreut.«

Er packte kräftig zu. Kräftiger als Krämer. »Förster. Heinz.«

Wir blickten einander in die Augen. Fast wie in einem dieser schlechten Western. Dann wollte er meine Bewerbungsunterlagen sehen. »Eine Fünf in Deutsch, Herr Wolf. Wie konnte das denn passieren?«

Ich hätte nach Ausreden suchen können, aber ich versuchte es mit der Wahrheit. »Wissen Sie, *Die Blechtrommel* ist für Menschen in meinem Alter einfach nur ermüdend. Außerdem hat mein russischer Ur-Großvater Leute wie Grass bekämpft. Und dann war da noch Brecht, an dessen Namen Sie ableiten können, wie man als Jugendlicher auf ein solches Geschreibsel reagiert.«

Aber Förster ließ sich nicht aus der Reserve locken. »Und

im Grunde sind Sie ein Verfechter von Marx, nicht wahr? Oder wie erklärt sich die Fünf in Betriebswirtschaft?«

»Wir würden ein gutes Team abgeben, Herr Förster.«

Er wirkte nachdenklich, glaubte vielleicht, es mit einem Schwätzer zu tun zu haben. »Geben Sie mir etwas Zeit, Herr Wolf. Ich muss ein paar Dinge durchrechnen. Ich rufe Sie an.«

Ich musste sechs Mal wiederkommen, bis er mir einen Job versprach.

Mein neuer Boss hieß Thorsten, war 37 und lebte noch bei seiner Mutter. Er saß gerade auf einem futuristischen Hocker hinter dem Verkaufstresen und tippte etwas in den Computer ein, als ich den kleinen Laden, der sich in der hintersten Ecke eines großflächigen Supermarktes befand, zum ersten Mal betrat. Seine kurze, leicht buckelige Gestalt verschaffte Thorsten nicht gerade gewaltige Autorität, aber ich wollte nicht gleich an meinem ersten Tag wieder damit anfangen, alles in Frage zu stellen. Es war schließlich nicht selbstverständlich, dass ein Typ wie ich, mit mehr als fünfzig Fehltagen, zwei Fünfen und mehreren Vieren auf dem Abschlusszeugnis der Handelschule überhaupt einen Ausbildungsplatz bekam – und dann auch noch einen kaufmännischen, einen, bei dem man keine Scheiße schleppen musste. Nein, hier musste man Anzug tragen, sich artikulieren können und grenzenlose Freude ausstrahlen. »Man muss den Kunden in eine samtige Wolke aus Äther locken und ihm dann eine Unterschrift abgewinnen, erst recht wenn er es nicht will«, sagte Thorsten immer gern. Er sprühte vor Energie und Tatendrang. Kaum betrat ein Kunde den Laden, konnte man ein eifriges Leuchten in seinen grünen Augen erkennen. Sofort sprang er auf und begann die

Leute mit einer solchen Ausdauer zu bezirzen, dass fast niemand den Laden mit leeren Händen verließ. Sie kauften ihm alles ab. Prepaidbundles, Handys mit und ohne Vertrag, SIM-Onlys, DSL, alles. Ich war erstaunt, dass man einen Menschen mit einer Handvoll einfacher Tricks dazu bringen konnte, selbst die unnötigsten Dinge zu kaufen. »Natürlich fühlt man sich anfangs ein bisschen falsch«, meinte Thorsten. »Aber spätestens am Ende des Tages, wenn man in seine Kasse schaut, dann weiß man, wofür man es getan hat, und fühlt, dass es richtig war, dem Kunden mehr zu verkaufen, als er eigentlich wollte.« Als Thorsten mir den Ausbildungsvertrag vorlegte, wusste ich, dass ich dieses Gefühl nicht so schnell kennenlernen würde. Etwas mehr als 500 Euro sollte es für eine 40-Stunden-Woche geben. »Mir ist bewusst, dass das nicht viel Geld ist«, sagte er. »Aber es ist über Tarif, und ich bin bereit, dir Prämien zu zahlen, wenn du gute Arbeit leistest. In den ersten Wochen verlange ich auch nicht viel von dir. Es reicht, wenn der Laden sauber ist und du immer genau zusiehst bei dem, was ich mache.«

Wir setzten unsere Unterschriften unter den Vertrag, und ein paar Minuten später war ich mittendrin. Wenn gerade keine Kunden im Laden waren, surfte Thorsten im Internet. Er chattete mit drei oder vier Frauen gleichzeitig und meinte, dass sie alle ziemlich willige Biester seien. Dann zeigte er mir ein paar Videos. »Hier, schau mal«, sagt er. Eine Frau mit Piercing in der Klitoris rutschte auf einem durchschnittlichen Penis herum, drehte sich, hielt ihren Arsch in die wackelige Kamera, bis der Kerl, dessen Gesicht man nicht sehen konnte, sie von hinten nahm. »Das ist Kleo«, meinte Thorsten. Nach einem Haufen Videos kam ein Kunde in den Laden und wollte seine Handyrechnung in bar bezahlen. Ich sah mir an, was Thorsten ins Buchungssystem tippte, und schrieb es in das kleine Heft, das er mir gegeben hatte. Dann begann mein Chef vorsichtig, seine vielbeschworene Wolke aufzuspannen. »Darf ich fragen, was Sie durchschnittlich für Ihre monatliche Rechnung zahlen?«

»Etwa 100 Euro«, sagte der Kunde.

»Das erscheint mir reichlich viel«, meinte Thorsten. »Sehr gerne sehe ich für Sie nach, ob wir etwas Günstigeres finden.«

Der Kunde willigte ein. Diesmal tippte er etwas in ein anderes System ein. Ich schrieb es auf.

»Oh«, gab er sich überrascht, »ich sehe gerade, dass Sie zu einer Vertragsverlängerung berechtigt sind. Das bedeutet: Sie können kostenlos in einen günstigeren Tarif wechseln und zusätzlich ein neues Handy erhalten.«

Der Kunde machte einen erfreuten Eindruck. Thorsten lief mit ihm durch den Shop und führte die neuesten Telefone vor. Als er merkte, dass nichts dabei war, das den Kunden begeisterte, lief er ins Lager und holte ein paar andere Geräte. Eines von ihnen drückte er dem Kunden in die Hand. Jetzt dauerte es keine fünf Minuten mehr, bis der sich für das grässlich verchromte Samsung und einen Minutentarif mit SMS-Flatrate entschied. Ich schrieb mit. Aber bevor der Mann endlich gehen durfte, prüfte Thorsten, ob an seiner Adresse DSL verfügbar war, und überzeugte ihn schließlich auch noch von einem DSL-Vertrag.

Als der Mann gegangen war, sagte Thorsten, dass er soeben zweihundert Euro verdient hätte und ich das bei jedem Kunden so machen sollte.

»Kein Problem«, sagte ich und schrieb alles auf: *Er wird nicht davor zurückschrecken, deine Seele zu nehmen. Er ist wie sein Gott.*

Aus vierzig Stunden wurden schnell sechsundsechzig. Aus fünf Tagen sechs. Aber ich durfte einen Anzug tragen, und das einzige Metall, das ich zu fassen bekam, war das der Handyoberschalen. Thorsten wurde warm mit mir, er zeigte mir jetzt auch die härteren Videos. Eine Frau leckte an einem schlecht rasierten Arschloch herum. Ein Kerl schob ihr eine Faust in den Schlund und ejakulierte ihr auf die Augen.

Es sollte sich herausstellen, dass die Leute auch mir alles abkauften. Besonders einfach ging es bei alten Frauen: »Mein Enkel möchte ein neues Telefon«, sagte sie. Der Enkel war höchstens vierzehn und sah verdächtig nach einem Satansbraten aus. Er würde sie ruinieren. Ich riet ihr, einen Vertrag für den Kleinen abzuschließen. »Das kostet Sie maximal 35 Euro pro Monat. Vertrauen Sie mir. Außerdem bekommen Sie das Handy dann für nur einen Euro.«

Sie machte den Fehler, mir zu glauben. »Na schön, junger Mann. Wenn Sie das sagen.«

Nur ein paar Wochen später, nach Erhalt der ersten Rechnung, kam sie wieder. Ihr Enkel hatte haufenweise Spiele heruntergeladen, und die Frau hielt eine Rechnung in Höhe von 400 Euro in der Hand. Ich sagte ihr, dass ich nicht viel für sie tun könne.

»Aber Sie haben doch gesagt, dass es mich maximal 35 Euro kosten würde.«

Natürlich hatte ich das gesagt, und sie tat mir leid, aber sie war diejenige, die alles glaubte, was man ihr erzählte, ohne das Kleingedruckte zu lesen. Es war nicht mein Problem. Ich verwies sie an die Kundenhotline. Ich war jetzt Verkäufer, ich hatte keine Zeit für Reklamationen. Thorsten sah das genauso. Vier Prozent der Rechnungssumme gingen an den Shop.

Zwetkow lud zu Schaschlik im Garten seiner Eltern ein. Es war Samstag, ich arbeitete bis kurz nach zwanzig Uhr, und als ich ankam, waren die besten Fleischstücke vergriffen und das letzte Bier warm. Aber an dem langen Tisch, ganz hinten in der Ecke, saß Zoja und unterhielt sich mit Zwetkows Freundin. Mein Puls setzte einen Augenblick aus. Sie schmunzelte.

»Hey, Doktor, setz dich«, spielte Zwetkow auf meinen Anzug an und klopfte mit der Hand auf einen freien Stuhl zu seiner Linken. Ich nahm Platz und griff mir eines der Biere, die auf dem Tisch herumstanden. Ich konnte warmes Bier nicht ausstehen, trank die Flasche aber beinahe in einem Zug aus.

»Also, ich hab da dieses Problem mit meinem Vertrag. Hier gibt es kaum Empfang, und ich weiß nicht, ob es an meinem Handy oder an eurem Netz liegt. Jedenfalls ...«

Ich hörte gar nicht richtig hin. Ich beobachtete Zoja, die gerade aufstand, sich ihr Täschchen schnappte und ins Haus verschwand. Zwetkow palaverte immer noch. »... den Vertrag hab ich schon einige Jahre, und ich glaube, es ist Zeit für ein neues Handy. Vielleicht gibt es auch einen billigeren Tarif?«

»Hör zu, Zwetkow. Komm einfach im Shop vorbei. Ich organisier' dir ein Handy, einen neuen Tarif, was du willst. Aber jetzt gib mir bitte ein kaltes Bier.«

»Na gut. Könnte sein, dass mein Vater noch eines im Kühlschrank hat. Ich geh' mal nachsehen.«

Auch die anderen sechs Leute am Tisch gaben sich größte Mühe, mich in eines dieser Mein-Vertrag-läuft-bald-aus-Gespräche zu verwickeln, aber ich entschuldigte mich und verschwand in meinen Golf, um einen Joint zu rauchen. Ich hatte immer eine kleine Notration im hinteren Aschenbecher versteckt. Alles war gut. Plötzlich klopfte es an das Fenster der

Beifahrertür. Ich verschüttete die Mischung auf den Boden, als ich mich rüberlehnte und Zoja die Tür öffnete. »Hey, was hast du da gerade gemacht?«, fragte sie, als sie sich ins Auto setzte.

»Ach, nichts, wollte mir bloß eine Zigarette drehen.«

»Warum gehst du dafür ins Auto?«

»Weißt du, ich habe heute den ganzen Tag geredet und wollte kurz Ruhe haben.«

»Na gut. Fahren wir.«

Ich startete den Motor, und wir fuhren los.

»Der Anzug steht dir gut«, bemühte sie sich, ein Gespräch aufzubauen.

»Hm. Ich weiß nicht. Mein Vater sagt immer: ›Traue nie einem Mann im Anzug.‹«

»Du sagst also, dass ich dir nicht trauen soll?«

»Nein, mein Vater sagt das.«

»Ich glaube, ein Anzug ist Ausdruck für Höflichkeit und Respekt.«

»Ich glaube meinem Vater.«

»Er muss wirklich ein weiser Mann sein.«

»Oh ja, das ist er. Ein Superkerl.«

»Wo bringst du uns eigentlich hin?«, wollte sie jetzt wissen.

»Weiß nicht. Ich hatte gehofft, du verrätst es mir.«

Sie überlegte einen Augenblick. »Bist du nachts schon mal am Meer gewesen? Ich würde gern ans Meer fahren. Meinst du, wir können da hin?«

Im Dunkeln war die Nordsee am schönsten, da konnte man nicht sehen, dass sie braun und voller Quallen war. Aber ich hatte nicht genug Benzin im Tank, um ihr diesen Wunsch spontan erfüllen zu können. »Deine Augen sind so falsch, ich liebe sie«, sagte ich.

»Soll das etwa ein Kompliment sein? Du bist wirklich unmöglich.«

An einer Tankstelle besorgte ich ein paar Flaschen Bier, und wir fuhren auf einen kleinen Parkplatz, der am Rand einer Apfelbaumplantage lag und von dem aus man einen netten Ausblick auf Bad Essen hatte. Ein guter Freund hatte ihn mir mal gezeigt, und seitdem war ich schon mit ein paar Frauen dort gewesen. Die Dämmerung setzte ein, und Zoja redete ziemlich viel. Vielleicht war sie nervös. Ich öffnete ihr ein Bier.

»Du bist komisch«, sagte sie. »Du scheinst sehr intelligent zu sein, aber gleichzeitig bist du unfreundlich und distanziert. Fast ein bisschen arschig. Das ist wirklich schade.«

Darauf sagte ich nichts. Ich startete den Motor und fuhr los.

»Wo willst du denn auf einmal hin?«

»Dieser Platz gefällt mir nicht.« Ich fuhr in die Zufahrt zum kleinen Kanal-Yachthafen, eine Sackgasse. Hier war ich noch nie mit einer Frau gewesen. Zoja wusste es zu schätzen. »Schön hier. Mir gefallen diese Bäume. Weißt du, was das für welche sind?«

»Tilia Platyphyllos. Sommerlinden. Die sind einige hundert Jahre alt.«

»Woher weißt du das?«

»Das sind Wladimirs Lieblingsbäume. Er hat sie mir mal gezeigt.«

Sie griff nach meiner rechten Hand und streichelte sie mit dem Daumen.

»Ich mag deine Hände«, sagte sie. »Sie sind mir gleich aufgefallen. Du hast wirklich schöne Hände für einen Mann.«

Ich nahm meinen Mut zusammen, legte meine Hand an ihre Wange und gab ihr einen Kuss, den sie leidenschaftlich erwiderte. Nach einer Weile sprang sie über den Schalthebel und die Handbremse auf mich drauf. Ich küsste ihren Hals, tauchte ab in ihr Dekolleté und versuchte nebenbei den Hebel zu finden, um den Sitz zu verstellen. Mit viel Schwung rutschte er nach hinten und rastete ein. Zoja gab erregte Laute von sich und drückte mir ihre wundervollen Brüste ins Gesicht. Sie waren unbeschreiblich schön. Ich schob ihren Rock hoch und zerriss das schwarze, transparente Höschen. Mühevoll drang mein pulsierender Schwanz in sie ein. Sie begann zu stöhnen und glitt sinnlich auf und ab. Immer kräftiger schlug ihr Becken auf mir auf. Schweißperlen rannen ihre Brüste hinunter, tropften mir in die Augen und ins Haar. Kurz bevor es mir kam, stemmte ich sie hoch.

Auch Zojas Vater trank. Aber im Gegensatz zu meinem hatte er es währenddessen geschafft, ein Haus zu bauen. Als ich Zoja abholen wollte, saß er gerade draußen auf der Terrasse und las eine russische Zeitung. Wolodja, der dabei war, aus Russland wieder einen Bären zu machen, war ihm ein Gott. Er, Sergej, hatte ein freundliches Gesicht, war aber bemüht, grimmig dreinzuschauen. »Wo hast du meine Tochter kennengelernt?«, wollte er wissen.

»Auf der Geburtstagsfeier eines Freundes«, sagte ich.

»Mhm.« Er blickte an mir vorbei zum Golf. »Ein solides Auto fährst du da. Dein Vorgänger kam hier in einer Reisschüssel vorgefahren. Ich kann diese Karren nicht ausstehen. Deutsche bauen die besten Autos, und die Leute hier kaufen Japaner oder Franzosen. Ich kann das nicht verstehen.«

»Oh, Papa. Lass das bitte. Das ist echt unangenehm«, grätschte Zoja dazwischen.

»Ist doch kein Problem«, sagte ich.

»Komm, ich zeig dir meine Sauna«, meinte Sergej jetzt.

Wir gingen hinter die Garage. Dort war ein kleiner mit Holz vertäfelter Raum, in dem sich ein Metallkessel befand und in dem noch jede Menge Handwerkszeug lag. Sergej erzählte, dass er alles selbst gebaut hätte und dass ihm noch ein paar Teile fehlen würden. »Ich müsste zum Baumarkt. Aber meine Frau ist arbeiten und hat den Wagen. Meinst du, du könntest mich fahren?«

Zoja wirkte nicht begeistert, aber ich konnte ihm diese Bitte nicht verwehren. Ich war in sein Haus gekommen und nahm ihm seine Tochter, da war eine Fahrt zum Baumarkt ja wohl das Mindeste, was ich für ihn tun konnte. Wir stiegen in den Golf und fuhren los. Auf halber Strecke bat er mich, an einem Supermarkt anzuhalten. Während ich im Auto wartete, ging er rein und kam mit zwei Flaschen billigem Doppelkorn wieder heraus. Bevor wir weiterfuhren, genehmigte er sich einen kräftigen Schluck. Der Baumarkt lag etwa 20 Kilometer vom Haus entfernt, und alles, was Sergej dort kaufte, war eine Packung Spaxschrauben. Noch bevor wir wieder zurück waren, war die erste leere Flasche aus dem Fenster geflogen.

»Das bleibt doch unter uns, oder?«

»Natürlich, Herr Hartmann.«

Zoja und ich verzogen uns auf ihr Zimmer. Sie fragte mich, ob ihr Vater sich was zu trinken gekauft hätte. Aber ich verneinte und beobachtete sie dabei, wie sie sich umzog. Ihr Körper war eine Waffe, bis auf eine kleine Delle in ihrer linken Pobacke, eine Narbe aus Kindertagen – der Fehler, nach dem ich gesucht hatte –, makellos. So etwas Schönes hatte ich noch nie gesehen. Es gab mir Kraft. Ich schmiss sie aufs Bett und leckte ihr die Muschi. Ich bearbeitete ihre Klit, saugte, biss und machte es ihr gleichzeitig mit Zeige- und Mittelfinger. Dann stieg ich auf. Zoja drückte sich ein Kissen ins Gesicht und pumpte hinein. Ihr Brustkorb dehnte sich aus und fiel wieder zusammen, dehnte sich aus und fiel wieder zusammen, und ich konnte nicht glauben, dass ich diese unglaubliche Frau liebte. Nach der Nummer schliefen wir ein und wurden erst wieder wach, als ein kleines vielleicht sechs Jahre altes Mädchen ins Zimmer rannte und sich mein Ding ansah. »Oh Mascha«, keifte Zoja, »raus hier! Sofort!«

Aber die Kleine machte keine Anstalten, das Zimmer zu verlassen, und sagte: »Papa hat angerufen. Er ist am See und kann nicht fahren. Er hat gesagt, ihr müsst ihn holen.«

Zoja warf mir einen giftigen Blick zu. »Ich dachte, er hätte sich keinen Alkohol gekauft.«

»Hat er auch nicht.« Ich zog meine Boxershorts an. »Komm, wir fahren.«

Als wir an dem kleinen See ankamen, erwartete Sergej uns bereits. Er war mit seinem Roller hinausgefahren, um zu angeln, und jetzt war ihm der Sprit ausgegangen. Zoja redete kein Wort mit uns. Sergej schien es nicht viel auszumachen, er war ziemlich gut drauf und meinte: »Der Roller kann hier nicht bleiben.«

Ich fuhr also zur Tankstelle und holte einen Kanister Sprit. Mittlerweile war es nicht nur dunkel, sondern auch ziemlich klar, dass ich mit dem Roller nach Hause fahren müsste und die beiden mit dem Auto fahren würden. Langsam fuhr ich ihnen hinterher. Die Räder waren beinahe platt, und der Lenker war schief. Ich hatte keine Ahnung, wie er es mit dem Ding an den See geschafft hatte, und gab mir alle Mühe, nicht von der Straße abzukommen. Aber das war der Preis, den ich für Zoja zu zahlen hatte, und ich tat es gern. Familien kann man sich nicht aussuchen, dachte ich, und jetzt habe ich noch eine dazubekommen.

Wladimir besuchte mich im Shop. Er war schlecht gelaunt und schaute sich ein bisschen um, überlegte, einen Vertrag abzuschließen. Aber nachdem er Thorsten gesehen hatte, meinte er, dass der ein ziemlicher Waschlappen sei und er nicht glauben könne, dass so einer mein Boss sei, und zudem würde er nicht wollen, dass so ein Typ auch nur einen einzigen Cent an ihm verdiene. Ich verteidigte Thorsten nur, weil es in meinen Augen kaum etwas Erniedrigenderes gab, als für jemanden zu arbeiten, der bei anderen keinerlei Respekt genoss. »Eigentlich ist er ganz okay«, sagte ich, »außerdem scheint er großen Erfolg bei Frauen zu haben.«

»Von mir aus könnte er Claudia Schiffer vögeln, er bleibt trotzdem ein Waschlappen«, sagte Wladimir.

Wir traten vor den Supermarkt und rauchten eine Zigarette.

»Ich hoffe, du hast sie dabei, du verdammter Idiot.«

»Ja«, sagte ich, »sie liegt im Auto.«

»Irgendwas stimmt nicht mit dir, Dima. Du hast sie doch nicht alle. Du lässt eine scharfe Waffe im Auto liegen? Eine beschissene illegale Waffe?«

Wir setzen uns in den Golf, und ich holte sie unter dem Sitz hervor. Wladimir prüfte alle Funktionen, verriegelte sie und steckte sie in die Hose. Dann haute er mir mit der flachen Hand eine runter. »Dass ich so einen Scheiß nicht noch mal erleben muss. Klar?«

»Sorry, Mann. Ich wollte dir keine Schwierigkeiten bereiten.«

Im Shop wollte Thorsten wissen, wer dieser Riesenkerl gewesen war, aber mir war nicht danach, es ihm zu erzählen. Ich beriet ein paar Leute, ohne dass sie etwas kauften, und Thorsten schaute dabei zu. Kurz vor Feierabend standen zwei

Kerle im Laden. Kanisterköpfe in schwarzen Lederjacken, weiten schwarzen Stoffhosen und spitzen, polierten Lackschuhen. Ich wusste gleich, dass das keine normalen Kunden waren. »Du bist Wolf, nicht wahr?«, fragte der Kleinere mit der Glatze und starkem russischen Akzent. »Wir sind Freunde von Sascha. Kannst du kurz rauskommen? Wir wollen mit dir reden.«

Thorsten konnte mir nicht helfen, und Wladimir würde mindestens dreißig Minuten brauchen, bis er hier sein könnte. Ich hatte keine Wahl und ging mit den beiden nach draußen. Am anliegenden Parkhaus zündete sich der Kleinere eine Davidoff an. Er hätte eine Figur aus Balabanows Filmen sein können.

»Sascha hat gesagt, dass du etwas hast, was uns gehört«, qualmte er mir ins Gesicht. Dieses feige Schwein, dachte ich. Wenn ich den Penner in die Finger bekomme, reiße ich ihn in Stücke. Vorausgesetzt, diese Jungs hatten noch etwas von ihm übrig gelassen.

»Männer, ich weiß nicht, wovon ihr redet. Das muss ein Missverständnis sein.«

Der Große, der noch kein einziges Wort verloren hatte, setzte mir, in der Manier eines erfahrenen Boxers, einen Leberhaken. Ich ging direkt zu Boden, rang nach Luft und kotzte den beiden beinahe auf die Schuhe. Ein paar Leute schoben sich unbeeindruckt mit ihren Einkaufswagen vorbei.

»Fünfhundert. Heute um zwölf Uhr auf dem Belmer Aldi-Parkplatz.«

Sie warteten nicht mal auf eine Antwort und fuhren in ihrem schwarzen Audi davon. Ich brauchte mindestens fünf Minuten, bis ich mich aufrappeln und in den Laden zurückkehren konnte, um Wladimir anzurufen.

Als wir auf den Parkplatz fuhren, war der Audi bereits dort. Wir parkten den violetten Astra von Wladimirs Mutter gleich daneben und setzten uns bei ihnen auf die Rückbank. Der Große, der mir eine verpasst hatte, startete den Wagen und fuhr los, der Kurze blickte in den Rückspiegel. »Wo ist das Geld?«, fragte er.

»Es gibt kein Geld«, sagte Wladimir. Die beiden Lederjacken schwiegen. Diese Antwort gefiel ihnen nicht, und ich war mir sicher, dass sie sie auch noch nicht oft gehört haben konnten. Die Fahrt dauerte circa zehn Minuten und endete in einem abgelegenen Feldweg. Die kleine Glatze drehte sich zu uns um, wollte wissen, wen ich da mitgebracht hatte. Wladimir dachte gar nicht daran, sich vorzustellen. Er zückte die Makarov und drückte sie dem Langen in den Nacken. »Deine Hände wandern jetzt ganz vorsichtig ans Lenkrad«, befahl er. Sie hätten versuchen können, sich zu wehren, aber sie schienen zu ahnen, dass die Erfolgsaussichten nicht sehr groß waren. Wladimir begann seinen Standpunkt zu betonieren: »Also, ihr habt die Wahl: Ihr könnt den Jungen in Ruhe lassen oder es mit mir zu tun bekommen. Was ist euch lieber?«

Der Kleine bemühte sich um Haltung und wollte die Oberhand zurückgewinnen. »Du bist im Unrecht«, sagte er auf Russisch, »er hat etwas genommen, was ihm nicht gehört, und dafür muss er die Verantwortung übernehmen.«

»Wie dumm seid ihr eigentlich?«, fragte Wladimir wütend. »Vertraut einem vorbestraften Junkie Zeug im Wert von fünfhundert Euro an und wollt euch das Geld dann von jemand anderem wiederholen? Nein, Männer. Ihr seid im Unrecht und habt Glück, dass ich euch davonkommen lasse. Ende der Diskussion. Und jetzt hoffe ich, dass ich das Geräusch des startenden Motors vernehme, denn wenn das nicht der Fall sein wird, musst du gleich den Kopf deines Kumpels vom Armaturenbrett aufwischen.«

Wladimir hatte den Satz kaum beendet, da heulte der Wagen auf, und wir befanden uns auf dem Rückweg zum Aldi-Parkplatz. Der Große hielt neben dem Astra. Es schien mir, als sei er blasser geworden.

»Wir haben uns doch verstanden, nicht wahr?«, klopfte Wladimir ihm auf die Schulter. Die beiden nickten zurückhaltend und sichtlich zerknirscht.

Ich bat Wladimir, mich auf dem Rückweg bei Zoja herauszulassen. Weil im Haus kein Licht mehr brannte, suchte ich kleine Steine zusammen und warf sie gegen ihre Jalousie. Schon der zweite war ein Volltreffer. Zoja wurde wach und machte mir die Tür auf. Ihr Gesicht war zerknautscht und ihr langes Herren-T-Shirt zerknittert, aber sie freute sich, mich zu sehen. Ich gab ihr einen langen, feuchten Kuss, der etwas nach Zahnpasta schmeckte. Wir gingen nach oben und legten uns aufs Bett. Ich nahm sie in den Arm, drückte sie fest an mich. Jeder bräuchte einen Wladimir.

Einmal pro Woche musste ich in die Berufsschule, und zwar in die, die ich bereits während meiner Handelsschulzeit besucht hatte. Zu allem Übel war meine Klassenlehrerin dieselbe, die mir damals die Fünf in Deutsch verpasst hatte. Aber ich gab ihr nicht die Schuld daran. Ich hatte damals gerade meinen Führerschein gemacht und durfte gelegentlich mit dem Auto meiner Eltern zur Schule fahren, was zur Folge hatte, dass ich lieber an den Mittellandkanal fuhr, um mit Freunden zu kiffen. Jetzt war ich jedenfalls einige Jahre älter und vielleicht sogar ein bisschen reifer geworden und schwor mir, dass ich es etwas ernsthafter angehen lassen würde. Sicher auch deshalb, weil ich erlebt hatte, was mit einem Mann ohne Ausbildung so alles passieren konnte. Frau Thiele war eine kleine Frau im besten Alter, mit einem frechen, blonden Kurzhaarschnitt und einem Mund mit unglaublich vollen Lippen, die die etwas hervorstehenden Zähne kaschierten. Es war ein fantastischer Mund, der mich an eine fleischfressende Blume denken ließ.

Gleich an meinem ersten Tag – ich war der Letzte, der zur Klasse gestoßen war, weil ich die Ausbildung dank meines Handelsschuljahres um ein Jahr verkürzen und im zweiten Lehrjahr beginnen durfte –, hielt sie eine temperamentvolle Ansprache. Was sie hier letztes Jahr erleben durfte, wolle sie nicht noch einmal durchmachen müssen, schimpfte sie. Einige kritzelten in ihren Collegeblöcken herum. Andere schauten dümmlich aus dem Fenster. Nur die wenigsten schienen zuzuhören.

»Niemand zwingt euch, hierherzukommen. Ihr tut das freiwillig. Etwas Disziplin und Lernwille sollten da doch nicht zu viel verlangt sein. Ich sage es euch klipp und klar, wenn ihr so weitermacht, werdet ihr diese Ausbildung nicht schaffen. Die meisten von euch können nicht einen fehlerfreien Satz zu Papier bringen. Hallo, Leute! Ihr macht eine kaufmännische Ausbildung! Was soll bloß aus euch werden? Habt ihr denn vor überhaupt nichts Angst?«

Frau Thiele tat mir leid. Sie hatte nicht nur einen gewöhnlichen Lehrauftrag, zu ihrem Unglück war sie auch noch idealistisch veranlagt. Ich hatte nicht die geringste Ahnung, was sie zu dem romantischen Gedanken bewogen haben könnte, dass Schule eine Institution war, an der die Welt genesen könnte. Schule war für die meisten wie scheißen, eine Sache, die getan werden musste, die man aber möglichst schnell hinter sich bringen wollte. Wenn die Glocke zum Schulende läutete, waren die Leute nichts weiter als erleichtert. Zumindest war das an den Schulen, die ich besucht hatte, immer so. Wenn sie den Leuten wirklich etwas beibringen wollen, dann sollten sie sie zu Jupiter schicken, dachte ich. Neben mir saß ein schüchternes dunkelhaariges Mädel mit einem slawischen Gesicht, etwa in meinem Alter. Ich suchte das Gespräch mit ihr. »Sag mal, ist das hier eigentlich eine reine Gehirnwäscheveranstaltung?«

Frau Thiele gefiel es gar nicht, wenn man ihr in die Parade fuhr. »Dimitri!«, schimpfte sie, »Das gilt natürlich auch für dich. Wenn ich mich recht erinnere, warst du ebenfalls kein sehr motivierter Schüler. Und vor allem hast du jede Menge nachzuholen, also sei still!«

»Tut mir leid, Frau Thiele. Kommt nicht mehr vor. Aber bitte machen Sie sich um mich keine Sorgen. Ich werde das schon hinkriegen.«

Einige fremde Augen schauten zu mir rüber, so als ob sie mich erst jetzt bemerkt hätten. Frau Thiele verteilte Arbeitsblätter. Dieser Brecht schien mich zu verfolgen. Es ging um Soldaten, die sich im Schützengraben einen ansoffen und irgendwann starben, so genau erinnere ich mich nicht mehr. Jedenfalls nahm Frau Thiele die Geschichte zum Anlass, uns zu erzählen, wie beschissen Deutschland mal gewesen war und wie viel Glück wir hätten, im demokratischen Deutschland, dem fortschrittlichsten Land der Erde, zu leben. Ein Typ mit verfilztem Haar und leichtem Flaum über der Oberlippe gähnte. Seit langem sah ich mal wieder die Chance auf eine politische Debatte.

»Ach was«, sagte ich, »Deutschland ist auch nur eines der vielen Länder, in denen dich die Dummheit anderer zwingt, noch viel dümmere Sachen zu tun. Ich glaube, die beste Gesellschaftsform ist die Anarchie.«

Frau Thiele war nur sehr wenig angetan von meinem Einwand. »Das kannst du doch nicht ernst meinen, Dimitri. Anarchismus ist zutiefst primitiv. Menschen, Gesellschaften, Staaten brauchen Regeln.«

»Staaten sind Beschiss am Einzelnen. Die Menschen sollten sich ihre Regeln selbst aussuchen dürfen. Absolute Freiheit ist der Schlüssel zum Glück.«

Das hatte ich wahrscheinlich irgendwo bei Bakunin gelesen. Frau Thiele konnte das natürlich nicht so stehen lassen. Sie hatte einen Eid abgelegt und dem Staat ewige Treue geschworen. Sie musste ihn um jeden Preis verteidigen.

»Ich kann nicht zulassen, dass du hier verfassungsfeindliche Ideologien anpreist. Außerdem liegst du falsch, es gibt nämlich kaum ein freieres Land als Deutschland.«

»Deshalb darf man auch kein Anarchist sein ...«

»Das reicht jetzt. Schluss damit.«

Schule ist gar nicht so übel, dachte ich.

Alles, was wir tun, ist vögeln und rumliegen«, sagte Zoja. »Ich will Spaß haben. Ich will, dass du mit mir tanzen gehst und mich vorher zum Essen ausführst oder wir ins Kino gehen. Ich will, dass mein Freund etwas mit mir unternimmt.«

»Mir gefällt es, wie es ist«, antwortete ich. »Ich hasse Kinos und Clubs.«

»Du hasst alles. Nichts kann man mit dir machen. Du bist wie ein alter Mann.«

»Wenn man kein Geld hat, sind Vögeln und Rumliegen das Beste, was man tun kann.«

»Also wenn es am Geld liegt, kann ich es auch bezahlen.«

Jetzt hatte sie mich so weit, dass ich mir etwas einfallen lassen musste. Ich borgte mir von Wladimir einen Hunderter, sprang zuhause unter die Dusche und in mein obligatorisches Ausgehoutfit: Jeans, schwarzes Shirt, Boots. Wenn man ein Unterschichtler ist, soll man auch ruhig so aussehen. Zoja sah das anders. »Hättest du dir nicht wenigstens ein Sakko überwerfen können?«, moserte sie.

Bevor wir also in diesen verblödeten Club fuhren, legten wir noch mal einen Halt bei mir ein. »Bleib sitzen«, sagte ich. »Bin sofort wieder da.«

»Manchmal habe ich das Gefühl, du schämst dich für mich!«, rief sie mir nach.

Es hatte sich nichts geändert. Diese Diskotheken waren immer noch die Wochenendhorte der Unterprivilegierten. Die Barkeeperin wusste nicht einmal, wie man einen Gin Tonic machte, und die DJs nicht, was übersteuern bedeutet. Zoja war das alles ziemlich egal. Sie hatte erst massenhaft Wodka getrunken und tanzte jetzt zu einer geistlosen Aneinanderreihung von Tönen. Nach einer Weile kam sie zu mir an die Bar. »Ach, komm schon, Baby. Hab ein bisschen Spaß. Tanz mit mir.«

»Vielleicht später.«

»Du bist wirklich ein Miesepeter«, sagte sie und stolperte wieder zur Tanzfläche rüber, wo ein Kerl mit akkurat ausrasierter und gewachster Frisur auf sie wartete und mir einen übermütigen Blick zuwarf. Sicher hatte Zoja schon längst bemerkt, dass er es auf sie abgesehen hatte, aber noch hielt sie ihn auf Distanz. Sie drehte sich immer wieder geschickt von ihm weg und ignorierte seine tölpelhaften Annäherungsversuche. Doch nach ein paar Minuten schaffte er es, ihr etwas ins Ohr zu säuseln. Zoja kam zu mir, küsste mich ausdauernd, biss mir in die Lippe.

»Was hat er gesagt?«, fragte ich.

»Er meinte, dass er nicht verstehen könne, was ich an so einem Schlappschwanz wie dir finden würde.«

Ich schaute den Typen an und winkte ihm zu. Dann griff ich Zoja an den Arsch und gab ihr einen Kuss. Anschließend schickte ich sie wieder auf die Tanzfläche. Diesmal hielt der Typ einen Sicherheitsabstand ein. Ich wandte mich der Bar zu und erklärte der Barkeeperin, was der Unterschied zwischen Scotch und Bourbon sei, obwohl ich beides nicht ausstehen konnte. Mein Wissen über Destillate und Drinks schien sie zu beeindrucken. Sie spendierte mir einen Glennfiddich, das Beste, was ihre Bar hergab, und ein paar Einblicke in ihr Dekolleté. Zoja blieb das nicht verborgen. Sie kam zurück. »Warum flirtest du mit dieser Schlampe?«

»Zoja, entspann dich. *Du* bist mein Mädchen.«

Ich gab ihr einen Kuss und drückte sie an mich. Dann rief ich die Barkeeperin, um uns was zu trinken zu bestellen. Es dauerte eine Weile, bis sie kam, aber als sie sich rüberlehnte, um die Bestellung entgegenzunehmen, griff Zoja ihr plötzlich ins Haar und knallte ihren Kopf zwei- oder dreimal auf den Tresen, bis die Frau benommen zu Boden ging. Ich schnappte Zoja um die Taille und schleppte sie mühevoll in Richtung Ausgang. Sie wirbelte mit Armen und Beinen umher, versuchte, sich loszureißen, und verpasste mir dabei einige Treffer. Wäre es nach den Türstehern gegangen, hätten sie Zoja am liebsten an die Bullen ausgeliefert. Weil ich ihnen aber versprach, dass sie nie wieder versuchen würde, diesen Laden zu betreten, ließen sie uns noch einmal davonkommen. Wir setzten uns ins Auto, und ich schob eine alte Smiths-Kassette, die ich meinem Vater geklaut hatte, ins Radio. *Last night I dreamed that somebody loved me ...*

»Diese verdammte Nutte«, fluchte Zoja, »ich hab mir einen Fingernagel abgebrochen.« Ich schaltete vom fünften in den dritten Gang. Der Golf jaulte fürchterlich auf, und die Tachonadel wanderte langsam gen 130. Im Augenwinkel konnte ich Zoja grinsen sehen. »Der Typ hatte recht«, sagte sie, »du bist kein Mann. Ein Schlappschwanz bist du. Nichts weiter.« Ich wollte mich durch ihr Geleier nicht provozieren lassen, aber nach nur wenigen Kilometern hatte ich die Schnauze voll und brachte den Wagen auf einem Parkplatz zum Stehen. Ich stieg aus, ging um das Auto herum und riss die Tür auf. Sie trat nach mir und schrie: »Verschwinde, du Arschloch! Lass mich in Ruhe! Geh doch zu deiner Barschlampe!« Sie kratzte und biss, bis etwas Warmes, vermutlich Blut, mir die Wange hinunterlief. Irgendwie schaffte ich es, sie samt Handtasche aus dem Auto zu zerren. Dann setzte ich mich ans Steuer und fuhr davon. Ich ließ sie dort im Dunklen sitzen. Diese verdammte Wahnsinnige. Nach ein paar Kilometern kehrte ich um. Zojas Gesicht war durchzogen von zerlaufener Wimpertusche, sie saß auf dem Boden und zog an einer Zigarette. Selbst jetzt sah sie noch umwerfend aus. Ich stellte den Golf ab, ging raus und griff ihr mit meiner rechten Hand an den Hals und mit der linken ins Haar. Ich küsste sie, drückte ihre Schenkel auseinander, schob ihren Slip beiseite und penetrierte das kleine Köpfchen ihrer Klit. Sie erbebte, ergoss sich in meine Hand und begann, mir die Hose aufzuknöpfen, um meinen Schwanz herauszuholen. »Ich wusste, dass du wiederkommst«, flüsterte sie mir ins Ohr. Wären wir doch einfach zu Hause geblieben.

Ich fand heraus, dass Thorsten nicht der alleinige Franchisenehmer war. Ihm standen lediglich sechzig Prozent des Gesamtumsatzes zu. Die restlichen vierzig kassierte Familie Bote, die insgesamt an über dreißig Läden beteiligt war und die Buchhaltung führte. Herr Bote war ein sehr großer, verschlossener Ex-Bundeswehroffizier mit Schnauzbart, der mich konsequent ignorierte, und Frau Bote eine kleine, nette, blonde Frau mit roten Lippen, die sehr viel rauchte. Thorsten hatte einen Riesenrespekt vor den beiden. Sobald sie den Laden für einen Kontrollbesuch betraten, lief er nervös umher und sortierte seinen Papierkram, den er über Monate hinweg einfach in Pappkartons geschmissen hatte. Frau Bote wusste um das organisatorische Chaos. Sie bat mich, Ordner anzulegen. Herr Lenz, sagte sie, sei einfach zu sehr damit beschäftigt zu verkaufen. Ich ging also in den Supermarkt und kaufte Ordner. Dann ging ich ins Lager und begann die Unterlagen zu sortieren. Mir fielen allerhand Abrechnungen in die Hände, keine davon unter fünftausend Euro. Es gab sogar Monate, in denen der kleine Laden, in dem ich fünfhundert Euro verdiente, siebzehntausend und mehr abwarf. Nicht schlecht, dachte ich, Muttis kleiner Thorsten sackt jede Menge Kohle ein.

Frau Bote kam, um mir zu helfen. Sie hockte sich in ihrem schwarzen Hosenanzug auf den Boden und zündete sich eine Zigarette an. »Wo Sie doch jetzt hier arbeiten, Herr Wolf, werfen Sie bitte regelmäßig ein Auge auf die Dokumentenablage. Herrn Lenz ist da ein bisschen nachlässig.«

»Sehr gern, Frau Bote.«

Früher muss sie eine außerordentlich schöne Frau gewesen sein, dachte ich. Aber jetzt war ihr Gesicht von tiefen Falten durchzogen, und ihre Zähne waren gelblich. Wir sortierten etwa eine Stunde lang, dann hatte sie die notwendigen Unterlagen beisammen und ging in den Laden nebenan, der zwar das Logo und das Design eines anderen Mobilfunkanbieters trug, also eigentlich mit uns in Konkurrenz stand, aber auch zur Boteschen Kette gehörte. Der Verkäufer dort war ein dicker Portugiese, und er hatte großes Pech. Die Botes hatten einen Sohn, und wie in Unternehmerfamilien häufig der Fall, war er ein verwöhnter Nichtsnutz, der jetzt einen Platz in ihrem bescheidenen Imperium einnehmen und den Portugiesen Alvaro beim Verkaufen unterstützen sollte.

»Der alte Bote hat versucht, ihn beim Bund unterzubringen, aber selbst dort wollten sie ihn nicht behalten. Zum Glück bist du jetzt da, sonst hätten sie wahrscheinlich versucht, ihn hier unterzubringen«, meinte Thorsten erleichtert.

»Ich werde mal ein bisschen Staub wischen«, sagte ich.

»Warte kurz. Ich hab da was für dich.«

Er öffnete die Kasse und holte zwei Fünfziger heraus, die er auf den Tresen legte und zu mir rüberschob. »Das ist für dich«, sagte er. »Du leistest hier gute Arbeit. Mach dir einen schönen Tag.«

Ich wollte die Gelegenheit nutzen, um Zoja zu überraschen und sie zum Essen auszuführen. Ich rief bei Tommaso an, einem ehemaligen Schlagersänger, der jetzt ein ausgezeichnetes italienisches Restaurant führte, und reservierte einen Tisch, dann fuhr ich zu ihr. Als ich in ihre Straße einbog, sah ich, dass ein silberner Mitsubishi Lancer vor dem Haus parkte und Licht in ihrem Zimmer brannte. Ein Gefühl der Ohnmacht erfasste mich. Alles verdunkelte sich, drehte sich und drückte auf mich ein, erdrückte mich beinahe. Wie paralysiert trat ich das Gaspedal in den Boden. Zusammen mit der immer weiter steigenden Motordrehzahl explodierte mein Zorn, und ich begann auf das Lenkrad einzuschlagen. Wie konnte sie nur? Diese verdammte Nutte! Cyka!

Ich fuhr mit Wladimir zum Wasserwerk. Die Tüte beruhigte mich fürs Erste.

»Ich hab dir doch gesagt, dass du bei ihr aufpassen musst«, meinte er.

»Gestern war ich noch bei ihr, wir haben zusammen gebadet. Und heute ist ihr Ex da. Was denkt sie, wer sie ist? Und was zum Teufel denken eigentlich ihre Eltern?«

Mein Handy klingelte. »Zoja Baby«, stand im Display. Ich ging dran. »Ja?«

»Stephan war hier. Ich hab ihm alles erzählt. Er sucht dich jetzt. Bitte versteck dich.«

»Ich soll mich verstecken? Was denkst du von mir? Außerdem hast du mir schon vor Wochen erzählt, dass alles längst geklärt wäre.«

»Wir waren zwei Jahre zusammen. Glaubst du, nach einem Gespräch ist alles vorbei?«

Ich schmetterte das Handy gegen das Wasserwerk.

»Hey, bist du jetzt völlig übergeschnappt?! Reiß dich mal zusammen!«, donnerte Wladimir.

»Er hat ihr erzählt, dass er mich umlegen will.«

»Das ist noch lange kein Grund, sein verdammtes Handy an die Wand zu werfen. Wo ist er jetzt?«

»Was weiß ich denn. Sie hat gesagt, er ist losgefahren, um mich zu suchen.«

»Ach, der will bloß Eindruck schinden. Ist doch höchstens eins siebzig groß, der Typ. Was soll er schon machen? Wahrscheinlich liegt er zuhause und heult sich die Augen aus.«

Wladimir reichte mir die Tüte rüber. Ich nahm noch zwei Züge, stieg dann über den grünen Maschendrahtzaun und sammelte die Einzelteile meines Handys auf.

Zoja saß auf mir und drückte sehr konzentriert Mitesser auf meiner Nase aus. Nach ein paar Minuten ging sie zur Stirn über. Ich umklammerte ein Kissen und versuchte, den Schmerz auszublenden, dann schmiss ich sie von mir runter und sprang auf. »Verdammte Scheiße, du willst mich doch bloß leiden sehen!«

»Sei nicht so ein Weichei. Was denkst du, was die Jungs, die an Akne leiden, über sich ergehen lassen müssen. Da spritzt der Talg nur so durchs Studio.«

»Hast du an ihm auch so rumgemacht?«

»Hör bitte damit auf.«

»Er hat bestimmt nicht so rumgejammert, nicht wahr?«

»Komm, lass uns baden gehen.«

»Nein. Sag ruhig, dass er dir noch was bedeutet.«

Zoja stand auf und ging zu ihrem Schrank. Ich schaltete den Fernseher ein und bereute es gleich wieder. Was zeigten sie am Freitagabend doch für unausstehlichen Schund.

»Am Anfang hast du hier nie ferngesehen«, erinnerte sich Zoja.

Ich schaltete den Fernseher aus und warf die Fernbedienung aufs Bett. Dann schmiss ich mir meine Jacke über und ging zur Tür.

»Wo willst du hin?«

Ohne zu antworten, setzte ich mich auf die Treppe und band die Schnürsenkel meiner Boots zu. Plötzlich schlug ein Highheel neben mir in die Wand ein.

»Wenn du jetzt gehst, dann brauchst du nicht mehr wiederzukommen!«, schrie sie. Ihr Vater steckte den Kopf aus der Wohnzimmertür und grüßte kurz.

»Auf Wiedersehen, Herr Hartmann.« Ich lief zu der Kanalbrücke unweit von ihrem Haus und dem Ort, an dem wir das erste Mal Sex gehabt hatten. Der Viertelmond brach sich in den leichten Wellenbewegungen, und wenn man genau hinsah, konnte man auch ein paar Sterne erkennen. Es war so faszinierend, dass ich kurz darüber nachdachte hineinzuspringen. Aber dann kam ich mir ziemlich dämlich vor und ließ es bleiben.

In Zojas Zimmer brannte noch Licht. Ich hatte weder eine Uhr noch ein Handy und dachte, es sei schon zu spät, um zu klingeln. Also warf ich, wie so oft, ein paar Kieselsteine gegen ihre Balkontür. Ihre kleine Schwester Mascha stand in der großen Glastür und winkte mir fröhlich zu. Während ich versuchte, ihr mit ein paar unbeholfenen Handbewegungen zu erklären, dass sie die Tür öffnen sollte, kam Zoja dazu und blickte mich an. Vielleicht dachte sie darüber nach, mich draußen stehen zu lassen, aber nach einer Weile kam sie die Treppe runter und öffnete mir wortlos die Tür. Oben setzten wir uns auf den roten Läufer vor ihrem Bett. Zoja hatte geduscht und trug nichts weiter als einen Bademantel. Ihr Haar war feucht und roch nach exotischen Früchten, und ihre Beine waren frisch rasiert und glänzten. Sie war das Schönste, was ich je gesehen hatte. Ich nahm sie in den Arm und fuhr ihr mit meiner Hand über den Oberschenkel. Dann kramte sie ihr Handy raus und las einige meiner Nachrichten vor. Mir gefiel, was ich geschrieben hatte. Es war die Wahrheit. Auch wenn ich nicht wusste, warum, ich liebte sie, und wenn ich daran dachte, neben ihr einzuschlafen, war ich der glücklichste Mann der Welt.

Ich fuhr mit Thorsten nach Bremen. Die Firma wollte einige neue Produkte einführen und uns vorher über die Besonderheiten aufklären. Dafür hatten sie Räume in einem luxuriösen Hotel gemietet und eine hübsche Frau engagiert, die uns Verkäufern zeigen sollte, wie wir das Zeug am besten unter die Leute brachten. Der große Konferenzraum war voll besetzt. Etwa zwanzig Männer mittleren Alters saßen bereits an dem beeindruckenden Echtholztisch und palaverten über Absatzzahlen, als Thorsten und ich zur Tür hereinkamen. Wir waren die Letzten, und bevor wir uns setzen durften, mussten wir uns vorstellen. Thorsten war kein Mensch, der viel von Zurückhaltung hielt. Er prahlte sehr gern. Er sei Thorsten Lenz, Leiter des Belmer Partnershops, einem der erfolgreichsten Läden in ganz Deutschland, übertrieb er. Im vergangenen Quartal hätten wir fast fünfhundert neue Postpaids akquirieren können. Vereinzelt gab es neidische Blicke. Nur die etwas besser gekleideten Männer blieben cool.

Jetzt war ich an der Reihe: »Moin«, sagte ich, ließ mich in einen Stuhl fallen und knöpfte mein Sakko auf, »mein Name ist Dimitri Wolf. Ich bin Thorstens Azubi.«

Saskia, die Frau, die die Schulung leitete, hatte ein entzückendes Lächeln. Sie war Anfang dreißig, groß, rotblond, trug einen dunkelgrauen Hosenanzug, der einen fantastischen runden Hintern offerierte, und war im Allgemeinen das, was man als toughe Businessfrau bezeichnen würde. Wenn sie redete, wagte es keiner der Männer, dazwischenzuquatschen. Selbst wenn sie für einen kurzen Moment in ihre Unterlagen blickte, hielten alle den Mund. Thorsten fuhr total auf sie ab. Am liebsten hätte er sich gleich unter dem Tisch einen runtergeholt und ihr ein Video davon geschickt. »Mann, hat die Schenkel«, flüsterte er mir immer wieder zu, während sie sich gerade durch eine Powerpointpräsentation klickte. Als sie fand, was sie gesucht hatte, hielt sie uns einen Vortrag, über die Vorteile des neuen Tarifs. Anschließend wollte sie einen von uns nach vorne bitten, aber es fand sich kein Freiwilliger. Thorsten schickte mich nach vorne.

In einem Rollenspiel sollten wir die Gehirnwäsche am Kunden durchexerzieren. »Ich spiele den Kunden, und du bist der Verkäufer«, meinte sie. Sie tat so, als würde sie den Shop betreten und sich umsehen.

Ich dachte: Thorsten hat Recht, verdammt. Ihre Schenkel sind spitze. »Guten Tag, hübsche Frau. Was darf ich Gutes für Sie tun?«

Saskia musste lächeln und sagte: »Ach, ich sehe mich bloß ein wenig um.«

»Also sind Sie bereits eine unserer glücklichen Kundinnen?«

»Nein, bisher noch nicht. Zurzeit bin ich bei der Telekom.«

»Dann sollten Sie jetzt wechseln. Etwas dagegen, wenn ich Ihnen unsere Highlights vorstelle?«

»Ich hab nicht so viel Zeit, junger Mann.«

»Ich doch auch nicht, meine Liebe. Gleich kommt sicher schon ein anderer Kunde und möchte Geld sparen.«

Wieder musste sie lächeln. Dieses charmante Arschgekrieche war genau das, was sie hören wollte. Wer das nicht wusste, hatte nichts in diesem Job verloren. Ich stellte einige der neuen Mobilfunktarife vor und fragte sie am Ende, was sie bisher für ihren DSL-Anschluss zahlen würde. Von dem Moment an war ich ihr Liebling. Ich hatte die fiktive Kundin ausgepresst wie eine Limone, hatte ihr mit Leichtigkeit gleich zwei der neuen Tarife schmackhaft gemacht.

»Super hast du das gemacht, Dimitri. Besser hätte ich es nicht machen können.«

»Danke, aber das hab ich alles Thorsten zu verdanken.« Thorsten wusste meinen Einsatz zu würdigen: »Das sind mindestens drei Bier, die du dir da gerade verdient hast«, sagte er, nachdem ich mich wieder gesetzt hatte.

Gegen 17 Uhr war die Show endlich vorbei, und Saskia lud alle Kursteilnehmer ins Hotel-Restaurant ein. Ich bestellte Gnocchi in Gorgonzolasoße und ein Glas Pinot Grigio. Noch bevor ich aufgegessen hatte, trank ich ein zweites Glas. Der Kellner war ein flinker Bursche und wusste genau, wann er nachzuschenken hatte. Während ich den Wein in mich hineinschüttete und mir Mühe gab, mit keinem dieser Männer, deren Leben aus Mobilfunk und Masturbation zu bestehen schien, zu reden, versuchte Thorsten, sich an Saskia ranzumachen. Keine Ahnung, was er alles erzählte, aber Wirkung erzielte er offensichtlich nicht. Saskia sah immer wieder zu mir rüber und blinzelte auffordernd. Aber ich wollte Thorsten nicht unnötig provozieren und stieg auf Gin Tonic zu elf Euro das Glas um, den ich auf seine Rechnung setzen ließ. Kurz nach Mitternacht wurden wir an die Bar umgesiedelt. Saskia war inzwischen so voll, dass sie sich bei mir einhakte und mir lauter unanständige Dinge ins Ohr nuschelte. Thorsten hatte seine Arme auf der Bar abgelegt und schwankte mit eifersüchtigem Blick hin und her.

»Du, Saskia, hör mal. Unter normalen Umständen würde ich dich bis zur Besinnungslosigkeit vögeln. Aber ich bin verheiratet. Ich hab eine Frau und eine kleine Tochter.«

Sie machte ein verdutztes Gesicht und tat, als würde sie sich in ihrer Ehre gekränkt fühlen.

»Schade. Ich hab wirklich kein Glück mit euch Männern«, sagte sie vorwurfsvoll und drückte mir einen feuchten Gutenachtkuss auf die Wange. Dann verabschiedete sie sich von den anderen und verschwand auf ihr Zimmer. Ich gesellte mich zu Thorsten, doch merkte schnell, dass er nicht mehr zu gebrauchen war.

»Boss, wenn du nichts dagegen hast, geh ich jetzt schlafen.«

»Du hättest sie ruhig bumsen können«, zischte er.

Ich ging aufs Zimmer, bediente mich großzügig aus der Minibar und schlief dann ein. Irgendwann stürmte Thorsten ins Zimmer. »Wo ist diese miese Schlampe?! Wo zum Henker versteckst du sie?!«, brüllte der Idiot.

Ich sah kurz zu ihm rüber, dann drehte ich mich auf die Seite und schlief weiter. Es war immer noch besser, als am Fließband zu stehen.

2007

Ich hatte mich gerade daran gewöhnt, da beschlossen meine Großeltern, dass es besser für uns sei, die Molkerei zu verlassen. Wir zogen erneut um, blieben aber in Bohmte. Wieder hatten meine Großeltern dafür tief in die Tasche greifen müssen. Jeder – mit Ausnahme unseres Vaters – hatte sein eigenes Zimmer. Möglicherweise hoffte mein Großvater, dass er seinen Sohn so dazu bewegen konnte, sich einen Job zu suchen. Die Wohnung lag jedenfalls im ersten Obergeschoss eines Mehrfamilienhauses, das überwiegend von Aussiedlern bewohnt wurde, und gleich am ersten Tag gab es Ärger. Ich verstaute gerade ein paar Sachen in dem großen, viertürigen Kleiderschrank, der früher im Schlafzimmer meiner Eltern gestanden hatte, als ich draußen ein dumpfes Gegröle hörte. Ich öffnete meine Dachluke, um zu sehen, was da vor sich ging, konnte aber nichts erkennen. Nur hören konnte ich, wie ein Mann einen anderen anbrüllte. Auf Russisch schrie er: »Ich hab dir doch gesagt, dass ich dich hier nicht mehr sehen will, du fertiger Schwanzlutscher!«

»Ich wollte doch bloß ein paar Sachen abholen!«, rief der andere in verängstigtem Ton zurück.

Eine Frauenstimme bat: »Eugen, komm bitte rein. Lass ihn doch die Sachen holen.«

»Geh ins Haus, Anita. Ich muss das hier eben zu Ende bringen.«

Dann wurde es für eine Sekunde still. Plötzlich hörte man immer schneller werdende Schritte. Vermutlich lief dieser Eugen jetzt auf den anderen Kerl zu.

»Nein! Nein!«, schrie und heulte die Frau, »lass ihn, bitte lass ihn doch einfach!«

Es war an der Zeit, runterzugehen und zu sehen, was dort los war. Auch mein Vater hatte den Tumult bemerkt und bestand darauf mitzukommen. Draußen sahen wir, wie dieser Sauerwein, der dürre Typ, der vorher in unserer Wohnung gewohnt hatte, auf dem Boden lag und sich mit beiden Händen an die Nase fasste. Eugen, der Kerl, der unter uns wohnte, ein einziger Bierbauch, hatte ihm wohl eine verpasst. »Ich hab dir doch gesagt, dass ich dich hier nicht mehr sehen will«, sagte Eugen und nahm seine Frau an der Hand, um wieder mit ihr ins Haus zu gehen. Aber Sauerwein machte den Fehler, die Polizei zu erwähnen. Der fette Eugen stürzte sich erneut auf ihn. Mein Vater und ich gingen dazwischen und konnten Eugen nur mit Mühe davon abhalten, dem am Boden liegenden und zu einer Kugel eingerollten Sauerwein den Schädel einzutreten. Es würde auch hier nicht leicht werden, sich eine Tasse Zucker zu borgen.

Das letzte Mal, dass ich eine Freundin mit nach Hause gebracht hatte, war Jahre her. Damals war meine Mutter noch am Leben. Sie hatte nichts dagegen, dass Lilly bei mir übernachtete, auch wenn ich erst sechzehn Jahre alt war. Mein Vater hingegen meinte, dass sein Haus kein Bordell sei und ich mir gefälligst eine eigene Bude zulegen sollte, wenn ich wollen würde, dass Frauen bei mir übernachten. Ich antwortete nicht, aber dachte, dass er sich selbst eine eigene Bude suchen sollte.

Was er dann auch tat. Er mietete sich allein in eine Dreizimmerwohnung ein, obwohl er dort nur am Wochenende übernachten konnte, weil er als Fernfahrer während der Woche unterwegs war. Wir erfuhren aber erst davon, als das verzweifelte Vermieterehepaar vor unserer Tür stand und die noch ausstehende Miete für ein ganzes Jahr einforderte. Meine Mutter bezahlte alles von ihrem Schmerzensgeld.

»Das ist keine gute Idee«, sagte ich deshalb, als Zoja davon sprach, meine Familie kennenlernen zu wollen.

»Ich versteh das nicht. Bin ich dir etwa peinlich?«

»Es liegt nicht an dir, glaub mir.«

»Woran liegt es dann?«

Wir fuhren also zu mir. Ich ging vor und spähte die Lage aus. Mein Vater saß im Wohnzimmer und sah sich eine Folge *Two And A Half Men* an.

»Vater, ich möchte dir jemanden vorstellen. Das ist Zoja, meine Freundin.«

Ich konnte die Vorbehalte an seinem vernarbten Gesicht ablesen. Er versuchte zwar zu lächeln und schüttelte ihr die Hand, aber ein gewisses Maß an skeptischer Missgunst war nicht zu übersehen. Was war sein beschissenes Problem? War er eifersüchtig? Konnte er nicht ein ganz normaler Vater sein, der sich für mein Leben interessierte? Konnte er sich nicht für mich freuen?

»Komm Zoja, ich zeig dir mein Zimmer.«

Wir saßen auf meinem dunkelgrünen Sofa und rauchten eine Zigarette. Ich stand auf und schaute aus der Dachluke, von wo aus ich den Bohmter Fernsehturm sehen konnte. In seiner hässlichen Einsamkeit stand er da, überragte alles und widerte mich an. Er war wie mein Vater.

»Gemütlich hier bei euch. Ich weiß gar nicht, was dein Problem ist«, sagte Zoja.

»Wollen wir vielleicht in die Stadt fahren, um was zu essen? Ich hab Hunger.«

»Ja, warum nicht.«

Auf der Fahrt redete Zoja in einer Tour. »Meine Freundin, Elisa, kennst du doch, die war letztens mit ihrem Freund auf Zypern. Sie meinte, es sei wirklich schön gewesen und auch gar nicht so teuer. Denkst du, wir können auch mal zusammen in den Urlaub fahren? Also ich will dich auch gar nicht überreden, ich weiß ja, dass du nicht so viel Geld hast, aber wir könnten ein bisschen Geld sparen und dann irgendwo hinfliegen. Es muss ja nicht gleich Zypern sein. Spanien oder die Türkei würden doch schon völlig reichen. Einfach nur weg von hier, irgendwo in die Sonne, ans Meer, ein paar Cocktails trinken, du weißt schon ...«

Cocktails, Meer, Sonne, Zoja im Bikini, wie sollte ich das jemals bezahlen? Wie sollte ich ihr erklären, dass ich nach dem Essen pleite sein würde, obwohl erst der 16. war? Der 16. März in einem zwanzig Jahre alten Golf, auf einer frisch geteerten Osnabrücker Landstraße. Ein erdrückender Tag.

Als wir endlich beim Chinesen ankamen, hatte ich schon gar keinen Appetit mehr, trotzdem entschieden wir uns für das üppige Büffet. Ich, weil ich am günstigsten dabei wegkommen würde, und Zoja, weil sie zügellosen Hunger hatte. Sie begann mit Fisch und Meeresfrüchten, ging zu den Fleischgerichten, zu Hühnchen und Knoblauchrind über, bis sie sich schließlich über die Desserts hermachte. Ich stocherte derweil in meinem gebratenen Reis herum und dachte nach. Noch wusste ich nicht, dass sich im nächsten Moment entscheiden würde, dass ich mit ihr in Urlaub fahren wollte, koste es, was es wolle.

Denn Zoja nahm meine linke Hand, schaute mir in die Augen und sagte: »Wir müssen nicht in den Urlaub fahren, Baby. Ich liebe dich, egal wie viel Geld du hast. Du musst mir nichts beweisen. Deine Liebe ist Beweis genug.« Ein Riesenpaket fiel von mir ab. Zoja war doch nicht so ein oberflächliches Mädchen, wie ich gedacht hatte. Es war das erste Mal, dass sie mir sagte, sie liebe mich.

Thorsten hatte sich angewöhnt, erst um vierzehn Uhr im Laden zu erscheinen und um neunzehn Uhr wieder zu gehen. Samstags blieb er sogar ganz weg. Ich dagegen arbeitete von acht bis acht, ohne zusätzlich dafür vergütet zu werden. Selbst von den anfangs versprochenen Prämien war nichts zu sehen – obwohl ich ziemlich gut verkaufte, den Laden sauber hielt und mich um die Post und die anderen Dokumente kümmerte. Es war doch überall Fließbandarbeit. Dort verpackst du tausende Kilos Lotionen, Metall, Plastik, irgendeinen Dreck. Hier stehst du hinter dem Tresen und bringst die Leute massenweise um ihr Geld. Im Grunde war es derselbe Scheißberuf, daran änderte selbst ein Anzug nichts. Aber ich beschloss, nicht gleich aufzugeben. Ich wollte endlich aufsteigen, und wenn so ein Kerl wie Thorsten es zu einem eigenen Laden gebracht hatte, dann würde ich das mit links schaffen, auch wenn das bedeutete, dass ich jede Menge Scheiße schlucken musste.

An diesem Samstag rannten mir die Leute die Bude ein. Ein alte Frau – Leopardenfellimitat auf den Schultern, getönte Brillengläser, Dauerwelle und Postmenopause – hatte es darauf abgesehen, mich zu demütigen. »Meine Tochter hat gesagt, dass ich mir ein Handy kaufen soll«, sagte sie und erwartete wohl, dass ich auf Anhieb wüsste, welches das Richtige für sie wäre.

Ich lief ein paarmal ins Lager und holte die verschiedensten Geräte: Klapphandys, Schiebehandys, einfache Barphones, Seniorengeräte. »Warum zeigen Sie mir keine deutschen Modelle? Was ist mit Siemens? Haben Sie keine Siemensgeräte?«, fragte sie.

»Es gibt keine deutschen Handyhersteller mehr, gnädige Frau. Siemens veräußerte seine Handysparte vor Jahren an ein taiwanesisches Unternehmen.«

»Und Sie? Woher wollen Sie das wissen? Sind doch gar kein Deutscher. Das höre ich doch heraus.«

Keiner der anderen Kunden, die das Gespräch mitgehört hatten, machte den Eindruck, als würde er sich an dieser ideologischen Offenbarung stören. Sie drehten sich weg und schauten sich unbeteiligt die im Laden ausgestellten Geräte an.

»Nach 1945 hat sich eine Menge in Deutschland verändert«, sagte ich. »Auch Juden dürfen wieder Geschäfte haben.«

Die Gesichtsfarbe der feinen Dame wechselte augenblicklich von wohlhabendbleich auf erbostrot. »Das lasse ich mir nicht bieten, nicht in meinem Land.«

»Sie können es ja bei dem Portugiesen nebenan probieren«, riet ich ihr.

Ich würde für immer nur ein Fußabtreter bleiben, daran änderte selbst ein Anzug nichts.

Nach der Arbeit traf ich Wladimir im Bistro. Wir warfen Darts und tranken Bier. Wie donnerstags üblich, war der Laden drückend voll. Vom zahnlosen Sozialhilfeempfänger bis zum trinkfreudigen Zahnarzt waren so ziemlich alle gesellschaftlichen Schichten vertreten. Vor der Bar waren sie alle gleich. Auch Zoja war da, aber sie saß an einem der anderen Tische, redete mit ihren Freundinnen und schickte mir hin und wieder eine SMS mit schweinischem Inhalt.

»Glaubst du, dass sie uns jemals für voll nehmen werden?«, fragte ich Wladimir.

»Wer?«

»Die Deutschen.«

Er warf eine 139 und nahm einen großen Schluck von seinem Hefeweizen.

»Vielleicht wenn wir an ihrer Seite gegen die Ölaugen kämpfen oder unsere Frauen ihre Lieder singen.«

»Hm.«

»Was kümmert es dich überhaupt? Du bist deutscher als jeder Deutsche, den ich kenne. Du liest ihre Bücher, hörst ihre Musik, und manchmal redest du sogar wie einer.«

»Ach verdammt, du hast ja recht. Welches dieser Arschgesichter, die mich als Ausländer beschimpfen, hat schon Jörg Fauser gelesen?«

»Wer zum Teufel ist Jörg Fauser?«

»Ihr bester Schreiber.«

»Hör mal. Rede nicht so viel. Wirf lieber 'ne vernünftige Runde.«

Ich nahm einen Schluck von seinem Weizen und stellte mich vor den Dartautomaten. Die Kunst des Amateurdartens bestand darin, seine Hand ruhigzutrinken, wenn man nervös war – und nicht zu spielen, wenn man nüchtern war. Ich warf eine 99. Ich ging die Sache wahrscheinlich noch zu professionell an.

Wladimir gewann sechs von sieben Spielen. Ich hatte keine Lust mehr und setzte mich zu Zoja und den Mädels.

»Ich glaube ja, er liebt sie. Er kann es bloß nicht richtig zeigen. Viele Männer sind so. Sie wollen keine Gefühle zeigen, weil sie es für eine Schwäche halten«, sagte die Kleine mit dem blonden Haar, das ihren rosa Teint zur Geltung brachte, ihre Naivität aber nicht kaschieren konnte.

Ich wollte gehen. Zoja meinte, dass sie gern mitkommen würde, aber vorher noch das Auto ihrer Eltern abstellen müsse. Ich bot ihr an, sie abzuholen: »Fahr schon mal vor«, sagte ich. »Ich komm gleich nach.«

Als ich mich von Wladimir verabschieden wollte, schlug er vor, draußen noch einen Joint zu rauchen. Inzwischen arbeitete er für die Post. Genauer gesagt für ein Subunternehmen. Aber er trug die Kleidung der Post und fuhr so einen gelben Transporter. Wir kletterten hinten rein, qualmten alles zu und verpassten uns ein paar Headshots. Dann latschte ich zu meinem Auto, startete den Motor und freute mich darüber, dass sie im Radio *Smalltown Boy* spielten. Es erinnerte mich an meine Kindheit. Ich hielt vor Zojas Haus, lehnte mich rüber und öffnete ihr die Tür. Sie stieg ein und wir fuhren los.

»Warum grinst du so bescheuert?«

»Ich fühl mich einfach gut.«

»Du hast gekifft, nicht wahr?«

»Nein, überhaupt nicht.«

»Ich sehe es dir doch an. Deine Augen sind ganz rot. Außerdem riecht es hier nach Gras.«

»Ach Baby, entspann dich doch einfach. Ich hab gute Laune. Lass uns den Moment genießen. Ich will mich nicht streiten.«

»Ich will nicht, dass mein Freund sich zukiffen muss, damit es ihm gut geht.«

»Ich hab nicht gekifft«, grinste ich.

»Ich will auch nicht, dass mein Freund mir ins Gesicht lügt.«

»Blablabla«, sagte ich und drehte das Radio auf, obwohl der Song, der jetzt lief, unausstehlich banal war.

»Bring mich bitte nach Hause.«

»Es ist doch nur Gras, verdammt.«

»Du bist ein Drogenabhängiger. Dass du es verharmlost, beweist es mir nur noch mehr.«

Ich hielt an und sah ihr in die Augen: »Warum bist du mit mir zusammen?«

»Bestimmt nicht, weil du ein Kiffer bist.«

»Warum?«

»Na, weil du anders bist. Du willst etwas aus deinem Leben machen. Nicht so wie die anderen Jungs hier.«

»Ist das alles?«

»Was willst du hören? Dass du gut im Bett bist? Ja, bist du. Sehr gut, wenn du es genau wissen willst.«

»Als wir das erste Mal Sex hatten, war ich bekifft.«

»Du bist ein blödes Arschloch. Bring mich nach Hause. Ich will nicht mit einem Drogenabhängigen schlafen.«

»Ich hab nicht vor, mein ganzes Leben lang zu kiffen. Aber im Moment macht es mir Spaß. Ich will es genießen, und ich finde, es ist keine große Sache. Du hast doch selbst gesagt, dir gefällt es, dass ich etwas vom Leben will. Wenn ich nicht gekifft hätte, wäre ich vielleicht nie auf den Gedanken gekommen, dass es da draußen noch etwas anderes gibt.«

»Ich sag es ja, du bist abhängig.«

»Ach, was diskutiere ich hier überhaupt mit dir. Du hast doch keine Ahnung, wovon du redest.«

»Jetzt bring mich endlich nach Hause!«

Ich fuhr ziemlich langsam und vorsichtig zu ihr zurück und genoss besonders das lange Stück, auf dem es ausschließlich geradeaus ging. Als wir die Hofeinfahrt erreichten, gab ich nach: »Gut. Wenn du willst, dann lasse ich es sein.«

»Das würdest du machen?«

»Na klar, Baby. Du bist mir wichtiger als das Kiffen.«

Wir küssten uns. Wenn ich high war, konnte ich es schön in die Länge ziehen. Ich brachte die nötige Ruhe rein. Aber von nun an stand ich unter ihrem Pantoffel. Da waren solch geschmeidige Küsse nicht mehr für sie drin.

Ich hatte Geburtstag, und ich hasste Geburtstage, seit ich denken konnte. Man wurde nicht nur sentimental, weil man daran erinnert wurde, wer oder was einem fehlte, man war für einen Tag auch ziemlich wichtig. Alle, die sich den Rest des Jahres einen Dreck um dein Wohlergehen geschert hatten, riefen an, gratulierten und so weiter. Es war einfach nur scheinheilig. Dennoch blieb mir nichts anderes übrig, als meine Jungs zusammenzutrommeln und zu saufen.

»Ich habe gedacht, wir verbringen den Abend zusammen«, meinte Zoja enttäuscht.

»Du kannst mitkommen. Wir trinken nur ein paar Bier.«

»Nein, ist schon in Ordnung. Mach was mit deinen Jungs. Es ist dein Tag.«

Wir legten eine schnelle, aber sehr intensive Nummer hin, und ich fuhr mit Wladimir, Eddy, Andrej, Zwetkow und ein paar anderen Jungs in einem Großraumtaxi nach Bielefeld. Ziel war eine ziemlich beknackte russische Diskothek, aber wir hatten viele Drogen dabei. Schon im Taxi waren alle zu.

»Heute ist ein besonderer Tag«, sagte Wladimir. »Ich fühle es. Heute lerne ich meine Zukünftige kennen.« Er hatte eine Menge Es eingeworfen, sein Gesicht wirkte wie ausgestorben, aber gleichzeitig lachte es. Ich glaubte nicht, dass eine Frau Gefallen an einem solchen Gesicht finden würde, nicht in diesem Leben. Hoffentlich kommen wir nicht rein, dachte ich.

Aber der Laden war so miserabel, dass alle ganz entspannt hineinspazieren konnten und noch nicht einmal auf Waffen oder Drogen durchsucht wurden. Wir organisierten uns eine Sitzecke im Houseraum, und ich kaufte zwei Flaschen Wodka von dem Geld, das ich von meinen Großeltern geschenkt bekommen hatte.

Keine halbe Stunde war vergangen, bis sich der Wodka und die Jungs in Luft aufgelöst hatten. Nur mein angesoffener Cousin Eddy und ich saßen noch in der Ecke. Immer wieder kamen Leute vorbei und fragten, ob sie einen von den schwarzen, kleinen Sitzhockern mitnehmen dürften. Ich winkte ab.

»Ich glaube, ich finde nie die richtige Frau«, meinte Eddy.

»Das glaube ich auch«, sagte ich.

»Was willst du damit sagen?«

»Ach, nichts.«

Dann musste ich mich übergeben und rannte los. Gerade so schaffte ich es, mich an der Schlange vorbeizumogeln und einen wässrigen, gelben Schwall in die Keramikschüssel zu kotzen. Bevor ich die Kabine verließ, musste ich mich noch ein zweites Mal übergeben. Erst dann ging es mir wesentlich besser.

Als ich wieder zurückkam, war keiner der Jungs zu sehen. Eine Gruppe von durchtrainierten, jungen Männern hatte es sich in unserer Ecke bequem gemacht. Ich sah davon ab, mich bei ihnen zu beschweren, und beschloss, eine Runde durch den Laden zu gehen und die anderen zu suchen.

Im russischen Raum entdeckte ich Wladimir. Er unterhielt sich mit einem brünetten, großen Mädel, dessen Nase für meinen Geschmack etwas zu groß war. Aber sie wirkte dadurch nicht hässlich. Es war dieser berühmte Fehler, der ihr eine besondere Schönheit verlieh. Ich wollte die beiden nicht stören und ging weiter. Im Blackmusic-Bereich wurde ich fündig: Zwetkow, Andrej, Alex und Peter prügelten sich mit einer Gruppe anderer Kerle und schienen sie ziemlich gut im Griff zu haben, also sah ich davon ab, mich einzumischen. Als jedoch die Türsteher dazukamen und rücksichtslos auf alle einschlugen, konnte ich nicht länger zusehen und ging dazwischen. Der erste Schlag traf mich am Hinterkopf, der zweite im Bereich der rechten Niere. Erst vor der Tür kam ich wieder zu mir und wurde von Zwetkows kaputtgeschlagener Fratze verspottet: »Haha, du bist wirklich eine kleine Pussy.« Sie stemmten mich hoch und setzten mich auf den Bordstein. Mein Schädel dröhnte, und eine Riesenbeule hatte sich gebildet. »Ich hasse Geburtstage«, sagte ich.

»Trink erstmal was.« Wladimir, den ich erst jetzt bemerkte, hielt mir eine Flasche Bier hin.

Ich nahm einen Schluck. »Was ist mit der Brünetten?« Er deutete auf seinen Unterarm, wo der Name Jelena und eine Telefonnummer standen, und zwinkerte mir zu. Da saßen wir, aufgemischte Aussiedlerkinder mit blutigen Nasen und geschwollenen Lippen, auf einem Bordstein im matten Bielefeld, tausende Kilometer westlich des Urals, der Felsenmauer, hinter der wir nie hätten hervorkommen sollen. Aber wir waren weiter gekommen als die Truppen Dschingis Khans.

Wir schlenderten Hand in Hand durch die Gänge. Ich war kein Einrichtungsexperte, aber die meisten der Sachen gefielen mir überhaupt nicht. Ganz abgesehen vom Design fühlte sich alles so instabil an, als ob es jeden Augenblick zusammenfallen würde. »In der Sowjetunion haben sich die Leute immer darüber beschwert, dass alle dieselben Möbel zu

Hause hätten. Hier, wo sie die Wahl haben, richten sich alle gleich ein«, sagte ich.

»Ach Baby«, sagte Zoja, »woher willst du wissen, wie es in der Sowjetunion war. Du warst doch erst drei, als du nach Deutschland gekommen bist.«

In der Schlafzimmerabteilung angekommen, entdeckte sie ein Bett, das ihr gefiel. Ich warf einen Blick auf das Preisschild: 459,00 Euro. Zoja sprang schon darauf herum. Ihr langes Haar fiel ihr immer wieder ins lachende Gesicht. Es tat gut, sie so fröhlich zu sehen.

»Komm, Baby. Probier das mal, das macht Spaß!«, rief sie und ließ sich fallen.

Ich legte mich dazu. Noch nie hatte ich auf so einer guten Matratze gelegen. Mein Körper fühlte sich wunderbar leicht an. Ich drehte mich auf die Seite und blickte Zoja in ihre eisblauen Augen. Mir gefiel es, wenn sie diesen ernsten Blick auflegte, der bedeutete: Jetzt solltest du mir einen leidenschaftlichen Kuss geben. Ich tat, was ihr Blick verlangte. »Glaubst du, wir werden irgendwann zusammenziehen?«, fragte sie.

»Ich denke schon. Aber wir haben doch noch ein bisschen Zeit, oder?«

»Ja, natürlich. Ich will nichts überstürzen.«

»Gut. Ich nämlich auch nicht.«

»Ich liebe dich«, sagte sie.

»Ich dich auch«, gab ich zurück und küsste sie erneut.

Kurz bevor wir die Schlafzimmerabteilung verließen, bat ich Zoja zu warten, und rannte noch einmal zu dem Bett zurück. Die Matratze kostete 399,00 Euro extra.

Nach nur einem halben Jahr Berufsschule stand die Zwischenprüfung an. Noch nie in meinem Leben hatte ich für Prüfungen gelernt, auch diesmal nicht. Ich stand um sieben Uhr auf, brachte Zoja ins Kosmetikstudio und fuhr wieder nach Hause. Ich drehte mir einen Joint und rauchte ihn an meiner Dachluke. Dann trank ich einen schwarzen Tee und fuhr zur Schule. Die anderen warteten schon vor dem mit dunkelbraunem Holz vertäfelten Prüfungsraum, einige von ihnen waren noch sehr jung und dementsprechend aufgeregt. Sie redeten darüber, was alles drankommen könnte. Ich holte meine Kopfhörer heraus und steckte sie mir in die Ohren.

... I don't have to think. I only have to do it. The results are always perfect ...

Es gab eine feste Sitzordnung. Auf den schmalen Einzeltischen lagen Namenskärtchen aus, ich ging also umher und suchte meinen Namen. Nach etwa einer halben Minute saßen die meisten schon auf ihren Plätzen. Ich konnte meinen Namen nirgends finden und fragte beim Prüfer nach. Er schaute seine Unterlagen durch und sagte: »Wenn Ihr Name nicht auf der Liste steht, dann sind Sie nicht zur Prüfung zugelassen. Ich muss Sie bitten, den Raum zu verlassen.«

»Das kann nicht sein«, sagte ich, »da muss ein Fehler vorliegen. Können Sie bitte noch einmal nachsehen?«

Er schaute noch einmal in seine bescheuerte Liste. »Nein, tut mir leid. Ihr Name steht nicht drauf.«

Einen Augenblick dachte ich darüber nach, ihn von seinem Stuhl zu treten. Aber dann ging ich ins Lehrerzimmer und suchte nach Frau Thiele. Ein Lehrer sagte mir, dass sie Unterricht hätte. Ich sprintete also die Treppen hoch und holte sie aus dem Klassenzimmer. »Frau Thiele«, sagte ich, »da sitzt ein

Kerl, der behauptet, ich wäre nicht zur Zwischenprüfung zugelassen. Was soll der Scheiß?«

»Ganz ruhig, Dimitri. Das klärt sich sicher gleich auf.« Frau Thiele ging in den Prüfungsraum, den ich nicht betreten durfte, und kam erst nach etwa zehn Minuten wieder heraus. »Wir müssen bei der IHK anrufen, dein Chef hat dich dort anscheinend gar nicht angemeldet.« Nun verschwand sie im Lehrerzimmer, und ich musste mich erst mal auf den Boden setzen. Konnte nicht ein einziges Mal alles nach Plan laufen? Es dauerte noch länger als zuvor, aber dann hatte sie es geschafft, mich telefonisch anzumelden. »Sag deinem Chef, dass er den Ausbildungsvertrag unbedingt an die IHK schicken soll. Sonst sitzt du zur Abschlussprüfung wieder hier.«

Die Multiple-Choice-Prüfung war ein einziger Witz, man hätte nicht zur Schule gehen brauchen, um alle Fragen richtig zu beantworten. Ich war etwa vierzig Minuten vor dem offiziellen Abgabeschluss fertig und gab, den Prüfer überheblich angrinsend, ab. Einigen meiner Klassenkameraden war ziemlicher Stress anzusehen, als ich den Raum verließ. Ich ging auf den Schulhof der Raucher und zündete mir eine Zigarette an. Etwa fünf Minuten später setzte sich Karina, das schüchterne Mädchen, das in der Schule neben mir gesessen hatte, dazu. »Wie ist es gelaufen?«, fragte sie.

»Ganz okay. Und bei dir?«

»Auch.«

Dann sah sie verlegen zu Boden und rieb ihren rechten Sneaker über etwas Unkraut, das zwischen den roten Pflastersteinen wucherte, und sagte:

»Wir wollen am Freitag was trinken gehen. Willst du mitkommen?«

»Wir?«

»Natalie, ich und noch ein paar andere Leute.«

»Oh. Ich hab am Freitag leider schon was vor.«

»Na schön. Dann bis bald.«

Thorsten beschloss zu expandieren. Er stellte eine weitere Auszubildende ein, Jasmin, ein junges, semiattraktives Mädchen, das einen diabolischen Blick hatte, und übernahm einen zweiten Laden von den Botes, der in der Vergangenheit nicht besonders gut gelaufen war. Mein Boss jedoch war sich sicher, dass man viel mehr aus dem Standort herausholen könnte.

»Da sitzt einer drin, der seit fast zehn Jahren für die Botes arbeitet. Breitscheid ist kein schlechter Mensch, aber einer der schlechtesten Verkäufer, die ich kenne. Er hatte im letzten Monat sechs VVLs und vier Neuverträge. Vier! Ich möchte, dass du ihm zeigst, wie es richtig geht.«

Nach etwas weniger als einem Jahr traute Thorsten mir nun zu, dass ich einem Laden, der seit Jahren rote Zahlen schrieb, und einem Kerl, der seit zehn Jahren seinen festen Arbeitsvertrag aussaß, neues Leben einhauchen konnte. Offensichtlich war ich kein gewöhnlicher Auszubildender, und ich fand, das sollte entsprechend gewürdigt werden. »Thorsten, wie wär's, wenn wir uns mal über Geld unterhalten?«

»Ja, du hast vollkommen recht. Ab sofort bekommst du 100 Euro mehr. Und wenn du es schaffst, den Laden auf Vordermann zu bringen, reden wir weiter.«

Auch mein neuer Arbeitsplatz war ein kleiner Shop in einem großen Supermarkt und hatte laut Thorsten ausreichend Laufkundschaft, um ihn zu einem Goldesel machen zu können. Bevor ich aber in den Shop gehen würde, wollte ich mir diesen Breitscheid aus der Ferne ansehen. Ich ging in den Supermarkt, holte mir ein Malzbier und stellte mich in die Schlange. Von den Kassen des Supermarktes aus hatte man einen guten Blick auf die Ladenfront. Der Laden sah wirklich heruntergekommen aus. Der alte, dunkelgraue Teppichboden war vollkommen ausgetreten, und die ehemals weißen Wände waren vergilbt und kahl. Hinter dem offenen Verkaufstresen hockte ein Mann in einem weißen Baumwollshirt und strahlte professionelle Gleichgültigkeit aus. Mit einem Arm hielt er sein Kinn, die andere Hand lag über der Maus des Computers. Ich wusste plötzlich nicht mehr, ob ich der Richtige für so einen Job war. Schließlich sympathisierte ich mit Menschen, denen alles egal war, und war zuweilen selbst ein Indifferentist. Ich machte das alles doch eigentlich nur mit, um der Fabrik und meinem Vater zu entkommen. Breitscheid und ich hatten also eine Menge gemeinsam, und jetzt sollte ich, der geschätzt zehn Jahre jünger war, ihn davon überzeugen, seine legere Arbeitseinstellung zu überdenken?

Ich betrat den Laden und sah mich um. Breitscheid machte keine Anstalten, mich beraten zu wollen. Von seinem Platz aus fragte er: »Kann ich irgendwie helfen?«

»Sind Sie vom Roten Kreuz?«

»Wie bitte?«

»Warum wollen Sie mir dann helfen?«

Das war's. Ein billiger Spruch hatte gereicht, und er strich die Segel, saß da und wusste nicht weiter.

»Ich will dich doch bloß verarschen«, sagte ich. »Thorsten hat mich geschickt. Ich soll dir ein bisschen unter die Arme greifen.«

Erleichtert gab er mir die Hand: »Ah, du bist Dimitri. Alles klar. Hallo, ich bin Dirk.«

»Hör zu, Dirk. Es gibt nichts, was ich mehr hasse, als zu Unrecht eingebildete Leute. Deshalb will ich hier nicht deinen Boss spielen. Ich will, dass wir uns gut verstehen und gemeinsam ein paar Leute um ihr Geld bringen. Und ich will, dass wir Thorsten und den Botes möglichst wenige Gründe dafür liefern, dass sie uns rausschmeißen und den Laden hier endgültig einstampfen. Aber dafür müssen sich hier einige Dinge ändern.«

»Woran hast du gedacht?«

»An so ziemlich alles. Warum hast du in den letzten drei Jahren so gut wie nichts verkauft? Richtig. Weil es hier so aussieht, als würde niemand etwas verkaufen wollen. Hier sieht es aus, als würde man auf die Leute scheißen. Auch wenn du das vielleicht tust, darf es nicht danach aussehen, denn dann scheißen sie auch auf dich. Ab sofort verkaufen wir keine Handys mehr. Wir verkaufen Emotionen.«

Es sah nicht so aus, als hätte Breitscheid gerade einen erleuchteten Moment gehabt. Ich wusste nicht, ob dieser Mensch jemals einen solchen Moment erleben würde, aber ich versuchte trotzdem, ihn von etwas zu überzeugen, was ich selbst mittlerweile für etwas total Debiles hielt: sich erstmal einen Anzug zuzulegen.

Zojas Mutter hatte Kohlrouladen und Stampfkartoffeln gemacht und ließ mich probieren, während Zoja sich frisch machte. Obwohl sie bereits vier Kinder zur Welt gebracht hatte, war die Mutter eine schlanke und schöne Frau geblieben. Aber bis auf die Art zu reden, hatte Zoja nur wenig von ihr. Zojas

Schönheit war eine andere, ihr markantes Gesicht ähnelte mehr dem ihres Vaters, und ihr Körper war viel kantiger, als der ihrer Mutter es jemals hätte sein können. Wir machten etwas Smalltalk, dann kam Zoja endlich die Treppe runter, und wir konnten fahren. Sie war gut drauf und erzählte Anekdoten von der Arbeit. »Heute hat Klaudia einem Kunden einen riesigen Eiterpickel ausgedrückt, und das Zeug spritzte ihr direkt ins Auge ...«

Nach ein paar Kilometern bat sie mich, an einer Tankstelle zu halten. Ich bot ihr an reinzugehen und die Zigaretten für sie zu holen, aber sie bestand darauf, selbst zu gehen. Als sie wieder herauskam, steckte sie sich eine an, und wir fuhren weiter. Nachdenklich blickte sie aus dem Fenster, obwohl es längst dunkel war und es kaum etwas zu sehen gab.

»Wir können auch zu Hause bleiben«, sagte ich. »Ich muss da nicht hin. Du weißt, was ich von dem Laden und den Leuten halte.«

»Ich muss dir was erzählen«, sagte sie.

Ich gab keine Antwort.

»Ich hab letzte Woche mit Stephan geschlafen.«

Mir wurde augenblicklich schlecht. Ich nahm den Fuß vom Gas, kuppelte aus und ließ den Wagen am Seitenstreifen ausrollen. Als er zum Stehen gekommen war, stieg ich aus und schnappte nach Luft. Zoja saß im Auto und weinte. Ich hob einen Stein auf und warf ihn so weit ich konnte. Dann trat ich gegen das Vorderrad, schlug auf die Motorhaube und stieg wieder ein.

»Warum sagst du denn nichts?«, heulte sie.

»Raus hier. Sofort.«

»Bitte lass mich das erklären.«

»Ich hab gesagt, raus hier.«

»Du verstehst das nicht, wir waren zwei ...«

»HALT DEIN VERFICKTES MAUL!«

Ich drehte den Zündschlüssel um und drückte aufs Gas. Dieses verlogene Miststück heulte jetzt noch lauter. Alle sollten sie hören. Alle sollten Mitleid mit ihr haben und Verständnis für ihre Situation aufbringen.

»Ich hab dir doch gesagt, dass du deine Fresse halten sollst!«

Plötzlich riss sie die Tür auf und wollte aus dem Auto springen. Ich konnte sie gerade noch am Arm festhalten und voll auf die Bremse treten. Als der Wagen zum Stehen gekommen war, biss sie mir in die Hand und lief über ein Feld davon. Ich ließ sie laufen, fuhr zu mir, packte alle Sachen, die mich hätten an sie erinnern können in eine Plastiktüte, und fuhr zu ihrem Haus zurück. Dort warf ich die Tüte in die Hofeinfahrt, die Socken, T-Shirts, ein Handtuch, eine Postkarte, zwei Flakons edlen Parfüms und ein Buch. Mit quietschenden Reifen raste ich davon.

Ich konnte die ganze Nacht nicht schlafen. Immer wieder musste ich daran denken, wie sehr sie den Sex genossen haben musste und wie ihr Gesicht dabei ausgesehen haben könnte, und dass Stephans Ejakulat ihre Beine heruntergelaufen war, dass sie nicht nur eine Lügnerin, sondern jetzt auch verunreinigt war und es keine Chance mehr gab, mit ihr zusammen zu sein, selbst wenn ich es wollte. Wie konnte sie alles zerstören? Warum hatte sie das getan?

Eine Stunde nach Sonnenaufgang schmiss ich mir ein Sakko über das zerknitterte Hemd und fuhr zur Arbeit. Breitscheid saß auf dem Hocker und nagte die Haut an seinen Fingern ab. Ohne ihn zu begrüßen, ging ich in den kleinen Aufenthaltsraum, der gleichzeitig als Lager diente, und begann zu weinen. Kurze Zeit später kam Breitscheid rein. »Alles okay?«

»Ich muss nach Hause«, sagte ich, »aber erzähl Thorsten nichts, okay?«

»Klar, kein Problem.«

Im Supermarkt kaufte ich eine Flasche Gin und eine Packung Tabak. Mit der Flasche in der Hand lief ich noch einmal am Laden vorbei und winkte Breitscheid zu. Es war kurz nach neun.

Karina lebte in einer Altbauwohnung in der Wüste. Die Wohnung war klein und bescheiden eingerichtet, aber sehr gemütlich. Einige der Leute hatten schon ziemlich viel getrunken und erzählten von ihren Jobs. Ich sah ihnen eine Weile dabei zu, dann setzte ich mich auf die Fensterbank und blickte nach draußen. Karina nahm mit einem Glas Weißwein neben mir Platz. Sie hatte ihr dunkelbraunes Haar zu einem Dutt gebunden und trug ein lässiges T-Shirt mit einem In-Utero-Print und enge, schwarze Jeans.

»Cool, dass du doch noch gekommen bist«, sagte sie.

»Mein Kumpel hat unerwartet abgesagt. Ich musste unbedingt raus. Willst du vielleicht was rauchen?«

»Ja, warum nicht. Aber lass uns ins Schlafzimmer gehen.«

Wir setzten uns auf ihr Bett, das gerade so in das Zimmer passte, und ich zerbröselte eine kleine Knolle und vermischte sie mit ein wenig Tabak. Karina saß auf der Kante und nippte an ihrem Wein. Sie hatte eine wirklich schöne Silhouette.

»Die anderen wollen später noch weggehen. Ich weiß noch nicht, wohin, aber wenn du willst, kannst du mitkommen.«

»Ich denk' drüber nach.«

Als ich fertig war, stand ich auf, nahm ein paar Züge und sah mir die Fotos an, die an der Wand hingen. Einige der Bilder stammten aus der Sowjetunion, das verrieten die kyrillischen Bildunterschriften und natürlich auch die Motive. Ich reichte Karina den Joint und fragte, wo sie geboren sei.

»In Krasnojarsk.«

»Mitten in der sibirischen Schwermut. Hast du dort noch Familie?«

»Nein. Sind alle hier. Und du? Wo bist du geboren?« Sie gab mir den Joint wieder zurück.

»In Kasachstan.«

»Hast du dort noch jemanden?«

»Ja. Meine russischen Großeltern, einen Onkel und einen Cousin. Ich würde sie gern wiedersehen. Das letzte Mal hab ich meine Großeltern vor fünf oder sechs Jahren gesehen. Sie waren hier. Meine Mutter wollte, dass sie für immer bleiben, aber sie wurden abgeschoben und dürfen nicht mehr nach Deutschland einreisen.«

Unser Gespräch wurde von einem Jungen unterbrochen, dessen Name mir nicht einfallen wollte, obwohl er in unsere Klasse ging. Er überredete uns, bei einem Trinkspiel mitzumachen. Obwohl ich nicht verlor, nahm ich einige Schlucke aus der Pulle. Wodka hatte wirklich etwas Heilsames. Karina trank ebenfalls, aber es fiel mir schwer, ihr Gesicht zu deuten. Ich wusste nicht, ob sie traurig oder glücklich, betrunken oder nüchtern war. Sie wirkte ernst und nachdenklich und bewegt und demütig zugleich. Sie hatte elegische, dunkelbraune Augen; Augen, die eine geheimnisvolle Kraft in sich trugen.

Ich fuhr mit ins Palais, einem missglückten Osnabrücker Versuch, einen Ort für gehobene Unterhaltung zu kreieren, in dem es vor blonden, jungen Gören und ihren philiströsen, karohemdtragenden Verehrern nur so wimmelte. Die anderen vier oder fünf Leute, die mitgekommen waren, gingen sofort tanzen. Ich verzog mich in den Außenbereich, in einen Strandkorb, und rauchte eine Zigarette. Irgendwie fand sie mich und setzte sich dazu. Sie saß einfach da. Nach ein paar Minuten legte sie ihre Hand auf mein Bein und sagte: »Ich mag dich. Du hast eine alte Seele. Das wusste ich, noch bevor du etwas gesagt hast.«

Ein paar Sekunden verstrichen. Karina schien keine Antwort zu erwarten.

»Ich muss mal auf Toilette«, sagte ich, ging zum Ausgang, verließ den Club und setzte mich in ein Taxi, das mich zurück zu ihrem Haus brachte. Dort stieg ich in den Golf und fuhr nach Hause.

Ich fühlte ein merkwürdiges Brennen in der Brust und war sehr niedergeschlagen. Mein Spiegelbild zeigte ein Gespenst. Trotzdem ging ich zur Arbeit. Breitscheid hatte meinen Rat befolgt und war in einem weißen Hemd und einem alten, übergroßen Anzug erschienen. »Geht's dir wieder besser?«, fragte er.

»Ja. Alles bestens.« Ich holte den Staubsauger und saugte den alten Teppich. Es fiel mir schwer, mich auf den Beinen zu halten. Immer wieder musste ich kleine Pausen einlegen. Als ein Kunde hereinkam, schaltete ich den Staubsauger aus und begann ein Beratungsgespräch. Es bedurfte keiner großen Kunst, den etwa sechzigjährigen Mann zum Kauf eines Tarifes zu bewegen, der weit über seinen Bedürfnissen lag. Ich nahm seinen Ausweis, tippte alles ein und buchte das gewünschte Handy aus dem System. Dann wurde der Vertrag aufgrund von negativer Bonität abgelehnt. Jemand musste schneller gewesen sein. Aber ich versucht, den Mann wenigstens noch von einem Prepaidbundle zu überzeugen. Er lehnte ab.

»Passiert das hier öfter?«, fragte ich Breitscheid.

»Wir sind hier im Schinkel. Zwei- oder dreimal die Woche bestimmt.«

»Ich nehm' die Gosse anscheinend mit zur Arbeit.«

Breitscheid lachte. »Oder du kommst nicht aus ihr heraus.«

Wir standen rum und warteten auf den nächsten Kunden und kommentierten währenddessen die im Supermarkt angestellten Frauen. So entdeckte ich Thorsten. Er linste zwischen den Regalen hindurch und versuchte, uns zu beobachten. »Da ist Thorsten«, sagte ich zu Breitscheid.

»Wo?«

»Da drüben bei den Zeitschriften.«

»Was tut er da?«

»Was denkst du? Er bespitzelt uns.«

Wir taten so, als würden wir etwas besprechen, und deuteten abwechselnd auf den Monitor. Kurze Zeit später kam Thorsten dazu. Er sah nicht glücklich aus.

»Dieser Hocker muss weg«, sagte er zur Begrüßung.

»Du verlangst doch nicht, dass wir elf Stunden am Tag stehen?«, gab ich zurück.

»Ich verlange von euch, dass ihr elf Stunden am Tag verkauft.«

»Dafür braucht es Kunden. Leute, die Geld haben. Und so wie es hier aussieht, können wir lange auf welche warten.«

Thorsten sah sich um. Sein Blick wanderte zwischen Teppichboden und Wand hin und her. »Was haltet ihr davon, hier am Wochenende zu streichen?«

Breitscheid musste grinsen und sah mich skeptisch an.

»Dreihundert für jeden plus Materialkosten«, sagte ich.

»Zweihundertfünfzig«, sagte Thorsten.

»Hand drauf.«

Wir gaben uns die Hand, und Thorsten kramte fünfhundert Euro aus der Innentasche seines Sakkos und legte sie auf den Tresen.

»Die Farbe lasse ich am Freitag liefern«, sagte er und musste auch schon wieder fahren. Er hatte Jasmin alleine gelassen und machte sich Sorgen.

»Ich hab aber gar keine Ahnung vom Streichen«, meinte Breitscheid.

»Ich auch nicht. Aber ich bin Kaufmann. Für Zweihundertfünfzig engagiere ich jemanden, der was davon versteht.« Breitscheid war zehn Jahre älter als ich und machte eine Ausbildung bei mir. Deshalb bekam er auch nur einen Fuffi.

Wir trafen uns am Yachthafen. Am Telefon hatte sie gesagt, sie würde mich lieben und ich solle ihr wenigstens die Chance geben, es zu erklären. Ihr Glück war, dass es einen Tag in meinem Leben gegeben hatte, an dem ich mir geschworen hatte, immer das Gegenteil von dem zu tun, was die Leute für gewöhnlich taten, und mir dieser Tag nun als Ausrede diente. Ich saß im Golf, das Lenkrad mit den Armen umschlungen, den Kopf auf den Armen, und blickte nach draußen. Es war ein Freitag im August, aber der Himmel hing sehr tief und sah bereits herbstlich grau und melancholisch aus. Es waren vielleicht siebzehn Grad, und die Äste der Lindenbäume tanzten im rauen Nordwestwind. Zoja kam mit dem Mercedes ihrer Eltern. Ich konnte Mercedes nicht ausstehen und schon gar keine silbernen. Ich ließ sie zuerst aussteigen, dann zündete ich mir eine Zigarette an und stieg ebenfalls aus. Sie wirkte müde und blass und hatte ihr Haar zu einem Pferdeschwanz gebunden. Ich verweigerte ihr die Umarmung, lehnte mich gegen den Golf.

»Hi«, sagte sie beklommen.

Ich sah auf das naheliegende Feld, auf dem große runde Strohballen herumstanden. Ich wusste nicht, was ich hier machte.

»Denselben Menschen, den du verachtest, verachte ich auch. Glaub mir. Aber dieser Mensch will ich nicht mehr sein. Die letzten zwei Wochen waren die Hölle für mich. Ich habe nur geheult und daran denken müssen, wie sehr ich dich verletzt habe. Und dadurch ist mir auch endgültig bewusst geworden, dass du der einzige Mensch bist, mit dem ich zusammen sein will. Du bist der Mann, den ich wirklich liebe.«

Meine Zigarette begann nach Kunststoff zu schmecken. Ich trat sie aus.

»Bitte, verzeih mir«, machte sie einen kleinen Schritt auf mich zu und griff nach meiner Hand. Ein Gefühl unnatürlicher und unversiegbarer Vertrautheit durchfuhr meinen Körper. Es war gegen meine gesamte Überzeugung, aber ich wollte, dass sie mich anfasste. Ich wollte sie in den Armen halten und sie fest an mich drücken. Ich wollte sie für mich allein. Wir küssten uns. Erst etwas zurückhaltend, dann leidenschaftlicher. Ich schubste sie von mir weg, setzte mich ins Auto und fuhr davon.

Ich konnte mich kaum noch bewegen, ohne gleich völlig aus der Puste zu sein, und fuhr zu meinem chinesischen Hausarzt. Er klebte mir ein paar Elektroden auf die Brust und den Arm und schaute auf den Monitor des EKGs. Dann verließ er für einen kurzen Moment den Raum. Als er wieder zurückkehrte, hatte er einen Zettel dabei. »Sie müssen sofort in ein Krankenhaus. Es könnte sein, dass Sie an einer Myokarditis, einer Herzmuskelentzündung, leiden. Aber das kann ich hier nicht genau diagnostizieren, dafür müssen Sie sich in eine Klinik begeben. Kann Sie jemand fahren, oder soll ich einen Krankenwagen bestellen?«

»Nein, lassen Sie nur.«

Ich zog mich wieder an und rief Wladimir an, der gerade Feierabend gemacht hatte und gleich mit seinem gelben Posttransporter vor die Tür gefahren kam. Er sah besorgt aus und wollte mich direkt ins Krankenhaus nach Ostercappeln fahren. Aber ich überredete ihn, kurz bei mir zu halten, damit ich ein paar Sachen packen konnte.

Ich kannte das St.-Raphael-Krankenhaus sehr gut. Für mich war es ein Ort des Schreckens. Einige Jahre zuvor hatte ich dort Sozialstunden machen müssen. Damals war ich sechzehn gewesen, und es war das erste Mal, dass ich direkt mit dem Tod konfrontiert worden war. An einem Tag hatte man noch mit den Patienten gesprochen, ihnen das Frühstück gebracht – sie machten, nicht den Eindruck, sich sonderlich unwohl zu fühlen –, und am nächsten Tag waren sie fort. Die Ordensschwestern sagten dann oft, der Verstorbene wäre jetzt an einem besseren Ort. Natürlich war er das, dachte ich damals, es war schwierig, vielleicht sogar unmöglich, an einem noch schlimmeren Ort zu sein.

Auch meine Mutter war dort gestorben. An einem Sonntagmorgen im Dezember, dreizehn Tage vor ihrem einundvierzigsten Geburtstag. Am Vortag hatte ich sie noch besucht. Sie lag im Koma, war an Apparate angeschlossen, und ich kniete am Bett, hielt mich an ihrem Zeige- und ihrem Mittelfinger fest und konnte nicht aufhören zu weinen, während ihre Augen aufgeregt unter ihren geschlossenen Lidern hin und her wanderten. Es war der Augenblick, in dem ich begriff, dass sie nie wieder aufwachen würde, egal wie lange ich zu ihr sprechen würde. Dass sie mich nie wieder belehren, mich umarmen oder einfach nur ansehen würde. Und es erfüllte mich gleichzeitig mit unerträglichem Schmerz und unbändigem Zorn. Es ergab nicht den geringsten Sinn. Sie hatte drei Kinder. Sie hatte Eltern. Noch einen Bruder. Und einen Mann. Ich verstand nicht, warum sie uns jetzt verlassen musste, aber ich verstand, dass die weinerlichen Laute meiner Entrüstung ihr das Ableben nur noch erschwerten. Ich beherrschte mich, gab ihr einen letzten Kuss und ging für immer fort.

Daran musste ich denken, als ich auf einer kalten schwarzen Lederliege lag und der Arzt mir ein paar Kanülen Blut entnahm. Nach etwa zwei Stunden sagte er, dass sie mich stationär behandeln müssten und gleich eine Schwester kommen und mich auf mein Zimmer begleiten würde. Ich teilte mir das Zimmer mit drei Männern jenseits der siebzig, die kaum miteinander sprachen und hin und wieder einen Furz ließen. Ich schämte mich dafür, hier zu sein, und drehte mich auf die Seite, um zu schlafen.

Noch in der Nacht besuchte mich mein Vater. Er hatte das ganze Krankenhaus zusammengeschrien, damit sie ihn nach den offiziellen Besuchszeiten hereinließen. »Mein Sohn«, sagte er ängstlich, »was ist passiert?«

»Ach, nichts, Pap. Sie vermuten, ich hätte eine Herzmuskelentzündung. Ich muss ein paar Tage hierbleiben.«

»Ich wusste gleich, dass sie dir nicht guttut. Das hab ich ihr angesehen.«

»Wovon redest du?«

»Von deiner Freundin.«

»Lassen wir das lieber, Pap.«

»Brauchst du was? Soll ich dir was mitbringen?«

»Nein. Ich hab alles, was ich brauche.«

Ein Moment des Schweigens brach über uns herein. Mein Vater sah sehr alt und müde aus, wie er da auf dem kleinen Hocker saß. Das Leben hatte ihm schwer zugesetzt. Er war zwar kein überaus intelligenter Mann, aber tief in seinem Inneren war er ein guter Mensch, das wusste ich, bloß kam diese Facette seines Wesens nur noch sehr selten, immer seltener, zum Vorschein. Meist in Situationen wie dieser, wenn er glaubte, dass das Leben, die kurze Zeit, die wir gemeinsam miteinander verbringen durften, keine spöttische Strafe der Götter war, sondern ein besonderes Geschenk – so wie es ihm seine gottergebenen Eltern immer gepredigt hatten.

»Pap, darf ich dich mal was fragen?«

Er nickte: »Natürlich. Alles.«

»Glaubst du an Gott?«

Grimm schlich sich in seine blaugrauen, erschöpften Augen. »Gott, mein Sohn, Gott. Alles, was dieser Gott will, ist, uns tot zu sehen.« Eine Träne lief ihm die Wange hinunter. Als er sie bemerkte, stand er auf und sagte, dass er am Nachmittag wiederkommen würde und ich mir keine Sorgen machen solle. Ich hatte ihn schon Jahre nicht mehr weinen sehen.

Er brachte meine Geschwister mit. Auch Vitalij und Nina waren für ihr junges Alter zu gut mit Krankenhausbesuchen vertraut. Sie brachten mir einen Strauß Blumen, Zeitschriften und Früchte mit. »Schön, dass ihr gekommen seid«, sagte ich.

»Wie geht's dir?«, fragte Vitalij.

»Ganz okay. Aber das Essen hier ist miserabel.«

»Wir haben dir ein bisschen Borschtsch mitgebracht«, sagte

Nina und stellte die Tüte mit der Plastikschüssel auf das kleine Nachtschränkchen. »Oma hat ihn gekocht. Sie hat gesagt, dass sie jeden Abend für dich betet und du sie besuchen sollst, wenn du wieder gesund bist.«

»Danke. Das ist jetzt genau das Richtige. Richtet ihr bitte schöne Grüße von mir aus.«

Ich liebte Borschtsch, seitdem ich denken konnte. Er machte satt, lag aber nicht schwer im Magen und wurde von Tag zu Tag besser. Den besten Borschtsch hatte natürlich meine Mutter gekocht. Aber jetzt freute ich mich wahnsinnig über den meiner Oma. Mein Vater und Nina gingen los, um eine Vase für die Blumen zu suchen. Vitalij und ich hatten schon lange nicht mehr miteinander geredet. Auch jetzt fiel es uns schwer. Seit er die Kirche besuchte, entfernten wir uns immer weiter voneinander. Dabei waren wir als Kinder jeden Tag zusammen gewesen, hatten Fußball gespielt, Buden gebaut und fuhren Fahrradrennen. Wir waren die besten Freunde gewesen. Plötzlich erinnerte ich mich: Es war im Februar, Rosenmontag, 1997. Wir beiden besuchten dieselbe Grundschule. Er ging in die erste, ich in die vierte Klasse, und am Nachmittag veranstaltete unsere Schule eine große Feier, zu der auch die Kinder eingeladen wurden, die nicht Teil des Schulchors waren. Der Autounfall meiner Eltern war erst zwei Jahre her, und wir hatten kaum Geld, aber Mutter hatte uns trotzdem Kostüme aus einem Secondhandmarkt besorgt. Vitalij schlüpfte in sein Braunbärkostüm, und Mutter bemalte ihm das Gesicht. Ich ging als Clown mit grünen Haaren und einer roten Nase. Bevor wir uns auf unsere kleinen Räder schwangen, machte meine Mutter noch einige Polaroids.

Draußen war es ziemlich kalt, ein paar Grad unter null, man konnte seinen Atem sehen und musste aufpassen, nicht auszurutschen. Bei allen Leuten, an denen wir vorbeifuhren, kamen unsere Kostüme an. Besonders Vitalij, der noch ziemlich unbeholfen Fahrrad fuhr und in seinem Bärchenkostüm in leichten Schlangenlinien vor mir herradelte, verzückte die Leute. Sie lachten und winkten uns fröhlich zu. Als wir schließlich die Schule erreicht hatten und die festlich geschmückte Aula betreten wollten, bemerkten wir, dass die Tür verschlossen war. Ich klopfte und eine Lehrerin öffnete. »Der Eintritt kostet eine Mark«, sagte sie. »Das wussten wir nicht. Wir haben kein Geld«, sagte ich.

»Dann kann ich euch auch nicht reinlassen.« Und sie schloss die Tür.

Wie sollte ich das diesem kleinen Jungen erklären, der dort vor der Scheibe stand und den Kindern auf der anderen Seite beim Spielen zusah? Nie wieder habe ich so traurige Augen und einen so enttäuschten kleinen Menschen gesehen wie in diesem Moment. Ich nahm Vitalij an der kalten Hand, und wir gingen zurück zu unseren Fahrrädern. Dann fragte er mich: »Ist eine Mark viel?«

»Ja«, sagte ich, »eine Mark ist viel.«

Auf dem Rückweg ging es die meiste Zeit bergab. Wir nahmen ziemlich Fahrt auf, und ich fühlte, wie der eiskalte Ostwind auf meinen Wangen brannte und mir eine Träne aus dem Auge quoll. Ich würde ein reicher Mann werden, sagte ich mir. Ich würde es diesen Deutschen zeigen.

Zuhause stellten wir unsere Fahrräder ab und klopften an die Tür. Mutter öffnete mit dem Telefon in der Hand. Sie lauschte noch in den Hörer, blickte wie ungläubig durch uns hindurch und ließ sich plötzlich weinend zu Boden fallen. Sie schlug auf Wände und Boden ein und weinte und schrie. Es waren fürchterliche Schreie, voller Schmerz und Verzweiflung.

Vitalij und ich hatten Angst und riefen: »Was ist, Mama?! Was ist los?!«

»Onkel Aljoscha ist tot! Sie haben ihn umgebracht! Er ist tot ...«

Ich schickte Vitalij auf sein Zimmer, aber er stand da wie gelähmt und heulte. Ich nahm ihn wieder an der Hand und führte ihn in sein Zimmer. Dort sah ich, dass Nina sich unter einer Decke versteckte und ebenfalls weinte. Wir kletterten alle unter die Decke und umarmten uns und hörten Mutter im Flur klagen. Sie weinte tagelang.

Jetzt saß Vitalij am Fußende meines Krankenbettes und sah mich an. In seinen Augen lag ein sorgenvoller Schimmer. Er war einer der wenigen Menschen, die mich immer lieben würden, er musste nichts sagen, es reichte, dass er da war und schwieg. Am frühen Abend fuhr meine Familie wieder. Ich drehte mich auf die Seite und weinte mich lautlos in den Schlaf.

Sie führten Tests an mir durch und fanden heraus, dass ich an einer verschleppten Lungenentzündung litt. Mein Herz schien aber, abgesehen davon, dass es gebrochen war, in einem ganz passablen Zustand zu sein. Der Arzt, ein junger, gutaussehender Kerl, meinte, einige Menschen wären in der Lage, ihren Herzschlag in extremen Stresssituationen negativ zu beeinflussen. Aber um etwas Ernsthaftes auszuschließen, klemmten sie mich trotzdem an ein Langzeit-EKG. Ich lief also mit diesem Gerät durch das Krankenhaus und flirtete mit den Stationsschwestern. »Wenn Sie weiterhin so viel rauchen, werden Sie höchstens vierzig Jahre alt, Herr Wolf«, sagte die hübsche Brünette mit dem Apfelpo.

»Wer garantiert mir denn, dass ich fünfundzwanzig werde?«, gab ich lässig zurück. Die Schwester schüttelte den Kopf. Mit den älteren Männern in meinem Zimmer verstand ich mich mittlerweile auch sehr gut. Zwei von ihnen hatten für Adolf gekämpft, der andere wollte es nicht zugeben. Er lag mit dem Feind auf einem Zimmer. Herbert erzählte immer wieder davon, dass er einem russischen Soldaten direkt gegenübergestanden hatte und beide nicht aufeinander schießen konnten, und Willi, dass er so große Angst gehabt hatte zu sterben, dass er sich selbst ein Loch in den Fuß schoss. Friedhelm sagte nie etwas, er las Brecht und nickte nur, wenn die anderen von ihren traumatischen Erlebnissen erzählten und immerzu wiederholten, wie gut wir es doch jetzt hätten. Sie waren gute, genügsame Menschen und ließen nie auch nur einen Krümel von ihren Mahlzeiten übrig. Mit dem letzten Stück Brot strichen sie über die Teller und saugten die restliche Soße auf. Das erinnerte mich an meinen Opa. Auch er machte das immer so. Vielleicht war es mal wieder Zeit für einen Krieg, dachte ich.

Am Abend stand Zoja plötzlich im Zimmer. Sie war zu stark geschminkt und trug zu hohe Schuhe. Ich stand auf, steckte mir das Langzeit-EKG in die Hose und ging mit ihr in den Besucherraum.

»Warum hast du mir nicht erzählt, dass du im Krankenhaus bist?«, fragte sie.

»Du siehst gut aus«, sagte ich.

»Ach, komm mir doch nicht so. Was ist mit dir?«

»Nichts Ernstes. Die Ärzte meinen, ich hätte ’nen Dachschaden.«

»Vielleicht solltest du dir Hilfe holen.«

»Ich soll zum Psychologen?«

»Ja, ist doch nichts dabei.«

»Ich brauche niemanden, der mir einen ödipalen Konflikt anhängen will.«

»Einen ödi ...was?

»Vergiss es. Wie war dein Wochenende?«

»Ich war feiern. Mit den Mädels.«

»Und, ist was gelaufen?«

Sie schlug die Beine übereinander, nahm eine der Zeitschriften, die auf dem kleinen Tisch lagen, blätterte darin herum, dann sagte sie: »Da war so ein Kerl. Er hat mir schöne Augen gemacht und mir einen Drink ausgegeben.«

»Und weiter?«

»Na ja, wie soll ich das sagen? Irgendwann bekam er einen Ständer und hat ihn an meinem Bein gerieben. Dann hab ich ihn weggeschubst.«

Ich wusste nicht, was ich sagen sollte. Was bildete sich diese Frau eigentlich ein? War sie nicht ganz dicht? Ich lag hier wegen Herzrhythmusstörungen, und sie tanzte mit irgendwelchen Schwänzen in der Gegend herum. Huren, das sind nicht die Frauen, die sich verkauften, dachte ich. Huren, das waren Frauen wie Zoja; Frauen, die nicht genug davon bekommen konnten, von Männern vergöttert zu werden, und ihnen buchstäblich das Herz herausrissen.

»Ich möchte, dass du jetzt gehst. Und wenn du noch mal wiederkommst, bringe ich dich um. Hast du mich verstanden?«

»Denkst du wirklich, dass ich Angst vor dir habe? Scheiß auf dich, du kranker Bastard.«

Ich stand auf und schmiss den Tisch um, die Zeitschriften fielen zu Boden. Dann ging ich zurück in mein Zimmer und legte mich ins Bett. Mein Herz war in Ordnung, es raste vor Wut.

Auch Thorsten hatte mich besucht, Zeitschriften mitgebracht und erzählt, dass er Post von der IHK erhalten hatte. Ich hätte eine Eins in der Zwischenprüfung geschrieben, meinte er. Zudem würde der Schinkeler Laden toll aussehen. Breitscheid und ich hätten einen guten Job gemacht. Mein Vater hatte recht, dachte ich. Auf Alexej, den Maler, den er mir empfohlen hatte, konnte man sich verlassen.

Aber das alles war schon einige Wochen her. Jetzt war Thorsten wieder mein Boss und hielt Breitscheid und mir vor, dass wir nicht genug arbeiteten. »Der Laden treibt mich in den Wahnsinn. Da läuft gar nichts, Jungs. Jeden Monat lege ich zweitausend drauf.« Ich hatte nichts dazu zu sagen. Mir war das mittlerweile ziemlich egal.

»Ich schicke Ben mal bei euch vorbei. Er ist Vertriebscoach. Vielleicht kann er euch ein paar Tipps geben.«

Am nächsten Tag stand dieser Ben auf der Matte. Er hatte rotes Haar, blasse Haut, verrückte farblose Augen und trug einen grauen, gut sitzenden Anzug. Sein Grinsen war nicht zu ertragen. Breitscheid sollte eine weitere Lektion in Sachen Kundenberatung erhalten. »Dirk, so kannst du nicht mit den Leuten reden«, meinte Ben. »Du musst ein wenig aus dir herauskommen. Wenn sie nein sagen, dann musst du nach dem Grund fragen. Du kannst nicht einfach nur resigniert nicken. Der Kunde geht dann woanders hin und macht den Vertrag dort.«

»Ja, weiß ich doch«, sagte Breitscheid, ohne Ben dabei anzusehen.

»Augenkontakt, Dirk. Du musst mir in die Augen sehen, wenn du mit mir redest.«

Breitscheid sah mich an und schüttelte den Kopf.

»Wenn du ein Problem mit mir hast, dann musst du mir das sagen, Dirk.«

»Wer zu Hölle bist du eigentlich, dass du mir sagst, wie ich mich zu verhalten habe?«

Es war das erste Mal, dass ich von Breitscheid so etwas wie Widerworte hörte. Ben aber grinste alles weg. »Jawoll! Emotionen, Dirk! Das ist es, was wir hier brauchen. Du lernst schnell.«

Wir sollten einen Online-Fragebogen ausfüllen, bei dem es darum ging, Produktdetails zu benennen. Breitscheid erzielte mehr Punkte als ich, also wandte sich dieser Pseudo-Akademiker jetzt an mich. »Thorsten hat dich hier ja als treibende Kraft bezeichnet. Du solltest dich in deiner freien Zeit mehr mit unseren Produkten auseinandersetzen.«

»Ich kenne die Produkte.«

»Männer, ich will euch doch nur helfen. Wenn das hier so weitergeht, dann verliert ihr eure Jobs.«

»Hat Thorsten das zu dir gesagt?«, fragte ich.

»Ja, das hat er.«

Ich nahm das Telefon und wählte Thorstens Nummer.

Jasmin ging ran. Ich bat sie darum, mir Thorsten zu geben.

»Ja?«, fragte er.

»Was treibst du eigentlich für ein Spiel? Warum sagst du Ginger hier, dass ich meinen Job verlieren würde?«

»Aber das hab ich doch gar nicht gesagt. Ich verstehe nicht. Was ist da bei euch los?«

»Hast du also nicht?«

»Nein.«

»Also gut. Dann bis später.« Ich legte auf.

»Hör mal, Ben. Sind dir die didaktischen Mittel ausgegangen, oder warum versuchst du, uns zu verarschen?«

Ben schaute völlig fassungslos drein. Sein Mund stand offen.

»Warum bringst du uns nicht etwas von der Scheiße bei, die du studiert hast? Irgendwas, das uns dabei helfen könnte, Menschen für unsere Zwecke zu missbrauchen. Das ist doch schließlich unser Job. Oder nicht?«

Ben sah jetzt irgendwie überlastet aus. Breitscheid kannte mich inzwischen gut, ihn verwunderte meine aggressive Reaktion nicht. Er grinste vor Genugtuung.

»Sieh dir die Produkte genau an, Dimitri. Das ist alles, was ich von dir erwarte«, sagte Ben schließlich und packte beleidigt seinen Kram zusammen.

Wir waren auf die Hochzeit ihrer Arbeitskollegin eingeladen. Zoja bestand darauf, dass ich in einem schwarzen Anzug, einer schwarzen Fliege und einem weißen Hemd erscheinen sollte. Aber weil ich kein weißes, sauberes Hemd mehr hatte, entschied ich mich kurzerhand für ein schwarzes. Ich kämmte mir das Haar nach hinten, besah mich im Spiegel und rauchte währenddessen einen Joint. Meine Kleidung war nicht halb so dunkel wie meine Augenringe, aber das machte mir schon lange keine Sorgen mehr. Ich wirbelte mein Haar wieder durcheinander und fuhr los, um Zoja abzuholen. »Das ist nicht dein Ernst, oder? Das ist eine Hochzeit und keine Trauerfeier«, sagte sie gleich zur Begrüßung. »Zu einer Trauerfeier trägt man keine Fliege«, antwortete ich.

Der Bräutigam, ein Aussiedler, sah älter aus, als er vermutlich war, und schien ein wenig aufgeregt. Er begrüßte den Pfarrer, zappelte ein bisschen herum und wartete auf die Braut. Als die Orgel erklang, zuckte ich kurz zusammen. Klaudia, die gar nicht übel aussah, weil sie ein schlichtes, aber elegantes Brautkleid trug und nicht zu stark geschminkt war, schritt mit ihrem Vater auf den Pfarrer zu, der, kaum dass nun alle vor ihm standen, mit seiner Show begann. Gott sei den beiden dankbar, dass sie sich für ihn entschieden hätten. Sie würden es nicht bereuen. Und überhaupt würden die Menschen heute zu schnell vergessen. Liebe sei das wichtigste Gut auf Erden, das hätte schon Apostel Paulus gewusst und in seinem ersten Brief an die christliche Gemeinde in Korinth geschrieben: Die Liebe erträgt alles, glaubt alles, hofft alles, hält allem stand. Die Liebe hört niemals auf.

Einige Gäste vergossen erste Tränen. Ich schielte zu Zoja rüber: Auch sie ließ sich mitreißen. Dieser Paulus konnte kein sehr glücklicher Mann gewesen sein. Hoffnungslose Romantiker neigen stark dazu, Depressionen zu kultivieren. Vielleicht wusste Paulus aber auch, dass Liebe nichts weiter war als Nebel. Nur: Woran hätte er sich sonst klammern sollen? Ein Leben ohne Glauben ist schwierig, beinahe unmöglich. Der Mensch braucht etwas, was den Tod relativiert. Wenn man ständig nur an den Tod denkt, kann man irgendwann nicht mehr leben. Und dann, wahrscheinlich mitten in einer manischen Phase der Verzweiflung, kam ihm wohl die Liebe in den Sinn. Als eine Art Mittel gegen die allgegenwärtige Hoffnungslosigkeit, die er verspürte. Er hoffte, die Leere tief in seinem Inneren mit Liebe ausfüllen zu können. Vielleicht schrieb er aber auch einfach nur fiktional, wer weiß das schon. Mit etwas Pech jedenfalls würde dem Bräutigam in seinen Vierzigern ein junges Ding über den Weg laufen, seinen Verstand und seinen Saft rauben und einen Ohrring im Familienauto verlieren. Dann sollte sich das Ehepaar die Zeilen des Paulus noch einmal in Erinnerung rufen.

Als ich wieder zu mir kam, war nahezu alles vorbei, und das frisch vermählte Paar gab sich den Kuss. Fotos wurden geschossen, Eltern, Großeltern, Tanten, Onkel, Cousinen und Cousins standen Schlange. Draußen stieg das Brautpaar in einen alten Rolls Royce, obwohl der Bräutigam in einem Baumarkt arbeitete und die Braut hauptberuflich Pickel ausdrückte, und brauste davon.

Im Festsaal waren auch ein paar Gesichter, die ich kannte und die mir gleich Kokain anboten. Ich versprach, darauf zurückzukommen, aber da es später nichts mehr geben sollte, ging ich gleich mit aufs Klo. Noch bevor ich wieder zurückkam, war mein halbes Gesicht taub.

Als kurz vor Sonnenuntergang das Buffet eröffnet wurde, hielt ich mich an einen Aperitif, der seine Wirkung aber verfehlte und mich nur zum Weitertrinken animierte. Unsere Tischnachbarn erwiesen sich als trinkfest und reichten mir unaufhörlich Pinnchen rüber. Unter ihnen war auch ein hübsches Mädchen, das mir Blicke zuwarf, die ich lieber nicht erwiderte. Eine Szene von Zoja wollte ich um jeden Preis vermeiden. Mittlerweile war es nach Mitternacht. Die Moderatorin, eine laute, etwa fünfzigjährige Frau, bat immer wieder auf die Tanzfläche, die sich mehr und mehr füllte, und auch Zoja ging tanzen. »Und woher kennst du das Brautpaar?«, fragte mich das hübsche Mädchen.

»Ich kenne sie überhaupt nicht. Meine Freundin kennt sie.«

Das Mädel sah zu Zoja rüber, die ausgelassen tanzte und immer wieder zu uns rüber schielte. »Ich mag deine Freundin nicht«, sagte sie.

»Ich mag sie auch nicht besonders. Aber ich bin verliebt.«

»Sie ist eine verlogene Nutte.«

Das Hähnchen war wirklich eine Wucht. Zart und saftig. Genau richtig.

»Vor ein paar Jahren hat sie mir den Mann ausgespannt.«

Ich nahm einen Schluck von dem gut gekühlten Weißwein. »Das sagt mehr über dich als über sie.« Dann stand ich auf, schlenderte zu Zoja und tanzte mit ihr. Die Männer auf der Tanzfläche konnten ihre Enttäuschung nicht verbergen.

»Was hat sie dir erzählt?«

»Ihr gefällt dein Kleid.«

»Wie ich diese Schlampe hasse.«

Das Lied war alt und russisch und melancholisch, und für heute Abend sollte Paulus Recht behalten.

Thorsten beorderte mich zurück. Ihm hatte nicht gefallen, dass ich Ben vor Breitscheid als Blender hatte dastehen lassen. »Du kannst dich nicht einfach über alles und jeden stellen«, meinte er. Ich sollte jetzt mit Jasmin im alten Laden arbeiten, während er und Breitscheid den neuen Laden schmeißen würden.

Jasmin kam zwei Stunden zu spät und trug viel zu enge, löchrige Jeans, über deren Bund etwas Hüftfleisch quoll, und darüber ein rosafarbenes Spaghettiträger-Top. Offensichtlich nahm Thorsten es bei ihr nicht so genau mit der Kleiderordnung. Sie hatte schwarze Locken und karamellfarbene Haut. Sicher hatte das auch eine Rolle bei der Installation der Kameras gespielt, die neuerdings im Laden hingen, dachte ich. Aber die Kameras hatten noch einen anderen Vorteil: Jetzt konnte man im Aufenthaltsraum sitzen und Zigaretten rauchen, wenn gerade keine Kundschaft da war. Wir saßen also hinten, und Jasmin erzählte mir, dass ihr Vater Spanier sei und alle Frauen in ihrer Familie eine Schwäche für Südländer hätten. »Er hat in mein deutsches Blut gespuckt«, sagte sie. Jasmin war eine harte Frau. Man merkte, dass sie in ihrer Kindheit viel Zeit mit Jungs verbracht hatte. Sie drehte einwandfreie Zigaretten, ließ hin und wieder ein Schimpfwort fallen und stand auf Kickboxen. Vermutlich prügelte sie sich selbst gern, dachte ich und sah auf den Monitor. Ein mutmaßlicher Kunde stand vor dem Tresen und erwartete, bedient zu werden. Wir hatten eine Vereinbarung getroffen: Immer wenn es ein Mann war, ging Jasmin nach vorne. Wenn eine Frau kam, dann ging ich. Und wenn Jasmin nicht weiterwusste, kam ich ihr zur Hilfe. Wir waren ein gutes Team und verkauften sehr effektiv.

Kurz vor Feierabend rief Thorsten an. In seiner Stimme lag ein wenig Frust.

»Wie ist es gelaufen?«, wollte er wissen.

»Ausgezeichnet. Sieben neue und neun Verlängerungen. Und bei euch?«

Er hielt einen Augenblick inne. Es war ihm wohl peinlich, dass auch er als Verkaufsprofi dort nichts ausrichten konnte. »Zwei Verlängerungen«, sagte er schließlich.

»Ist doch schon mal ein Anfang.«

»Machst du heute den Kassenabschluss?«

»Ja«, sagte ich, »Jasmin ist schon gegangen.«

»Na schön. Dann bis morgen.«

Beim Kassenabschluss fiel mir auf, dass fünfundsiebzig Euro fehlten. Ich rechnete noch einmal nach. Tatsächlich. Fünfundsiebzig Euro fehlten.

Am nächsten Morgen kam Jasmin pünktlich. Sie trug ein weißes Hemd, einen kurzen schwarzen Rock und Pumps. Ihr Haar hatte sie hochgesteckt.

»Na«, fragte sie grinsend, »wie geht's?«

»Fantastisch«, sagte ich.

Wir setzten uns wieder in den Aufenthaltsraum und rauchten. Dann spielte ich ihr die Aufnahmen der Kameras vor. Auf dem Video war deutlich zu erkennen, wie sie sich aus der Kasse bediente.

»Du kannst es einfach wieder reinlegen. Ich werde Thorsten nichts davon erzählen.«

»Was reinlegen? Willst du sagen, ich hätte geklaut?«

»Nein, du hast dir was geborgt.«

Sie schlug die Beine übereinander und wippte mit dem Fuß. »Ich hab es nicht mehr«, musste sie zugeben.

»Dann muss ich Thorsten davon erzählen.«

Jasmin drückte ihre Zigarette aus und zündete sich sogleich eine neue an. Dafür reichte ihr Geld noch. Jetzt sah sie mich an. Sie sah mir tief in die Augen und sagte tatsächlich: »Du kannst mich ficken, wenn du willst. Gleich hier.«

Ich musste lachen. Bei Thorsten wäre sie damit möglicherweise durchgekommen, aber mich beeindruckte dieser primitive Anbandelungsversuch nicht im Geringsten. Es gibt nichts Erbärmlicheres als eine Frau, die sich unter Wert verkauft. Vielleicht einen Mann, der auf das Angebot eingeht. Ich drückte meine Kippe aus, stand auf und ging nach vorne, um ein bisschen im Internet zu surfen. Gerade als ein Kunde den Laden betrat, stürmte sie zu mir und schrie: »Du blöde Schwuchtel! Ich werd' es dir zeigen, du verdammter SCHWANZLUTSCHER! Ich mach dich fertig!«

Ihre Fäuste waren knallhart, und sie wusste, wie man zuschlagen muss. Links, rechts, links, rechts. Nase, Auge, Kiefer, Ohr. Rote und gelbe Blitze zuckten vor meinen Augen. Dagegen war Zoja ein Witz. Von blinder Wut ergriffen, schnappte ich mir ihr verfluchtes Haar, verdrehte ihr den rechten Arm und drückte sie mit dem Gesicht an die Wand. Wie wild geworden schrie sie: »Hurensohn, verdammter! Ich reiß dir deine Eier ab ...! Ich piss auf das Grab deiner Mutter ...!« Mit einem kräftigen Ruck schlug ich ihren kleinen verblödeten Schädel gegen die blaue Wand und ließ sie zu Boden gleiten. Für einen kurzen Moment schien sie ruhiggestellt und hielt sich leise stöhnend das Gesicht. Dann begann sie erneut zu schreien: »Mein Zahn, du hast mir den Zahn ausgeschlagen! Ich werd' dich verklagen, Arschficker!«

Es war nicht der ganze Zahn, der fehlte. Es war nur die kleine Ecke eines Schneidezahns. Außerdem blutete sie aus der Nase. Grelle rote Flecken zeichneten sich auf ihrer weißen Bluse ab. Erst jetzt bemerkte ich, dass da immer noch dieser Kunde stand und mich ungläubig ansah. Neben ihm stand Alvaro, der Portugiese aus dem Shop nebenan; er sah nicht weniger schockiert drein. Ich entschuldigte mich, wandte mich wieder Jasmin zu und sagte: »Du bist gefeuert. Verschwinde hier.«

»Wer bist du, dass du mir kündigst? Fick dich!«

Ich packte sie am Kragen und zerrte sie hoch, aber Alvaro und der Kunde gingen dazwischen. Nacheinander kreuzten die Bullen, ein Rettungswagen und Thorsten auf. Während die Sanitäter Jasmins Gesicht abtupften und beruhigend auf sie einredeten, sahen sich Thorsten und die beiden Cops die Videoaufnahmen an. Ich blieb vorne und kümmerte mich darum, dass der Betrieb nicht völlig zum Erliegen kam. Thorstens Lieblingssatz war schließlich der Umsatz. Da, und nur da, war er ganz bei Hellmut Walters.

Schlussendlich verständigten wir uns darauf, dass Thorsten verzichten würde, Jasmin wegen Diebstahls anzuzeigen, wenn diese im Gegenzug darauf verzichtete, mich wegen Körperverletzung zu verklagen. Als sie den Laden verließ, entschuldigte ich mich bei ihr: »Es tut mir leid, Jasmin. Ich wollte nicht, dass es so weit kommt.« Sie sah mich unversöhnlich an und stampfte ohne ein Wort zu sagen an mir vorbei. Mit Frauen hatte ich so viel Glück wie mit Jobs.

Der Winter war nicht mehr aufzuhalten. Die Bäume waren längst kahl und der Himmel grau, und Zoja hatte ins Kino gehen wollen. Doch ich hatte nach der Arbeit keine Lust dazu. Darum standen wir nun in einer Videothek.

»Was ist mit dem hier?«, fragte sie und hielt mir eine DVD-Hülle vor die Nase.

Der Schauspieler auf dem Bild trug ein Hawaiihemd und einen Strohhut und war allem Anschein nach ein prätentiöses Arschloch.

»Hm, ich weiß nicht.«

Zoja gab ein entnervtes Zischen von sich und machte ein paar Schritte seitwärts. Was konnte ich dafür, dass Hollywood überwiegend Schund produzierte und ständig fehlbesetzte? Es dauerte eine Dreiviertelstunde, bis wir uns auf zwei Filme einigen konnten: *Gegen die Wand*, den ich ausgesucht hatte, und *Hautnah*, Zojas Wahl. Im Auto wartete ich auf Zoja, die im Supermarkt noch eine Flasche Wein besorgen wollte. Ich zündete mir eine Kippe an und schaltete das Radio ein. Überall auf der Welt nur Tod und Elend, sagten die Nachrichten. Nicht nur im Irak, wo vor ein paar Tagen mindestens 500 Menschen bei Anschlägen ums Leben gekommen waren. Auch in Europa. In

Paris hätten erneut Autos und Polizeiwachen gebrannt, und keiner wüsste so genau, warum, und der Präsident würde härter durchgreifen wollen und der HSV bliebe Dritter und das Wetter ungemütlich. Ich kurbelte das Fenster weiter runter und schnippte die Kippe raus. Eine Frau, die einen kleinen Jungen an der Hand hinter sich herzog, warf mir einen empörten Blick zu. Gleichgültig kurbelte ich die Scheibe wieder hoch. Als sie einen fröhlichen Weihnachtssong von Chris Rea spielten, stellte ich das Radio ab. Wo bleibt Zoja bloß?, dachte ich und sah sie durch den Rückspiegel im selben Moment aus dem Laden kommen. Sie setzte sich rein, schimpfte den Bohmter Edeka einen Drecksladen, und wir fuhren los.

Wir machten es uns endlich auf ihrem Bett bequem. Zuerst warfen wir den Ami-Film in den DVD-Player. Alles begann damit, dass ein Schriftsteller eine Stripperin kennenlernte und die beiden wild vögelten, bevor er die Lust an ihr verlor und sich in eine andere Frau verliebte, die sich ebenfalls in einer Beziehung befand. Mitten im Film sagte Zoja auf einmal: »Ich glaube, ich liebe dich nicht mehr. Also ich liebe dich schon noch. Als Menschen und guten Freund. Aber ich bin nicht mehr in dich verliebt.«

Es tat nicht allzu sehr weh. Es machte mich nicht einmal mehr wütend, und es wäre auch sinnlos gewesen, sich aufzuregen. Gefühle waren wie eine Krankheit. Vorsichtig schob ich die rote Wolldecke beiseite und richtete mich auf. Ich kippte den Inhalt des Weinglases runter, dann holte ich die DVD aus dem Player und fummelte sie in die Hülle. Ich werde den Film nie mehr zu Ende gucken, dachte ich, und konnte nichts Schlimmes daran finden. Während ich mir den Mantel anzog, sah ich Zoja in die Augen. Sie schimmerten in einem metallischen Cyanblau. Ihre Pupillen waren geweitet. Vielleicht hatte sie erwartet, dass ich Ärger machen würde. Ich steckte die DVDs links und rechts in die Manteltaschen und ging zur Tür. Dort blieb ich kurz stehen und dachte darüber nach, etwas zu sagen, aber mir fiel nichts Bewegendes ein, also ging ich einfach die Treppen runter. Ich würde sie noch eine sehr lange Zeit lieben.

Es passierte an einem Samstag. Genauer gesagt am 22. Dezember. Ich ahnte, dass ich nicht mehr lange für Thorsten arbeiten würde. Irgendwas würde passieren, irgendwas passierte ja immer. Die Leute waren in einer Art Wahn. Noch schlimmer als sonst. Kurz vor den Feiertagen wollten sie alle ihre Probleme geklärt wissen, die letzten Geschenke besorgen oder einfach nur beraten werden, denn sie hatten Weihnachtsurlaub, und es hätte ja sein können, dass Handys nach Weihnachten verboten oder ausverkauft oder unbezahlbar sein würden. Das passte mir nicht in meine apathische Phase. Bereits um acht Uhr morgens war der Laden brechend voll. Etwa acht oder neun Leute standen in der Schlange und verlangten, bedient zu werden. Ich gab mir größte Mühe, verkaufte, informierte, telefonierte und rannte gleichzeitig im Laden umher, aber alleine war ich aufgeschmissen. Auch wenn einige einfach wieder gingen, es kamen immer neue dazu. Ich rief Thorsten an, doch er ging nicht dran. Eine Kundin, sie stand ziemlich weit hinten, motzte:

»Was telefonieren Sie denn da rum? Wir stehen uns hier die Beine in den Bauch.«

»Genau«, sagte ein Mitläufer.

Ich spürte, wie der Kragen meines Hemdes immer enger wurde. Noch ein bisschen und ich würde mit einer Axt durch den Laden rennen.

Erst zwischen vierzehn und fünfzehn Uhr ebbte die Kundenflut etwas ab. Ich hatte fast zehn neue Verträge in nur ein paar Stunden abgeschlossen. Thorsten wird Augen machen, dachte ich. Ich hängte einen kleinen Zettel an den Tresen, auf dem stand, dass ich in ein paar Minuten wieder da sein würde, und lief schnell zu der kleinen Imbissbude, die vor dem Eingang des Supermarktes stand. Ich bestellte mir Pommes mit einer gehörigen Portion Mayonnaise und eine Flasche Schwarzbier. »Am frühen Nachmittag schon das erste Bier. Du hast ein Leben«, sagte die dicke Frau an der Fritteuse.

»Ich hätte jetzt auch lieber einen Tee getrunken«, erwiderte ich und beschloss, alles in den Aufenthaltsraum mitzunehmen, um ein paar Minuten zu verschnaufen.

Alvaro gesellte sich dazu. Am Abend wolle er nach Portugal fliegen, erzählte er. Dort würde seine Familie ein großes Fest vorbereiten. Alle würden für ein paar Tage zusammenkommen. Seine Eltern, Brüder, Schwestern, die Neffen und Nichten. »Es werden bestimmt dreißig Leute sein«, sagte er voller Stolz. Und gegessen würde auch jede Menge. Vor allem Stockfisch. Aber auch Schweinefleisch in Wein und Knoblauch.

Gerade als ich wieder aufstehen wollte, kam Thorsten in den Aufenthaltsraum gestürmt. Obwohl ich immer wieder auf den Monitor der Überwachungskameras gesehen hatte, war er mir nicht aufgefallen. »Warum sitzt du hier rum?!«, schrie er. »Willst du diesen Laden auch noch runterwirtschaften?! Ich hab dir doch schon tausend Mal gesagt, dass du auch vorne stehen sollst, wenn keine Kunden im Laden sind!«

Der arme Irre. Allein und unglücklich würde er sterben. Ich fasste den spontanen Entschluss, einen bleibenden Eindruck zu hinterlassen. Blitzartig sprang ich vom Stuhl auf und warf dic Pappschale mit den restlichen Pommes an die Wand.

Einige blieben zusammen mit der Mayo kleben und rutschten langsam gen Boden. Thorstens anfänglicher Zorn war plötzlicher Vorsicht gewichen. Er machte einen kleinen Schritt zurück, er war auf der Hut.

»Ich kündige, Arschloch«, lockerte ich meine Krawatte. Keiner hatte dem etwas entgegenzusetzen, also bewegte ich mich selbstsicher in Richtung Ausgang.

Kaum hörbar murmelte Thorsten: »Wenn du jetzt gehst, brauchst du nicht mehr wiederzukommen.«

Ich drehte mich nicht einmal mehr um. Im Weggehen zeigte ich ihm den Mittelfinger und wünschte Alvaro frohe Weihnachten.

2008

Als Kind war ich schon einmal diese Dünen hinaufgerannt. Damals noch, ohne zu wissen, was für eine unglaublich weitläufige Schönheit sich hinter ihnen verbarg; nun in der Erwartung, sie erneut vorzufinden und mich an bessere Zeiten erinnert zu fühlen. Die Insel hatte nichts von ihrer Lieblichkeit eingebüßt. Ein faszinierendes Panorama erstreckte sich entlang des pastellfarbenen Horizonts, der die ungewöhnlich seichte See gierig verschlang. Weder links noch rechts war jemand zu sehen. Nur ein Kite, das im feinen, hellen Sandstrand lag, erinnerte an den Homo sapiens, den zerstörerischsten Primaten auf Erden. Ich setzte mich in den Sand und blickte aufs Meer hinaus. Es war so schön, dass es kein Zufall sein konnte. Selbst die angespülten Quallen erzählten eine Geschichte.

Nachdem das letzte bisschen Sonne verschwunden war und es merklich kälter wurde, lief ich zu dem Kite. Er war abgeschlossen, aber mit ein bisschen Mühe gelang es mir, ihn aufzustellen. Gerade als ich mich hineinsetzen wollte, hörte ich eine Stimme rufen: »He, wat doon Se do?!«

Ich hielt es für das Beste, zu türmen, und rannte über die Dünen davon. Völlig aus der Puste erreichte ich meine Pension. Wie viele Juister Pensionen, war auch diese ein Familienbetrieb und wurde von einem alten Ehepaar betrieben. Dass ich ein Doppelzimmer gebucht hatte, aber alleine gekommen war, hatte bei den Besitzern für Verwirrung gesorgt.

»Es ist das erste Mal, dass wir dieses Zimmer an eine Einzelperson vermieten. Hoffentlich machen Sie keinen Ärger«, sagte der alte Mann, der mir das Zimmer gezeigt hatte.

»Ich bin Schriftsteller«, sagte ich, »ich brauche nur ein bisschen Ruhe. Sie werden mich gar nicht bemerken. Machen Sie sich keine Sorgen.«

»Was schreiben Sie denn?«

»Kinderbücher.«

Um etwas glaubwürdiger zu wirken, hatte ich meinen Computer ausgepackt und ihn auf den Schreibtisch gelegt. Vor diesem saß ich nun und besah mein Spiegelbild im kreisrunden Kippfenster und rauchte eine Zigarette. Wo mochte Zoja jetzt wohl sein? Warum war ich hier eigentlich alleine hingefahren? Was wollte ich mir damit beweisen? Ich musste ziemlich fertig sein. Ich begann zu tippen:

Ich bin!
Ich fantasiere, ich trinke, breche und halluziniere.
Ich scheiße, pisse und onaniere.
Manchmal heule ich.
Oft bin ich traurig.
Dann onaniere ich.
Ich lebe. Ich liebe. Ich habe Angst.
Immer vermisse ich.
Ich verletze, beleidige und enttäusche.
Ich ignoriere, fühle und genieße.
Irgendwann geh ich.
Ich weiß nicht, wohin.
Ich muss.
Ich bin etwas ...

Das sollte fürs Erste reichen. Ich ließ mir ein Schaumbad ein und öffnete eine Flasche Wodka. Der erste Schluck war extrem schwer zu ertragen, aber mit jedem weiteren wurde es besser, die Welt weniger schlimm.

Kurz nach elf saß der alte Mann noch immer am Empfang. Ich fragte ihn nach einer guten Kneipe. »Versuchen Sie es in der *Steifen Brise*. In der Wilhelmstraße. Da gehen die jungen Leute für gewöhnlich hin.«

Auf dem Weg zur *Steifen Brise* lief ich an der *Pinte* vorbei. Der Laden hieß tatsächlich so, also ging ich hinein. Und der Name war Programm. Im mit dunklem Holz verkleideten Gastraum wurde man von Country begrüßt. Die Menschen auf den Hockern waren Karikaturen von Dorfsäufern, aber anders als befürchtet würdigten sie mich keines Blickes. Touristen gehörten hier zum Inventar. Auf der laminierten Getränkekarte standen ausschließlich niederrheinische Biere zur Auswahl. Frankenheimer, Krefelder, Gaffel, KöPi. Sie hatten mich gelinkt. Ich war von einer urigen Juister Kneipe ausgegangen, und jetzt saß ich hier irgendwo zwischen Duisburg und Köln. Gerade als ich aufstehen wollte, kam der fettleibige Barmann und verlangte nach meiner Bestellung. Was soll's, dachte ich, und bestellte ein Krefelder und einen B52, von dem ich nicht wusste, woraus er sich zusammensetzte. Aber wenn man ein Getränk nach einer massenmordfähigen Maschine benennt, kann es nur gut sein.

Eine Frau, die bestimmt zwanzig Jahre älter war als ich, drängte sich zwischen mich und einen anderen Kerl. Sie musste ihr halbes Leben in Kneipen wie dieser verbracht haben. Ihr Haar war dünn, ihre Haut grobporig und ihre Zähne schlecht. Nachdem sie mir den zweiten lüsternen Blick zuwarf, schob ich ihr den B52 hin. Ohne ein Wort zu sagen, kippte sie ihn runter. Ich stand auf, bezahlte und ging.

In der *Steifen Brise* schienen Hocker und Menschen nicht ganz so abgenutzt, und die zwei jungen Frauen hinter der Bar wirkten sympathisch und aufgeweckt; sie sahen aus wie Schwestern. Ich bestellte ein Jever und ein Gläschen selbstgebrannten Inselschnaps. Das wiederholte ich dreimal und fragte dann eine der beiden nach ihrem Namen – die jüngere mit dem hellen, blonden Pferdeschwanz. Sie trug eine enge Jeans, klobige Wanderschuhe, ein schwarzes T-Shirt mit dem Logo und dem Schriftzug der Kneipe und hieß Leefke. Das gefiel mir, weil ich vorher noch nie einer Leefke begegnet war. »Wann hast du Feierabend, Leefke?«, fragte ich sie.

»Kommt ganz darauf an.«

»Worauf?«

»Wie viele Leute sich heute noch hierher verirren.«

»Meinst du, wir können später einen Strandspaziergang machen?«

Sie zögerte einen Augenblick. Dann lächelte sie entzückend und sagte:

»Nicht, wenn du in dem Tempo weitertrinkst.«

»Du hast recht. Gib mir ein Wasser.«

Sie stellte mir ein Glas hin und ging zu ihrer Kollegin. Während sich die beiden unterhielten, sahen sie ein paarmal zu mir rüber. Ich ging vor die Tür, um eine Zigarette zu rauchen. War es tagsüber noch ruhig gewesen, wehte der Wind nun aus allen Richtungen. Deshalb war ich hier.

Allmählich ging die Sonne auf. Wir schlenderten am Strand entlang, der noch breiter geworden war, und Leefke erzählte von ihren Zukunftsplänen. Ich musste ständig an Zoja denken. Sie war die einzige Frau, die mich Liebe und Hass gleichermaßen spüren lassen konnte. Sie hätte hier an Leefkes Stelle sein müssen.

»Woran denkst du gerade«, fragte Leefke plötzlich.

»Daran, wie schön es hier ist.«

Nach etwa zwei Stunden, das Meer rückte immer näher, kehrten wir zur *Steifen Brise* zurück. Leefkes Eltern, die eine Menge Häuser auf der Insel besaßen, gehörte auch die Ferienwohnung dort. »Wenn du willst, kannst du mit reinkommen. Es ist niemand da«, sagte Leefke in der Erwartung, von mir geküsst zu werden. Ich lehnte mich leicht zu ihr und ließ sie den Rest machen. Es fühlte sich gut an, aber das Feuer fehlte. »Lass uns hochgehen«, nuschelte sie.

Aber ich umarmte sie nur, wünschte ihr ein schönes Leben, lief zurück zu meiner Pension, packte meinen Koffer und rannte zum Fährhafen, um die erste Fähre zu erwischen. Das war mein erster Urlaub seit sechs Jahren.

Mein Vater saß am Küchentisch und starrte an die Wand. Auf dem Tisch stand eine Flasche Sherry, daneben ein halbvolles Glas. Auf dem Herd köchelte sein berühmtes Gulasch. Ich legte meine Tasche ab und setzte mich dazu. »Und, wie geht's so?«, fragte ich.

Er gab keine Antwort und gönnte sich erst mal einen Schluck. »Siehst du doch.«

»Wie wär's mit 'nem Job? Mutter ist jetzt schon fast vier Jahre tot.«

»Du hast doch keinen blassen Schimmer«, sagte er und trank weiter.

Ich holte ein Glas aus dem Küchenschrank und goss mir ebenfalls einen Schluck ein. »Prost«, sagte ich und kippte alles in einem Zug runter.

»Du hältst dich wohl für was *ganz* Besonderes.«

»Wie der Vater, so der Sohn.«

»Ich erzähl dir jetzt mal was, Sohn. Ich hab dreißig Jahre lang gearbeitet, und jetzt hab ich nicht mal ein eigenes Zimmer. Was sagst du dazu?«

Ich wollte mir die Flasche greifen, um mir nachzuschenken, aber er packte meine Hand. »Wenn ich schon mit meinem Sohn trinke, dann schenke ich ihm auch ein.« Er machte beide Gläser voll und wir stießen an. »Bevor ich deine Mutter kennengelernt habe, war ich mit einer anderen Frau verheiratet. Ich war erst achtzehn, als ich sie geheiratet habe. Das war der schnellste Weg, um das Haus meiner Eltern zu verlassen. Alles andere hätte mein Vater nicht akzeptiert. Jedenfalls war ich noch ein Kind, als wir Kinder bekamen. Artur und Danila, deine Brüder. Ich hab die Kinder geliebt, aber die Mutter konnte ich nicht ausstehen. Sie war zwei Jahre älter und verschwand häufig für mehrere Tage, ohne zu sagen, wohin. Sie ließ mich mit den Kindern alleine. Ich musste auf die Jungs aufpassen, den Haushalt schmeißen und arbeiten. Das war zu viel für mich. Eines Tages, als sie nach Hause kam und sich im Badezimmer einschloss, hab ich mich aus dem Staub gemacht. Einfach so. Ich hab nicht mal eine Tasche gepackt. Ich nahm meine Jacke und ging. Ein paar Tage fuhr ich in der Gegend herum und schlief im Auto. Dann lernte ich deine Mutter kennen. Ich kann sie vor mir sehen. Sie trug ein rotes Kleid mit weißen Punkten und lehnte an einem Baum. Sie war wunderschön. Ihre schwarzen Augen waren so geheimnisvoll und anziehend, dass ich mich sofort in sie verliebte. Ich wusste, dass das die Frau war, mit der ich den Rest meines Lebens verbringen wollte. Aber das wusste ich nur, weil es da vorher diese andere Frau gegeben hatte, bei der ich nicht das Geringste empfinden konnte. Und das war der Moment, in dem ich begriff, dass es in diesem Leben keine Fehler gibt, mein Sohn. Es gibt nur Konsequenzen. Ein paar Monate später kamen deine Mutter und ich dann zusammen. Aber da begannen die Probleme erst so richtig. Meine Eltern konnten mich nicht verstehen. Sie sagten, ich solle wieder zu meiner ersten Frau zurückkehren. Schließlich würde ich die Verantwortung für die Kinder haben. Außerdem konnten sie nicht akzeptieren, dass ich mit einer Russin zusammen sei. In unserer Familie war zuvor niemand mit einer Russin zusammen gewesen. Erst als du auf die Welt kamst, konnten sie sich beruhigen. Dein Opa war hin und weg, als er dich das erste Mal in den Händen hielt. Er sagte, dass er noch nie so ein schönes und friedliches Kind gesehen hätte. Du wärst ein kleiner, blonder Engel, sagte er. Und du lagst einfach da und hast geblinzelt und alle mit großen Augen angesehen. Du warst ein sehr interessiertes Kind, das konnte man damals schon erkennen. Und als Vitalij drei Jahre später folgte, beschlossen wir, nach Deutschland zu gehen ...«

Er schlug mit der flachen Hand auf sein Glas ein. Blut spritzte umher und bildete zusammen mit den Scherben einen bizarren Anblick. Ich sprang auf, lief um den Tisch und hielt seine Hände fest. »*Ich* hätte fahren sollen«, schrie er, »ich hätte am Steuer sitzen sollen! Dann wäre sie jetzt noch hier! Ich bin schuld!« Alles, was ich tun konnte, war, ihn zu umklammern und mit ihm zu weinen.

Ich war nicht so dumm, die Ausbildung ein halbes Jahr vor ihrem Ende abzubrechen. Deshalb hatte ich mich nach einem anderen Laden umgesehen. In Melle, einem kleinen Städtchen zwischen dem Wiehengebirge und dem Teutoburger Wald, wurde ich fündig. Der Shop gehörte zum selben blutsaugenden Unternehmen, für das ich bereits gearbeitet hatte, aber diesmal war der Franchisenehmer kein hypersexueller Psychopath. Frank war sogar ein ziemlich netter Kerl. Er betrieb den kleinen Laden zusammen mit seiner Frau und hatte viele Jahre in Fabriken verbracht, bevor er den Sprung in die Selbstständigkeit gewagt hatte. Mitte der Neunziger sei das gewesen, als Handys noch groß und die Provisionen astronomisch hoch waren. »1996 hat Magda den ersten Scheck zur Bank gebracht. Als sie eine Woche später mit dem zweiten wiederkam, bestand man darauf, einen Beratungstermin zu vereinbaren, um das Geld gewinnbringend anzulegen«, meinte Frank stolz. Aber diese Zeiten seien natürlich längst vorbei. Jetzt müsse man härter und mehr arbeiten, würde aber nicht mal die Hälfte des Geldes verdienen. Wie dem auch sei, für mich hatte das Arbeiten in der Provinz eigentlich nur Vorteile: Humane Ladenöffnungszeiten, Mittagspausen und einen übersichtlichen Kundenstamm. Von dem Druck, wie ich ihn in Thorstens Filialen erlebt hatte, war nichts mehr zu spüren. Ganz im Gegenteil. Ich begann T-Shirts zu tragen und in den Mittagspausen zu kiffen.

Jede Region hatte einen Vertriebsbeauftragten. In den häufigsten Fällen waren es braungebrannte Männer, die teure Anzüge und Bluetooth-Headsets trugen, protzige Limousinen fuhren und ständig grinsten. Unserer aber hieß Ulf Brüggemann, trug einen billigen Anzug und fuhr einen Passat, was auch nur daran lag, dass er erst vor kurzem befördert worden war. Dementsprechend nahm er seinen Job noch ernst. »Ich hab mir eure Zahlen angesehen«, sagte er. »Die sind absolut inakzeptabel. Überall im Land sind die Leute scharf auf mobiles Internet. Die Tarife verkaufen sich quasi von alleine. Aber ihr habt im letzten Quartal nur vier Stück davon verkauft. Das liegt sicher nicht daran, dass die Meller kein Internet auf ihrem Handy wollen.«

Auf Franks Stirn trat eine grün-blaue Ader hervor. Er musste sich sichtlich zurücknehmen. »Ulf, wenn wir hier vernünftigen Netzempfang hätten, müssten wir dieses Gespräch nicht führen. Ich kann den Leuten doch nicht etwas verkaufen, das sie gar nicht nutzen können.«

Ulf kramte seinen Blackberry aus dem Sakko, sah aufs Display und steckte es wieder ein. »Ich möchte, dass ihr nächsten Monat mindestens zehn Surfsticks verkauft. Wir probieren es aus.«

»Wir sind hier auf dem Land, Ulf. Die Leute werden uns lynchen.«

»Keine Sorge, Frank. Das wird schon nicht so schlimm werden. Ihr seid doch sympathische Menschen. Falls es wirklich Probleme geben sollte, dann bekommt ihr sie sicher gelöst. Ich schicke euch Ben. Er wird euch darauf vorbereiten. Dann geht das ganz von alleine. Ihr werdet sehen.«

Alles, was ich auf dieser Welt verabscheute, saß mir in Gestalt eines einzigen Menschen gegenüber und wies mich an, mich in einen ebensolchen zu verwandeln. Das war Mikrofaschismus. »Ich werd' das nicht machen, Frank. Für den da werd' ich sicher niemanden übers Ohr hauen.«

Ulfs entsetzter Blick konnte sich nicht zwischen Frank und mir entscheiden.

»Lass uns bitte allein«, sagte Frank.

»Lass dir nichts von dem erzählen, Boss.«

»Ich hab gesagt, du sollst uns alleine lassen.«

Ich ging vor die Tür, zündete mir eine Kippe an, sah auf den Kreisverkehr und befürchtete, dass Frank nachgeben würde, wenn dieser Lackaffe ihm die Boni aufstocken würde. Nachdem Ulf sich aus dem Staub gemacht hatte, bat mich Frank in sein Büro. »Setz dich.« Er deutete auf den Stuhl neben seinem Schreibtisch. Ich nahm Platz. Der Stuhl war unbequem. Die Lehne steif, die Sitzfläche hart. »Morgen kommt Ben ...«

Ein Mensch mehr, den das System weichgekocht hatte.

Wladimir und Jelena waren Eltern einer Tochter geworden. Die Kleine hieß Sina und war ein unfassbar schönes Kind mit kugelrunden blauen Augen, einem rosa Gesicht und noch sehr spärlichem blondem Haar. Ich hatte bisher nicht viel über das Kinderkriegen nachgedacht. Mir war es vor allem ums Sterben gegangen. Aber das Geborenwerden war mindestens genauso absurd. Zwei liebestrunkene Menschen vögelten sich die Genitalien wund, und neun Monate später schlüpfte ein kleiner Mensch. Wenn er Pech hatte, war er das Genmaterial einer Junkiemutter, eines gewalttätigen Vaters, eines Fundamentalisten oder Gynäkologen. Aber Wladimirs Kind würde es gut haben, da war ich mir sicher. Nicht zuletzt, weil er *mich* darum bat, Sinas Patenonkel zu werden. Dafür müsse ich allerdings getauft und Mitglied einer Kirche sein, sagte er. »Ich hab mit dem Pfarrer gesprochen. Es reicht, wenn du einen von deinem Vater unterschriebenen Wisch mitbringst, in dem er bezeugt, dass du in Kasachstan getauft wurdest.«

»Das wäre nicht nur Beschiss an der Kirche, sondern auch an mir.«

»Na und? Wer soll das nachprüfen? Die Deutschen glauben eh, dass wir verfolgt wurden und uns deshalb nur heimlich taufen lassen konnten. Außerdem geht's der Kirche doch sowieso nur ums Geld.«

»Machst du das eigentlich für dich? Oder besteht Jelena darauf?«

»Es geht hier um meine Tochter.«

»Also gut. Drauf geschissen, werd' ich halt Mitglied.«

Ich fälschte die Taufbescheinigung, und Wladimir vereinbarte einen Termin beim Pfarrer, der mich erst noch kennenlernen wollte, bevor er mich in seine Gemeinde aufnehmen würde. Das Pfarramt befand sich in einem der ältesten Gebäude Lintorfs. Es war sehr gemütlich mit Kiefernholzmöbeln eingerichtet und gleichzeitig Wohnhaus des Pfarrers und seiner kleinen Familie. Der Pfarrer, ein Mann von etwa vierzig Jahren, hatte mittellanges, blondes Haar und ein nüchternes Lächeln. Leid musste für ihn eine Art Geschäftsmodell sein, das war nicht zu übersehen. Seine Frau, eine zierliche, freundliche und ununterbrochen nickende Gestalt, brachte uns Tee.

»Nun, wie geht es Ihnen heute?«, fragte der Pfarrer.

»Es könnte nicht besser sein«, sagte Wladimir und blickte mich hoffnungsvoll an.

»Ja, fantastisch«, ergänzte ich und nahm einen Schluck Tee.

»Wladimir hat mir erzählt, dass Sie in der Kommunikationsbranche tätig sind.«

»Ja. So ähnlich wie Sie.«

Er schmunzelte. »Wie würden Sie Ihr Verhältnis zu Gott beschreiben, Dimitri?«

»Na ja, wissen Sie, wir hatten da in der Vergangenheit gewisse Differenzen. Aber ich möchte nicht nachtragend sein und gebe ihm eine zweite Chance. Auge um Auge, das ist nichts für mich.«

»Von welchen Differenzen sprechen Sie?«

»Von kleinen und großen Ungerechtigkeiten, von Leid und

Tod. Aber ich habe mich damit abgefunden. Ich glaube an die Fehlbarkeit Gottes.«

»Oh, nein. Der Herr macht keine Fehler, mein Sohn. Er hat sie hierher geschickt. Der Mensch ist es, der Fehler macht.«

»Vom Menschen will ich gar nicht erst anfangen, Vater.«

Wladimir rutschte nervös auf seinem Stuhl herum. Der Pfarrer setzte einen konzentrierten Blick auf. Er wusste, dass ich ein Schwindler war. Aber dasselbe galt ja auch für ihn, also war er gezwungen, darüber hinwegzusehen. »Wladimir erzählte mir, dass Sie in der Sowjetunion getauft worden sind.«

Ich holte das Papier hervor und legte es ihm auf den Tisch: »Ja. Das war Mitte der Achtziger zwar kein großes Risiko mehr, aber gern gesehen wurde es trotzdem nicht.«

Er warf ein Auge auf den Wisch, dann sagte er: »Eine Mitgliedschaft in unserer Kirchengemeinde bringt viele Pflichten mit sich. Das regelmäßige Besuchen der Gottesdienste ist eine davon.«

»Sie können fest mit mir rechnen, Vater.«

Er nickte, schien aber nicht sonderlich überzeugt und wandte sich an Wladimir. Die beiden unterhielten sich über Formalitäten, besprachen die Einzelheiten der Taufprozedur und schnitten dabei herzliche und wohlwollende Grimassen. Etwa dreißig Minuten später waren wir wieder draußen.

»Musst du überall anecken und provozieren?«, fragte Wladimir auf dem Weg zum Auto. Ich beschloss, nicht darauf einzugehen.

Ich saß dicht im Laden und unterhielt mich mit Frank. Es war nicht viel los, da kam dieser Mann rein. Er hatte kaum Haar, war nicht groß, vielleicht eins siebzig, aber seine Stimme war rau und tief, und das verlieh ihm die Präsenz eines großen Mannes. »Ich brauche mobiles Internet«, sagte er.

»Dann sollen Sie welches bekommen. Wie viel surfen Sie denn?«

»Woher soll ich das wissen? Bisher hatte ich ja keins.«

»Wofür brauchen Sie es denn? Um Mails abzurufen oder auch um mal ein Video anzusehen?«

»Stellen Sie doch nicht so viele Fragen. Tun Sie einfach, was notwendig ist.«

Frank stand daneben und rieb sich die Hände. »Wie Sie wollen. Dafür brauche ich aber Ihren Personalausweis und die Bankverbindung.«

Er legte mir beides auf den Tresen. Auf seinem Ausweis stand, dass er 1959 in Duisburg geboren worden war und Manfred Kalwitzki hieß. Ich füllte die notwendigen Formulare aus und breitete sie vor ihm aus.

»Also, die Vertragslaufzeit beträgt vierundzwanzig Monate und …«

»Verschonen Sie mich mit Details. Ich habe keine Zeit. Gott weiß, ob ich die Vertragslaufzeit überlebe.«

»Aber Sie müssen doch wissen, was Sie da unterschreiben.«

»Großer«, duzte er mich plötzlich, »jetzt hör mal zu. In einem halben Jahr bin ich vermutlich tot. Mich interessiert nicht, was in diesem Vertrag steht. Alles was ich brauche ist Internet, um mir ein paar schmutzige Filmchen anzusehen, während die in der Klinik versuchen, den Krebs aufzuhalten.«

Frank tat, als hätte er es überhört, und blätterte durch Unterlagen. Dann klappte er den Ordner zusammen und verschwand in seinem Büro.

»Na schön, unterschreiben Sie hier, dort und da und noch einmal hier.«

Er nahm den Kuli und kritzelte irgendwas an die markierten Stellen. »Darf ich den behalten?«, wedelte er mit dem Stift.

»Aber klar doch.«

»War der Typ da dein Boss?«

»Ja.«

»Sag ihm, dass ich ihn nicht leiden kann.«

Ich überreichte ihm den Surfstick und sagte, dass er jederzeit vorbeikommen könne, falls er Fragen habe. Er blieb einen Augenblick stehen und fixierte meine Augen. Dann griff er nach dem Stick und ging mit einem abfälligen Grinsen aus dem Laden.

Nur eine Stunde später war er wieder da. Es würde nicht funktionieren, sagte er. Wir setzten uns auf das Sofa in der Ecke, und ich begann alles zu installieren und zu erklären, als er mich unterbrach: »Sag mal, hast du noch was von dem Zeug, das du da rauchst?«

»Ich weiß nicht, wovon Sie reden.«

»Keine Angst, Junge. Ich will bloß noch einen durchziehen, bevor sie mich vergraben.«

»Tut mir leid. Ich weiß wirklich nicht, was Sie meinen.«

»Ach, hör mir doch auf. Ich seh' doch, dass du zu bist wie 'ne Haubitze. Hab selbst jahrelang gekifft.«

Es war sinnlos, es zu leugnen. Wäre ich in seiner Lage, hätte ich auch nach Hilfe verlangt. »Gehen wir doch kurz vor die Tür«, sagte ich. Er packte sein Notebook in die Tasche, und wir gingen raus. »Na schön. An wie viel haben Sie gedacht?« Er zog ein Bündel braune Scheine aus seiner Hosentasche und zählte durch. Dann steckte er mir einige davon in die Hosentasche. »Fifty-Fifty«, sagte er.

»In Ordnung. Wir treffen uns um neun am Freibad.«

»Ich bin übrigens Fred.« Er reichte mir die Hand.

Fred setzte sich zu mir ins Auto, und wir fuhren los. »Es liegt unter deinem Sitz«, sagte ich. Er bückte sich und holte es hervor. »Wie viel ist es?«, fragte er.

»Hundert Gramm.«

»Scheiße. Ich hab doch gesagt, dass ich nur die Hälfte davon will.«

»Das ist deine Hälfte. Du hast mir sechshundert Euro gegeben.«

»Aber so viel brauche ich nicht.«

»Und was soll ich jetzt tun? Soll ich es wieder zurückbringen, oder was?«

»Na schön, verdammt.«

Er zog seine verwaschene Jeansjacke aus und wickelte sie um das Paket. »Ist es auch gut?«, fragte er.

»Wir können es ja antesten.«

Ich hielt auf dem Platz, wo einst das Meller Berghotel gestanden hatte, direkt am Waldrand, und drehte einen dünnen Joint mit einem unbedeutenden Tabakanteil. Der erste Zug kitzelte ein bisschen, der zweite zeigte gleich Wirkung. Man verspürte diesen typischen Druck auf den Augen und eine angenehme Beschwingtheit. Ich reichte die Tüte an Fred weiter, der etwas übermotiviert zur Sache ging und unmittelbar zu husten begann. »Scheiße, verdammte«, krächzte er. »So gut, wie sich das Zeug anfühlt, kann's da oben gar nicht sein.«

Ich schraubte meinen Sitz ein Stück weiter nach hinten und lehnte meinen Kopf zurück. Im selben Moment begann Fred zu lachen. Er lachte so heftig los, dass ihm Tränen kamen. Das steckte mich an. Ich hatte schon lange nicht mehr gelacht, und jetzt platzte es ohne einen ersichtlichen Grund aus mir heraus. Und das neben einem wildfremden Mann. Es war so traurig, dass es schon wieder lustig war und umgekehrt.

»Ich bin beinahe fünfzig Jahre alt«, sagte Fred jetzt, der die Lehne ebenfalls nach hinten geschraubt hatte und aus dem Schiebedach sah. »Aber es fühlt sich so an, als würde ich zum ersten Mal Sterne sehen.«

»Hast du eigentlich Angst?«

»Wovor?«

»Na ja, du meintest doch heute Nachmittag, dass du sterben müsstest.«

Er lag da und sah weiter zum Schiebedach raus. Ich fühlte mich dumm. Ich hätte ihn nicht danach fragen dürfen.

»Ein bisschen«, sagte er, »aber vielleicht werde ich es bald selbst in die Hand nehmen.«

Verlegenes Schweigen. Ich wusste nicht, was ich darauf sagen sollte.

»Mein Leben hatte mir relativ viel zu bieten«, fuhr er fort. »Viel Geld, viel Spaß, viele Frauen. Auch wenn ich dafür eine Zeitlang absitzen musste, es hat sich gelohnt.«

»Du hast gesessen?«

Er wandte mir den Kopf zu. Er sah mitgenommen aus. Schwer zu sagen, ob es am Gras oder an der Chemo lag. »Du solltest mich jetzt wieder zurückbringen, Junge.«

In der Provinz gibt es nicht viele Möglichkeiten, einer Person aus dem Weg zu gehen. Eigentlich gibt es nur eine: nach Feierabend zuhause rumliegen und kiffen. Ich begann Zwetkow und Konsorten zu meiden. Nur so glaubte ich einer unangenehmen Begegnung mit Zoja entgehen zu können. Aber ich nutzte die Zeit, brachte jede Menge wirres Zeug zu Papier und bildete mir ein, dass es sich ganz passabel anlas. Ich war schon immer ein Mensch, der sich gut alleine beschäftigen konnte, aber selbst als solcher musste man mal vor die Tür, um bei Verstand zu bleiben. Nach zwei oder drei ereignislosen Wochen beschloss ich deshalb, wieder unter Leute zu gehen. Der Geburtstag meines Cousins zweiten Grades schien mir dazu gerade recht. Wir hatten in den letzten Jahren nicht viel Zeit zusammen verbracht, aber er war mir immer sympathisch gewesen. Er studierte Landschaftsarchitektur, fuhr einen mausgrauen 123er und kiffte wie ein Bagger. Die Party spielte sich überwiegend draußen ab. Auf der Terrasse und in der Doppelgarage saßen junge Leute, tranken und unterhielten sich. Die anwesenden Mädels verhielten sich weitaus weniger ostentativ, als ich es gewohnt war. Sie machten einen lebensbejahenden, recht klugen Eindruck und waren nur sehr dezent geschminkt. Das musste an der Hochschulbildung liegen. Nachdem ich Wanja gratuliert hatte, holte ich mir ein Bier und setzte mich auf einen der Gartenstühle. Ein hagerer Kerl mit einer markanten großen Nase erzählte den anderen am Tisch, dass wir als Europäer froh darüber sein sollten, dass es im Osten noch die Russen gab.

»Sonst wären wir längst am Arsch«, meinte er vielsagend.

Statt mich einzumischen, lief ich ums Haus herum, stieg ins Auto und fuhr es rückwärts an die Garage heran. Dann öffnete ich den Kofferraum und ließ einen alten Len-Faki-Mix laufen. Der Sound war fürchterlich unklar, aber das Gros der Leute schien es mir trotzdem zu danken. Allen voran ein Paar, das offensichtlich auf harten Drogen war und lebhaft tanzte. Den Kerl kannte ich, es war Wanjas bester Freund Alex. Auch das Mädel hatte ich schon mal gesehen.

»Hey«, winkten die beiden mir jetzt zu, »komm mit.« Ich folgte ihnen in Wanjas Zimmer. Dort ließen wir uns auf den Sofas nieder. »Was geht ab?«, fragte Alex und holte einen weißen Stein und eine EC-Karte hervor, legte beides auf den Tisch und lief fluchtartig aus dem Zimmer.

»Wie ist dein Name?«, fragte seine Freundin.

»Dima. Und deiner?«

»Julia oder Jill. Wie du willst.«

»Ich hab dich schon mal gesehen«, sagte ich. »Auf der Hochzeit meines Cousins. Aber das ist einige Jahre her.«

»Ach ja? Ich kann mich gar nicht erinnern. Wie heißt der Cousin?«

»Andreas. Und die Braut hieß Christina. Sie sind wieder geschieden.«

»Klar«, sagte sie, »jetzt erinnere ich mich wieder. Er war ein Arsch.«

»Hey, sie hat ihn mit einem Zahnarzt betrogen.«

»Ja, weil er ein Arsch war.«

Alex kam zurück mit einer CD-Hülle in der Hand. Er ließ sich aufs Sofa fallen und warf die Hülle lässig auf den Tisch. Dann schabte er von dem Stein ab und ließ es auf die Hülle rieseln. Als das Häufchen groß genug schien, drückte er es platt und zerhackte alles zu einem feinen Pulver, das er in drei gleich lange Bahnen teilte.

»Du zuerst!« Er hielt mir den zusammengerollten Zwanziger hin. Ich saugte meine Portion auf und reichte den Schein brav an Jill weiter. Nur Alex ließ ein bisschen von seiner Line über und tupfte eine Zigarette hinein. Während ich die Decke bestaunte und hoffte, kein Nasenbluten zu bekommen, ging er auf den Balkon und zündete sie an. Der Geruch von verschmortem Plastik zog ins Zimmer.

»Du bist süß«, sagte Jill, »hast du eine Freundin?«

»Nein.«

»Dann finden wir eine für dich.«

»Seh' ich aus, als ob ich das nötig hätte?«

»Nein, aber du siehst so aus, als würdest du eine Nummer vertragen.«

»Da ist was dran.«

Sie machte sich lang und legte die Füße auf den Tisch. Die Zehennägel waren blau lackiert, und am kleinen Zeh trug sie einen Ring. Ich hatte schon immer eine Schwäche für Füße, und diese hier waren nicht übel, aber an Zojas reichten sie nicht heran.

»Wie lange seid ihr beiden schon zusammen«, fragte ich, als Alex wieder zurückkam.

»Sechs Jahre«, antwortete Jill.

»Shit. Was ist euer Geheimnis?«

»Drogen und Sex«, sagte Alex grinsend und sah Jill begierig in die Augen.

»Hör mal, vielleicht stellst du mir doch eine deiner Freundinnen vor.«

Wir legten immer wieder nach und redeten, bis die Morgendämmerung hereinbrach. Dann setzten wir uns auf den Balkon und betrachteten den spektakulären Sonnenaufgang. Die Sonne prickelte auf meinem Gesicht, und ich hatte neue Freunde gefunden.

Mit einem elendigen Gefühl stand ich hinterm Verkaufstresen. Es war ein Wunder, dass ich es überhaupt bis in den Laden geschafft hatte. In der Vergangenheit hatte ich die Drogen einigermaßen gut wegstecken können, nun aber dauerte es immer länger, bis auch die letzten Nachwirkungen verflogen waren. Ich setzte mich auf meinen Hocker und sah aus dem Schaufenster. Die Welt wirkte noch deprimierender als sonst. Die Wolken hingen tiefer, die Bäume waren kahler und die Straßen schmutziger. Es fühlte sich so an, als würde ich erdrückt werden. Ein Auto fuhr vorbei, mit Hannoveraner Kennzeichen. Am Steuer saß ein junger Kerl, so etwa in meinem Alter. Er sah mir direkt in die Augen. Ein paar Minuten später betrat genau jener Kerl den Laden und stellte sich vor die Wand, an der die Testgeräte hingen. Ich wartete einen Moment, dann sprach ich ihn an. Er wäre auf der Suche nach einem neuen Vertrag und sondiere gerade den Markt, sagte er. Seine Freunde meinten, er solle mal bei uns schauen. Noch nie hatte ich einen ungeschickteren Testkäufer gehabt. Aber ich spielte das Spiel mit. Ich stellte ihm die üblichen Fragen zu seinen Nutzungsgewohnheiten und zückte einen Kuli und ein A4-Blatt. Ich erstellte ihm ein individuelles Angebot und erkundigte mich nach seinem DSL-Anschluss, den er natürlich noch nicht besaß. Auch dafür schrieb ich ihm ein Angebot. Zum Schluss sagte ich: »Und wenn Sie in Ihrem Testbericht die volle Punktzahl für mich notieren, werde ich Ihrem Chef nicht erzählen, dass Sie sich ein wenig tölpelhaft angestellt haben.«

Er versuchte, seine Enttarnung wegzulächeln. »Ich weiß gar nicht, was Sie meinen«, sagte er, faltete den Angebotszettel zusammen und machte sich auf den Weg ins Freie.

Ein paar Tage später, mir ging es wieder etwas besser, bat mich Frank in sein Büro. Sein Gesicht strahlte vor Freude. »Du hattest einen Mysteryshopper«, sagte er.

»Wirklich? Wann soll das gewesen sein? Scheiße, ich hoffe, dass es gut gelaufen ist.«

»Es ist sogar mehr als gut gelaufen. Du hast die volle Punktzahl erreicht. Gratuliere.«

Am letzten Schultag veranstaltete Frau Thiele eine Exkursion ins Felix-Nussbaum-Haus. Es war der erste Museumsbesuchs meines Lebens. Ich war bisher immer nur bis vor den Eingang gegangen und hatte die Leute, die hineinwollten, beobachtet, es aber nie ins Innere geschafft. Jetzt war ich drin. Und gleich der erste Raum, ein großer Saal, war herrlich verstörend. Überall waren Ecken, Kanten und Sackgassen und Beton und kaum Licht, und kreuz und quer hingen die Bilder von diesem Nussbaum; viele Selbstbildnisse, vereinzelt aber auch Porträts anderer Menschen und eine Vase hinter Gittern. Die Kuratorin, eine sichtlich gereizte junge Frau, sagte, Nussbaum sei der Neuen Sachlichkeit zuzuordnen. Ich war mir sicher, dass niemand etwas damit anzufangen wusste, aber einige nickten dennoch. Um etwas von der Atmosphäre einzufangen, hockte ich mich in eine ruhige Ecke. Kaum schloss ich die Augen, hörte ich die anderen schon rufen. Die Tür zu einem langen, engen, düsteren und leicht ansteigenden Korridor wurde geöffnet. Die Kuratorin meinte, die Architektur des Hauses solle die zunehmende Orientierungslosigkeit und Verzweiflung im Leben des Künstlers symbolisieren. Dieser Teil des Gebäudes stehe für die Jahre während der Flucht Nussbaums. Deshalb sei es gewollt, dass man sich hier unwohl fühle. Ich war mir sicher, dass sie das irgendwo gelesen hatte und jetzt rezitierte. Sie fühlte es nicht. Für sie war es Arbeit, nichts weiter. Aber auch wenn mir der Vergleich zwischen Gebäude und Künstlerleben anmaßend erschien: Ich konnte es fühlen. Auf mich wirkte diese Architektur irritierend und faszinierend zugleich, weil sie nicht nur das würdelose Leben eines Einzelnen symbolisierte. Sie stand gleichzeitig auch für eine haltlose, scheinheilige und brutale Welt. Wütend über die Ignoranz der Kuratorin, lief ich den steilen Korridor hinauf und überging einige der ausgestellten Bilder.

Aber dann, oben, im letzten Ausstellungsraum, sah ich es: sein stärkstes Bild. Seine Interpretation vom Triumph des Todes. Die Menschheit auf den Trümmern ihrer Existenz, immer noch in der Lage, ein Lied zu trällern. Einen Abgesang auf sich selbst. Nussbaum hatte es begriffen, in den letzten Tagen seines Lebens. Da wurde es mir zum ersten Mal bewusst: Er musste sterben, weil er seinen Verstand genutzt hatte. Er musste sterben, weil er ein sensibler, kluger Mann war. Der Nationalsozialismus war der erbittertste Gegner des Intellekts. Plötzlich spürte ich, dass jemand meine Hand berührte. Es war Karina. Sie blickte mir kurz in die Augen und sah dann auf das Bild. »So siehst du die Welt, nicht wahr?«

»Nicht an jedem Tag. Aber im Moment schon.«

Wir standen noch eine Weile davor und schwiegen, dann gingen wir zusammen raus. Es war der schönste Ort der Stadt.

Frank beorderte mich mal wieder in sein Büro. Ich rechnete mit dem Schlimmsten. »Wir wollen einen zweiten Shop eröffnen«, sagte er. »In Herford. Wir glauben, da herrscht Potenzial.« Ich sagte nichts dazu. »Du bist ein guter Verkäufer. Deshalb wollen wir dich dabeihaben. Deine Ausbildung ist ja bald vorbei. Was denkst du?«

»Ich weiß nicht. Ich muss darüber nachdenken.«

»Ah, ich verstehe. Du erwartest ein Angebot.« Er nahm einen kleinen Zettel, kritzelte eine Zahl drauf und schob ihn zu mir rüber. Die Zahl war unmerklich höher als das, was ich bei Jupiter verdient hatte. »Das ist nur ein Fixum. Zusätzlich zahlen wir dir natürlich Provisionen aus. Und wenn der Laden läuft, ist sogar ein Firmenwagen für dich drin.«

»Ich muss darüber nachdenken.«

»Natürlich, klar, nimm dir ruhig ein paar Tage Zeit. Aber warte nicht zu lange. Wir brauchen Planungssicherheit.«

Ich stand auf und ging wieder an die Arbeit.

Die Abschlussfeier der IHK sollte in der Osnabrücker Stadthalle stattfinden. Ich war spät dran. Auf der Bühne standen bereits ein paar Anzüge und palaverten was von Respekt und glänzenden Zukunftsaussichten. Ich sah mich um und entdeckte ein paar Leute aus meiner Klasse. Ich drängelte mich durch die Sitzreihen und setzte mich dazu. Frau Thiele schüttelte den Kopf. Oben quatschten sie und quatschten. Nie zuvor hätten sich so viele junge Menschen für eine Ausbildung im Einzelhandel entschieden. Und nie zuvor hätte es so viele Absolventen gegeben. Und das wäre nicht nur ein Beweis für die Attraktivität des Berufes, sondern für die gesamte Branche.

»Das ist doch nichts Gutes«, sagte ich. »Warum sagen die nicht gleich, dass wir zu viele sind und ihnen das die Möglichkeit gibt, die Gehälter noch weiter zu drücken. Oder dass sie einen Haufen Arbeitslose produziert haben.«

Die Leute, die mich nicht kannten, warfen mir abfällige Blicke zu. Meine Klassenkameraden taten so, als hätten sie es überhört. Jetzt betrat der Boss einer überregionalen Lebensmitteldiscounterkette die Bühne und setzte zu einer weiteren euphemistischen Rede an. Ich drängelte mich wieder durch die Reihen. Einige machten sich durch gereiztes Zischen bemerkbar. In der Empfangshalle hatten sie bereits die Sektgläser vorbereitet. Ich stellte mich an einen Stehtisch und gönnte mir ein Glas. Ein aufgebrachtes Serviermädchen rannte auf mich zu. »Hey, Sie da! Der Sekt ist für die Absolventen!«

»Entspannen Sie sich. Ich gehöre dazu. Wollte bloß ein bisschen frische Luft schnappen.«

»Oh, das tut mir leid. Ich hatte ja keine Ahnung.« Sie wurde ganz rot.

»Kein Problem. Trinken Sie doch einen mit mir. Auf meinen Abschluss.« Ich nahm eines der Gläser und hielt es ihr hin.

»Das ist nett von Ihnen, aber ich darf leider nicht.«

»Wie Sie wollen.«

Ich trank auch dieses Glas in einem Zug aus und stellte es ab. Als Applaus zu hören war, ging ich wieder rein. Diesmal gab ich mir alle Mühe, den Leuten auf die Füße zu treten.

Nach und nach wurden die einzelnen Klassen aufgerufen. Zuerst waren die Osnabrücker Schulen an der Reihe, dann die Berufsschulen aus dem Landkreis. Unsere Schule, die BBS Melle, wurde als letzte aufgerufen. Brav und unter höflichem Beifall marschierten wir auf die Bühne. Ein dicklicher Mann in weißem Hemd und grauem Sakko über einer schwarzen Hose mit Bügelfalte schüttelte uns die Hand. Seine Assistentin überreichte uns die Berufsurkunden. Ich warf einen Blick darauf.

»HERR DIMITRI WOLF HAT DIE AUSBILDUNG ZUM KAUFMANN IM EINZELHANDEL BESTANDEN. DER UNTERNEHMERVERBAND EINZELHANDEL OSNABRÜCK-EMSLAND GRATULIERT ZU DIESEM ERFOLG, MIT DEM DER SOLIDE GRUNDSTEIN FÜR EINE BERUFLICHE KARRIERE IM EINZELHANDEL GELEGT IST«, stand dort auf mintgrünem Karton. Es war der Garantieschein für ein sicheres, aber bestenfalls mittelmäßiges Leben. Den meisten schien das zu genügen. Sie grinsten bis über beide Ohren.

Mit dem Verlassen der Bühne war der offizielle Teil der Veranstaltung beendet, die Leute stürzten sich auf die Sektgläser und prosteten sich zu. Auch Frau Thiele schien glücklich. Sie hatte ein paar junge Leute vor einem Leben in der Gosse bewahrt. »Jetzt sind Sie uns endlich los«, sagte ich zu ihr.

»Ach, so schlimm wart ihr gar nicht. Da gab's wesentlich Schlimmere.«

»Die hätte ich gern kennengelernt.«

»Willst du vielleicht eine Zigarette rauchen?«

»Gern.«

Wir stellten uns auf die Terrasse und blickten auf das Osnabrücker Schloss. Auf den Teil, in dem die Gestapo einst residiert hatte.

»Hast du schon mal darüber nachgedacht, zu studieren?«

»Ich wüsste nicht, was.«

»Du würdest einen guten Philosophen abgeben.«

»Jetzt wollen Sie es aber wissen.«

»Manchmal erinnerst du mich an einen Freund. Er war ein furchtbar leidenschaftlicher und rebellischer Mann. Wir waren fast zwei Jahre zusammen.«

»Was ist passiert?«

»Mein Mann.«

»Er war die sichere Bank, nicht wahr?«

Frau Thiele schmunzelte.

»Geh studieren, Dimitri.«

Am Abend trafen sich ein paar der Leute zum Vorglühen bei Karina. Ich kaufte eine Flasche Hendrick's, zwei Flaschen Tonic Water und ein Gramm Kokain, wovon ich schon einige Lines gezogen hatte, als ich vor Karinas Haus nach einem Parkplatz suchte. Ich fuhr mehrere Male im Kreis und blickte dauernd nervös in den Rückspiegel. Immer wenn die Schweinwerfer eines anderen Autos darin aufleuchteten, überkam mich ein kalter Schauder. Nach zwanzig Minuten fand ich direkt vor Karinas Haus einen Parkplatz. Ich rutschte auf den Beifahrersitz und öffnete das Handschuhfach. Es lagen noch zwei gebrauchte Plastikbecher darin, die ich seit Ewigkeiten mit mir herumschleppte. Ich mixte mir einen Gin Tonic und stellte den Becher auf dem Armaturenbrett ab. Dafür ist ein altes Auto perfekt, dachte ich. Die neuen Autos hatten immer diese verdammt unpraktischen, von italienischen Designern entworfenen Cockpits und waren zu nichts zu gebrauchen. Na schön, es gab welche mit Dosenhaltern. Aber das war nicht das Gleiche. Ich nahm eine CD-Hülle und legte mir eine kurze Line auf. Dann verschweißte ich das kleine Plastiksäckchen mit einem Feuerzeug, steckte es ein, saugte die Bahn auf und ging nach oben.

In der Wohnung bekam man kaum Luft. Es waren mindestens fünfzehn Leute gekommen, und alle rauchten. Ich musste mich auf den Boden setzen. Hier war die Luft weniger dick. Karina trug immer noch das schwarze, enge, trägerlose Kleid, das sie bereits auf der IHK-Feier getragen hatte, und setzte sich zu mir. Ihre Augen waren groß und schwarz und glücklich, und ich konnte, im Gegensatz zum letzten Mal, erkennen, dass sie angetrunken war. »Du siehst so verändert aus«, sagte sie. »So nüchtern.«

Ich deutete mit dem Zeigefinger auf die Tür, die zu ihrem Schlafzimmer führte. »Komm, ich zeig dir was.« Wir standen auf und gingen ins Schlafzimmer. »Schließ die Tür ab«, sagte ich und setzte mich aufs Bett. »Hast du hier drin irgendwo eine CD-Hülle oder einen kleinen Spiegel?«

»Willst du etwa was ziehen?«

»Du wirst schon sehen. Hast du nun einen oder nicht?«

Sie öffnete eine Schublade und holte einen silbernen Handspiegel hervor. »Ist der okay?«

»Ja, der ist perfekt.«

Ich rutschte vom Bett und legte den Spiegel drauf. Dann ließ ich ein bisschen Koks niederrieseln.

»Cool«, sagte sie, »ich hab schon ewig nichts genommen.«

Hastig rollte ich einen Fünfziger auf und hielt ihn Karina hin. Sie zog mir das Röllchen aus der Hand und ließ eine der beiden Lines in ihrer reizenden Nase verschwinden. »Machst du das oft?«, fragte sie.

»Eigentlich nicht. Aber manchmal machen Drogen aus einem besonderen Moment einen unendlichen.«

»Warum bist du beim letzten Mal einfach abgehauen?«

»Wegen Zoja.«

»Ist das deine Freundin?«

»Ex-Freundin.«

»Aber du empfindest noch was für sie?«

»Ich glaube schon.«

»Nun, dann ist es gut, dass du gegangen bist.«

»Ach ja?«

»Ja.«

Unsere Blicke verfingen sich ineinander, und es fühlte sich an, als könnten wir jeden Moment übereinander herfallen, aber genau in diesem Moment hämmerte es an die Tür. »Karina, bist du da drin?! Da hat gerade jemand auf deinen Wohnzimmertisch gekotzt!«

»Dann soll er es selbst wegmachen, verdammt!«

»Ich fürchte, das wird schwierig werden! Er liegt nämlich mittendrin!«

Karina stand auf, um nachzusehen, was passiert war. Ich folgte ihr. Markus, ein dürrer, kleiner Kerl, lag im Eintopf seiner

Mama und rührte sich nicht. Der Gestank war so bestialisch, dass auch andere Gäste kurz davor standen zu kotzen. Während ich alle Fenster aufriss, flüchteten die meisten auf den Hausflur. »Shit«, sagte einer, »ich hab ihm doch gesagt, dass er es nicht schafft.«

Ich half Karina, den Dreck wegzumachen, und schleppte Markus ins Badezimmer. Dort zog ich ihm sein vollgekotztes T-Shirt aus und legte ihn mit Hilfe seines Kumpels in die Badewanne. Der Kumpel drehte das Wasser auf. Erst kalt, dann warm, dann wieder kalt. Markus kam langsam zu sich und nuschelte unverständliches Zeug.

»Okay«, platzte Karina, die ein bisschen Kotter auf ihrem schwarzen Abendkleid hatte, ins Bad, »alle raus hier. Die Party ist vorbei.«

Der Kumpel und ich stemmten Markus aus der Wanne, und Karina gab ihm eines ihrer T-Shirts, ein graues mit einem Katzenaufdruck. Ich begleitete die beiden noch bis zur Tür. Einen Augenblick spielte ich mit dem Gedanken, ihnen das restliche Koks mitzugeben. Aber so sehr lag mir ihr Wohlergehen dann doch nicht am Herzen. Nachdem alle Leute gegangen waren, saßen Karina und ich auf dem Sofa und rauchten einen Joint. Der Tisch war inzwischen wieder sauber, und sie hatte sich frische Klamotten angezogen, aber die erotische Stimmung war dahin. Karina schaltete den Fernseher ein und lehnte an meiner Schulter. Als ich zu mir kam, war es kurz vor vier. Vorsichtig stand ich auf und deckte Karina zu, klaute mir noch eine von ihren Zigaretten und schlich mich aus dem Haus. Ich stieg ins Auto und fuhr nach Hause. Als ich die Tür zu meinem Zimmer öffnete, lief ein Pornofilm, mein Vater lag auf dem Sofa und schlief, und ich war Kaufmann im Einzelhandel.

Herford war keine schöne ostwestfälische Kleinstadt und hatte einen so hohen Migrantenanteil, dass ich überhaupt nicht auffiel. Der neue Laden befand sich mitten in der Fußgängerzone und war nicht besonders groß. Mein erster Kunde war Fred. Er sah besser aus als noch zuletzt.

»Wie hast du mich gefunden?«, fragte ich.

»Dein Chef hat mir gesagt, dass du jetzt deinen eigenen Laden hast. Da wollte ich dich mal besuchen kommen.«

»Meinen eigenen Laden. Der ist gut.«

»Hab ich mir gedacht, dass der nur Mist erzählt.«

»Was kann ich für dich tun?«

»Ich wollte sagen, dass die nächste Bestellung noch warten kann.«

»Nicht zufrieden?«

»Doch«, er macht eine kurze Pause, »aber die Ärzte haben gesagt, dass sich der Tumor zurückbilden würde. Das heißt noch nicht, dass ich wieder gesund werde, aber die Karten werden neu gemischt.«

»Geil, Fred. Das sind tolle Nachrichten. Freu dich doch.«

»Ich würde ja, wenn ich könnte.«

»Was ist das Problem?«

»Ich hatte mich irgendwie schon aufs Sterben eingestellt.«

»Keine Sorge. Du wirst schon noch sterben.«

»Als ich jung war, hab ich immer gedacht, dass ich unsterblich bin. Ich dachte, die Welt dreht sich nur für mich. Aber im Knast hab ich das Leben von einer anderen Seite kennengelernt. Da hab ich mir oft gewünscht, zu sterben.«

»Du bist ein komischer Typ, Fred. Da draußen kämpfen überall Menschen ums Überleben, und du wünschst dir zu sterben. Ich glaube, du solltest die Finger vom Gras lassen. Das ist nichts für dich.«

»Glaubst du an Gott, Junge?«

»Manchmal. Aber viel mehr glaube ich ans Leben.«

»Wenn es so ist, wie viele sagen, wird da oben kein Platz mehr für mich sein.«

»Wenn es so ist, wie viele sagen, dann wäre da oben für niemanden Platz. Ich glaube nicht, dass es einen Gott gibt, der eine Strichliste darüber führt, wie oft man onaniert hat. Das wäre wirklich nicht fair.«

»Ich hab ja schon viele Menschen getroffen. Aber du bist wirklich ein bemerkenswerter Kerl, Dimi.«

Ich fühlte mich zum ersten Mal seit langem geschmeichelt. »Fred, mein Chef hat ein paar Pullen Sekt gekauft. Um die Eröffnung zu feiern, du weißt schon. Ich möchte, dass wir eine zusammen trinken.« Ich lief nach hinten ins Lager und holte eine Flasche. Als ich zurückkam, war Fred gegangen. Ich stieß trotzdem auf ihn an.

Ich hatte Zoja überredet, ein letztes Mal mit mir auszugehen. Wir saßen bei Tommaso, dem kleinen Italiener, der edlen Wein ausschenkte und die beste Pasta der Gegend machte. Ich befürchtete, sie immer noch zu lieben.

»Dima«, sagte sie, »das mit uns wird nichts mehr.«

»Wer ist der Neue? Kenne ich ihn?«

Sie sah auf ihren Teller und stocherte in den Meeresfrüchten herum. Ich wusste schon längst, dass sie wieder mit Stephan zusammen war. Aber sie versuchte trotzdem, ein Geheimnis daraus zu machen.

»Es ist Stephan, nicht wahr?«

Falsche Tränen schwemmten ihre Augen auf.

»Schon wieder?«

»Er tut mir gut«, schluchzte sie.

»Wenn du dir doch bloß einen richtigen Kerl ausgesucht hättest. Es schmerzt viel mehr, wenn du ständig zu diesem verweichlichten Pisser zurückkehrst …«

»Einen richtigen Kerl? So einen Kerl wie dich? Einen Kerl, dem ich scheißegal bin?«

»Jetzt bin ich also schuld?«

»Nein, bist du nicht …«

Sie stockte und exte ihren Rotwein.

»Er gibt mir dieses Gefühl«, fuhr sie fort, »das Gefühl, in Sicherheit zu sein. Bei dir hatte ich das nie. Du bist so radikal. Du kannst jeden Augenblick weg sein. Und ich kann nicht alleine sein.«

»Ach, Scheiße. Ich will's nicht hören.«

»Kannst du mich jetzt bitte nach Hause bringen?«

Ich zahlte, ging um den runden Tisch mit der kitschigen Tischdecke und half Zoja in ihren Mantel. Der dezente Duft von blumigem Parfüm stieg mir in die Nase. Als wir noch glücklich waren, hatte ich es ihr geschenkt.

Sie ging vor mir her und schlenkerte mit den Hüften. So hatte sie mich damals bekommen. So bekam sie mich noch immer. Und so bekam sie jeden.

Kurz bevor wir den Golf erreichten, griff ich nach ihrem Arm und riss sie an mich. Ich gab ihr einen intensiven Kuss und setzte mich dann wortlos ins Auto. Wir hatten Dusel. Der Motor sprang sofort an. Ich fuhr eine Weile durch die Gegend und dachte nach. Zoja schwieg und blickte aus dem Fenster, und das Radio verriet, dass es in den kommenden Tagen nicht wärmer werden würde. Irgendwann lenkte ich den Wagen in ein Parkhaus. Ich parkte den Wagen in einer dunklen Ecke und klappte ihren Sitz nach hinten. »Nein, Dima, nicht. Ich will das nicht mehr.« Unbeirrt knöpfte ich ihren Mantel auf, küsste den zarten Hals, griff mir eine Brust und knetete sie, biss rein. Zoja gab jetzt nur noch erregte Laute von sich. Wir küssten uns. Sie war immer noch mein Baby. Sie war alles, was ich hatte. Ich war ein Nichts. Ich zog ihr die Hosen runter und drang mit meinem Finger in sie ein. Zoja spreizte die Beine und verdrehte die Augen. Als sie nass genug war, presste ich ihn rein. Harte Stöße folgten auf gefühlvolle. Die Scheiben beschlugen. Dann kam es mir. Ich blieb noch eine Weile auf ihr liegen, bevor ich sie in Sicherheit brachte.

Mein Handy klingelte. Es war Zojas Nummer. Ich ging ran, aber meldete mich nicht.

»Dima?«

»Ja.«

»Wie geht's dir?«

»Okay.«

Verlegenes Schweigen.

»Ich hab ihn verlassen.«

»Ich dachte, er würde dir guttun.«

»Aber dich liebe ich.«

»Es ist vorbei, Zoja. Ich hab mich in eine andere Frau verliebt.«

»Das glaube ich dir nicht.«

»Das ist mir egal.«

»Komm zu mir.«

»Nein.«

Ich legte auf.

2009

Karina war umgezogen. Sie wohnte jetzt in einem Neubau am Schölerberg. Von außen machte das Haus einen luxuriösen Eindruck, und auch innen war es beeindruckend: vergoldete Klingelschilder, ein verspiegelter Fahrstuhl und massive Holztüren. Ich drückte die Klingel, und eine seichte, unaufdringliche Melodie ertönte. So als hätten sich Chet Baker und ein berühmter österreichischer Pianist zu einem Duett zusammengefunden. Ich hätte am liebsten gleich noch einmal draufgedrückt, aber da öffnete Karina bereits die Tür. Sie hatte sich sehr verändert. Ihre Kleidung wirkte weniger rebellisch, und ihr Duft war teurer. Aber ihr Blick war unsicherer geworden.

»Geh doch bitte schon mal ins Wohnzimmer durch. Ich komme gleich nach.«

Das Wohnzimmer war so groß wie die gesamte Wohnung, die wir in der alten Molkerei bewohnt hatten, aber es stand nichts weiter drin als ein großes Ecksofa aus rauem, grauem Stoff, ein riesiger Flachbildfernseher, eine schicke Stehlampe und ein Esstisch mit Platz für sechs Personen. Das Mädchen muss in ernsthaften Schwierigkeiten stecken, dachte ich und nahm auf dem Sofa Platz.

»Willst du vielleicht ein Bier trinken?«, hallte es aus der Küche.

»Gern.«

Sie brachte mir das Bier und dimmte das Licht. Dann setzte sie sich neben mich.

»Schöne Wohnung«, sagte ich.

»Dima«, sie sah mich streng an, »lass das bitte.«

»Ich meine das ernst. Wie viel verdienst du noch mal?«

»Ich weiß, was du jetzt denkst«, sagte sie. »Aber so ist es nicht.«

»Was denke ich denn?«

»Dass ich mich von ihm aushalten lasse.«

»Ich denke, dass du weißt, was gut für dich ist.«

»Du redest nicht viel, aber wenn du redest, dann Scheiße.«

»So?«

Sie streckte sich nach der Fernbedienung und schaltete den Fernseher ein, immerhin einen Musiksender, Deluxe Music.

»Hat die feine Dame was dagegen, wenn ich in ihrem exquisiten Domizil weiche Drogen konsumiere?«

»Tu dir keinen Zwang an.«

Ich holte meine Kiff-Utensilien hervor und rollte einen Joint. Mit dem ersten Zug lehnte ich mich entspannt zurück.

»Und, liebst du ihn?«

»Gib mal her«, forderte sie zuerst die Tüte ein. Sie nahm zwei kräftige Züge und gab sie mir wieder zurück. »Er ist ein guter Mann.«

»Gute Männer müssen selten geworden sein.«

»Im Gegensatz zu dir ist er nicht davongelaufen, als ich ihn brauchte.«

Sie mochte vielleicht anders aussehen, aber sie war immer noch dieselbe direkte Frau, die mich so sehr beeindruckt hatte, dass ich Angst vor ihr bekam.

»Ich war verwirrt«, sagte ich. »Ich wollte dich da nicht mit reinziehen.«

»Du musst dich nicht rechtfertigen. Es ist so, wie es ist.«

»Aber es kann anders werden.«

Sie sah auf den Fernseher. »Ich bin schwanger. Wir erwarten ein Kind.«

Ich schlug ihr den Joint aus der Hand. »Du willst mich doch verarschen.«

»Nein. Es ist wahr. Ich bin im dritten Monat.«

Ich richtete mich auf, sah sie an. Ihr Gesichtsausdruck wirkte entschlossen. Nichts deutete darauf hin, dass die Strenge einem Lächeln weichen würde.

»Ich sollte jetzt gehen.«

»Ich begleite dich hinaus.«

Selten hatten sich meine Beine bleierner angefühlt. Ich wankte zur Tür, wo meine ausgetretenen Schuhe auf mich warteten, und musste mich auf den Boden setzen, um erst in den rechten, dann in den linken Schuh zu schlüpfen. Karina lehnte, die Hände hinter dem Rücken, an der Wand und sah mir dabei zu, dann glitt sie unerwartet an der Wand hinunter und rückte an mich heran. Ich konnte ihren Atem auf meinem Gesicht spüren. Sie war so wunderschön. Ihr Blick genügte, um mein Herz aus dem Takt zu bringen. Der Kuss war warm und feucht, und während wir uns küssten, ließ sie sich nach hinten fallen und zog mich mit. Ich lag jetzt auf ihr und konnte auch ihren Herzschlag spüren. Dann zog ich meinen Kopf zurück, sie zögerte. Ein letztes Mal sahen wir uns in die Augen, dann machte ich mich los und lief mal wieder davon.

Ich fuhr ein paar Stunden in der Stadt herum und fühlte mich kraftlos. Die menschenleeren Straßen leuchteten in einem höllischen Orange. Die Hannoversche, der Kollegienwall, der Neue Graben, die Martinistraße, und schon war man wieder auf der Autobahn. All diese Straßen hatte man nur gebaut, um die Stadt zu verlassen. Ich fuhr auf die A33 Richtung Hannover und beschleunigte den Golf auf 160. Ich war so ein Narr. Was hatte ich mir dabei gedacht, bei ihr aufzukreuzen?

Unweit vom Steintor hob ich mein gesamtes Geld vom Konto ab. Sechshundertfünfzig Euro. Dann schlenderte ich in den Straßen umher und betrachtete die gutgelaunten jungen Leute. In der Reitwallstraße blieb ich vor dem erstbesten Stripclub stehen. Der Typ an der Tür erklärte mir, dass es im Grunde ein einfacher Stripclub sei, aber wenn ich mehr wollte, könnte man sich einigen.

Drin straften Neonlicht und Kunststoff meine Augen. Es roch nach Schweiß und war nicht besonders voll. Aber die meisten Frauen waren ansehnlich. Ich bestellte mir ein Bier und kaufte fünfzig Bar-Dollar. Das erregte die Aufmerksamkeit der Mädchen. Eine hatte dunkles Haar, das das Neonlicht reflektierte, und zu stark gezupfte Augenbrauen. Eigentlich waren da gar keine Augenbrauen mehr, da waren nur noch mit einem Stift gezogene Striche.

»Du bist ein schöner Junge«, sagte sie.

»Ja«, sagte ich.

»Aber Manieren scheinst du keine zu haben.«

»Ach ja?«

»Ja. Eine hübsche Frau will sich mit dir unterhalten, und du bietest ihr nicht mal was zu trinken an.«

»Hör mal«, sagte ich, »siehst du das blonde Mädchen da drüben? Kannst du ihr bitte sagen, dass sie herkommen soll. Ich will mich mit ihr unterhalten.«

Sie stand eingeschnappt auf und stolzierte davon. Dann machte sie eine abfällige Geste in Richtung des blonden Mädchens, das ein paar Augenblicke später aufstand und auf mich zukam. Sie war groß. Sehr groß. Bestimmt größer als eins achtzig. Aber sie trug auch sehr hohe Schuhe und kurze Hotpants, die ihre Beine noch mal um einiges länger wirken ließen. Sie setzte sich zu mir und schwieg. Ich ließ einen Piccolo zu achtzig Euro bringen, sie sagte noch immer nichts. Vielleicht konnte sie kein Deutsch. Ich fragte sie nach ihrem Namen und zündete mir eine Zigarette an.

»Anastasija«, sagte sie schüchtern.

Hatte ich es mir doch gedacht. Ich stieg auf Russisch um und fragte sie, wo sie herkomme. »Aus Charkow«, sagte sie überrascht und zeigte ein offenherziges Lächeln. Ich füllte die beiden Sektgläser auf und schob ihr ein Glas rüber. Wir stießen an. »Auf Edik Limonow«, sagte ich.

»Wer soll das sein?«

»Ein Kerl, der dort mal gelebt hat.«

»Auf Edik Limonow.«

Ich schob ihr den ganzen Haufen Bar-Dollar rüber. »Hier, die sind für dich.« Verschämt legte sie die Scheine beiseite, flüsterte mir ins Ohr, dass ihr nur die Hälfte des Geldes zustehen würde, und bot mir eine Privatvorstellung an, für neunzig Euro. Ich willigte ein, und wir begaben uns in eines der Séparées. Dort begann sie für mich zu tanzen. Ihre Bewegungen hatten etwas Unkoordiniertes und Gezwungenes und wirkten sehr unsicher. Angestrengt wich sie meinem Blick aus. Ich griff nach ihrer Hand und streichelte ihren Ringfinger. »Setz dich«, sagte ich. »Du musst das nicht für mich tun.« Nur sehr zögerlich setzte sie sich neben mich auf die Bank. Ich sah ihr in die grün-blauen Augen, die nicht sehr alt sein konnten, aber schon mehr gesehen haben mussten als zehn deutsche Nachkriegsleben.

»Wie alt bist du?«, fragte ich.

»22«, flüsterte sie.

»Und wo wohnst du?«

Sie antwortete nicht.

»Ich will, dass wir von hier verschwinden.«

Sie lachte. »Das ist nicht so einfach, wie du dir das vorstellst. Ich muss Geld verdienen.«

»Keine Sorge. Ich werde dir schon Geld geben.«

Ich zückte einen Hunderter und reichte ihn ihr. Sie sah mich ungläubig an.

»Nimm. Ist für dich.«

Sie verstaute den Schein in ihrem BH und sah mich zugetan an. »Vor sechs Uhr komme ich hier nicht raus. Kannst du auf mich warten?«

»Ich warte, so lange du willst, wo du willst.«

Ich zog sie zu mir und gab ihr einen Kuss, der mehrere Sekunden dauerte und bei dem sie die Augen schloss und etwas Zunge hineinbrachte. Als wir wieder voneinander abließen, fuhr sie mir mit ihren Fingern durchs Haar. Mit großen, leuchtenden Augen sagte sie: »Du bist der erste Mann, den ich hier getroffen habe.« Dann war die Musik aus, und sie sagte, dass sie gehen müsse.

»Warte am Clevertor auf mich«, fügte sie hinzu und lief raus. Ich blieb noch einen kurzen Moment sitzen, dann stand ich auf und verließ den Club.

Inzwischen war es drei Uhr morgens, und im Burger King an der Georgstraße waren lauter Besoffene, die sich mit Essensresten bewarfen und herumbrüllten. Ich bestellte zwei Cheeseburger und einen Kaffee, obwohl ich Kaffee nicht ausstehen konnte, und setzte mich an einen einigermaßen sauberen Tisch. Gerade packte ich den ersten Burger aus, da traf mich eine Papierkugel am Hinterkopf. Ich drehte mich um. Drei türkische Jungs, die offenbar auf Ärger aus waren, sahen mich an. »Was!?«, kläffte der kleinste von ihnen. Ich ging nicht drauf ein und widmete mich wieder meinem Burger, dessen Geschmack meine Erwartungen bitter enttäuschte. Aber da ich hungrig war, aß ich beide auf. Vom Kaffee hingegen konnte ich keinen einzigen Schluck runterkriegen. Allein der Geruch ließ mir die Galle hochkommen. Nachdem die Jungs verschwunden waren, brachte ich mein Tablett in eines der Regale und ging wieder raus. Ich steckte mir eine Kippe an und lief die Straße runter. Irgendwann begegnete ich Schiller. Er stand auf einem Podest und sah, wie so viele Dichter, ziemlich niedergeschlagen aus. Aber bei all dem Dreck, den er über die Jahre mit angesehen hatte, war es ihm nicht zu verübeln. Ich setzte mich auf eine Bank und besah die aufwendig dekorierten Schaufenster. Sie schienen die eigentlichen Denkmäler zu sein, denn sie verfügten über mehr Strahlkraft als der blassgrüne Schiller. Und sie erzählten ihre ganz eigene Geschichte. Die Geschichte des Geldes. Die Geschichte der Käuflichkeit, die selbst vor Schiller und schon gar nicht vor mir Halt gemacht hatte, denn ich war dabei, mir die Liebe einer jungen Frau zu kaufen.

Um sechs Uhr war es längst hell geworden, und ich saß auf dem Brückengeländer am Clevertor, wartete auf Anastasija und dachte, dass sie nicht kommen würde. Um kurz vor halb sieben war sie immer noch nicht da. Ich wollte gerade gehen, da sah ich ein großes Mädchen in einem schwarzen Kapuzenpulli und kurzen Jeansshorts auf mich zukommen. Sie hatte sich abgeschminkt und ihr blondes Haar zu einem Dutt zusammengebunden, was den Konturen ihres Gesichtes noch mehr Schärfe verlieh.

»Ich hab gedacht, du kommst nicht«, begrüßte ich sie.

»Ich hab darüber nachgedacht, nicht zu kommen.«

»Lass uns ein Stückchen gehen. Mein Auto steht dahinten.«

Wir stiegen in den Golf und suchten nach einem Hotel. Anastasija hüllte sich in Schweigen. Als ich eines gefunden hatte, das einen netten Eindruck machte und uns vermutlich nicht abweisen würde, parkte ich das Auto, und wir gingen hinein. Einige der Hotelgäste frühstückten gerade. Vereinzelt warfen sie uns abschätzige Blicke zu. Das fühlte sich gut an. Die Rezeptionistin gab uns – nachdem ich ihr ein paar Scheine auf den Tisch gelegt hatte – ohne Umschweife ein Doppelzimmer. Das Zimmer war sauber und etwas klein geraten, aber es gab eine Minibar und ein Doppelbett, das fast den gesamten Raum einnahm. Anastasija verschwand sofort im Bad. Ich bediente mich an der Bar und legte mich aufs Bett. Als sie zurückkam, hatte sie ihr Haar geöffnet und war vollkommen nackt.

»Was tust du da?«, fragte ich.

Sie sah mich an und wusste offenbar nicht, was sie sagen sollte.

»Zieh dir was an.«

Sie drehte sich um, stampfte zurück ins Bad und knallte die Tür zu. Dann hörte ich Wasser in die Badewanne laufen. Ich klopfte an die Tür. »Anastasija, möchtest du was essen? Dann bestell ich uns was.« Da sie nicht antwortete, ging ich rein. Immer noch nackt, saß sie auf der Toilette und weinte. Ich ging zu ihr und nahm sie in den Arm. Sie leistete keinen Widerstand.

»Hey, Kleine, hör auf zu weinen. Es war dumm von mir, dich so anzufahren. Beruhige dich bitte wieder.«

»Du willst mich nicht, weil ich eine Nutte bin«, schluchzte sie.

»Natürlich will ich dich.« Ich strich ihr übers Haar. »Aber zuerst will ich dich kennenlernen, verstehst du?«

Nun kriegte sie sich allmählich wieder ein und hob ihren Kopf aus meinem T-Shirt, auf dem einige ihrer Tränen Spuren hinterlassen hatten. Sie gab mir einen Kuss und stieg dann in die Badewanne. »Komm zu mir«, sagte sie.

Ich entledigte mich meiner Klamotten und stieg zu ihr in die Badewanne. Das Wasser war warm und angenehm, genau wie Anastasijas glitschiger, straffer Körper, der in seiner makellosen Beschaffenheit einen gesunden Glanz ausstrahlte und mein Hirn dazu veranlasste, einiges an Blut in meinen Schwanz zu pumpen. »Ich will, dass du mit mir fortgehst«, schnaufte ich ihr ins Ohr.

»Wohin?«

»Nach Paris oder Lissabon. Ist mir egal.«

»Paris? Ich kann gar kein Französisch.«

»Das lernst du schnell.«

Später holte ich mir einen kleinen Wodka aus der Bar und legte mir ein Kissen in den Rücken. Die erste Zeit würden wir es schwer haben, aber daran war ich ja gewöhnt. Ich würde mich schon durchschlagen, und sie könnte es als Model probieren. Vielleicht würde ich sogar ein Buch schreiben. Ich kippte den Wodka runter und besah mein Spiegelbild im Fernseher. Dann stand ich auf und ging zu Anastasija ins Bad. Diesmal stiegen wir zusammen unter die Dusche. »Du könntest mit jeder anderen Frau weggehen. Warum unbedingt mit mir?«

»Du siehst so aus, als würdest du mich brauchen. Und ich will gebraucht werden.«

Wir küssten uns, und alles ging wieder von Neuem los. Wir trieben es so lange, bis wir vor Erschöpfung einschliefen. Als ich mitten in der Nacht erwachte, war Anastasija verschwunden. Ich schaute in mein Portemonnaie, das auf dem Nachttisch lag. Sie hatte mir fünfzig Euro und eine Nachricht hinterlassen.

»Es tut mir leid. Ich werde dich nicht vergessen.«

Entkräftet zog ich mich an und machte mich völlig abgebrannt auf den Heimweg. An der Windschutzscheibe des Golfs klebte ein Strafzettel, dabei war es Sonntag. Ich hätte die Parkuhr vergessen, stand drauf. Ich ließ den Wisch auf den Boden fallen und fuhr los. Kaum war ich auf der Autobahn, fing es an zu regnen, und meine Scheibenwischer fielen aus. Ich hängte mich an einen LKW dran und folgte ihm das Wesergebirge hinauf. In Bad Oeynhausen ließ der Regen etwas nach, und ich konnte wieder schneller fahren. Es war kurz vor fünf Uhr, als ich mich ins Bett legte. Noch drei Stunden und ich musste zur Arbeit fahren. Aber ich wälzte mich im Bett herum. Wenn ich doch nur die Augen schließen und alles vergessen könnte. Vergessen und neu anfangen. Aber Verdrängung war noch nie ein guter Ratgeber gewesen, mein Vater war das beste Beispiel. Man musste seine Angst ablegen. Vor allem und jedem. Man musste leben. Solange man konnte, musste man mit jeder Zelle seines Körpers leben. Das war es, was mich von ihm unterschied. Zusammen mit den ersten Sonnenstrahlen setzte ich heißes Wasser auf. Ich bügelte ein frisches, weißes Hemd, schlüpfte hinein und band mir eine schwarze Krawatte. Ein einfacher Knoten sollte genügen. Mit einer Fusselrolle befreite ich meinen Anzug von Staub und Haaren. Seit ich bei Frank arbeitete, hatte ich ihn nicht ein einziges Mal mehr angezogen.

Ich trank meinen Tee aus und ging runter zu meinem Auto. Es hatte alles miterlebt, und es war immer noch da. Ich legte den Rückwärtsgang ein und schlich vom Hof. Dann legte ich den ersten Gang ein und brauste los. Erst die Gleiwitzerstraße, eine gepflasterte Spielstraße, entlang, dann die Neustadtstraße, eine weitere Spielstraße. Schließlich stand ich an der Kreuzung zur Bremer Straße. Auf der gegenüberliegenden Seite war die alte

Molkerei zu sehen. In einem kleinen Blumenladen kaufte ich einen edlen Strauß Blumen und fuhr weiter, vorbei an der katholischen Kirche, der evangelischen, der Spielothek und dem kleinen Imbiss. Nach einem kleinen Stück auf der Haldemer Straße konnte ich den Friedhof bereits sehen. Er lag etwas oberhalb, hinter einer Hecke. Da war die kleine Kapelle, in der sie Mutters Sarg aufgebahrt hatten und in der der Pastor ein Rede gehalten hatte, von der mir kein einziger Satz in Erinnerung geblieben war. Aber ich erinnerte mich noch genau daran, wie wir Kinder anschließend hinter dem Sarg hergingen und die Menschen um uns herum weinten. Auch ich weinte. Mehr vor Zorn als vor Trauer. Nachdem sie den Sarg hinabgelassen hatten, sollte jeder eine Rose nehmen und sie hinunterwerfen. Erst mein Vater, dann mein Bruder und meine kleine Schwester. Ich war als Letzter dran. Ich warf die Rose und lief davon. Mein Patenonkel versuchte, mich festzuhalten, aber ich riss mich los und rannte ans andere Ende des Friedhofs. Ein paar Freunde waren mir gefolgt. Wir setzten uns auf eine kleine Treppe und rauchten Zigaretten, sahen auf den Boden und sagten kein Wort. Fünf Jahre war das her. Seitdem hatte ich es nicht ein einziges Mal geschafft, den Friedhof zu betreten oder auch nur in seine Nähe zu kommen. Jetzt stand ich vor dem Grab meiner Mutter. Abgesehen von einem achtzehnjährigen Jungen war sie die Jüngste in der ganzen Reihe. Ich legte die Blumen, die ich mitgebracht hatte, ab und wusste nicht, was ich tun sollte. Es war seltsam. Früher war da ein Mensch, der redete, lachte und weinte, und jetzt waren da nur noch ein Stein und etwas Erde, auf der bunte Blumen wuchsen. Wir glauben unser ganzes Leben lang, dass wir etwas Besonderes sind, und am Ende werden wir von Maden gefressen.